Peter M. Thouet, Jahrgang 1933, studierte Theaterwissenschaft, Germanistik und Kunstgeschichte. Als freier Schriftsteller arbeitet er für Zeitungen, Funk und Fernsehen (u. a. schrieb er das von einer Kritikerjury ausgezeichnete Fernsehspiel »Von einem Tag zum anderen« und ist Co-Autor der gerühmten Serie »Im schönsten Bilsengrunde«). Peter M. Thouet lebt in Berlin.

Vollständige Taschenbuchausgabe
Droemersche Verlagsanstalt Th. Knaur Nachf. München
Lizenzausgabe mit freundlicher Genehmigung
des Schneekluth Verlages

Umschlagillustration Horst Lemke
Druck und Bindung Clausen & Bosse, Leck
Printed in Germany · 2 · 5 · 1283
ISBN 3-426-01077-1

2. Auflage

Peter M. Thouet:
Hände weg von Oma

Roman

Knaur

ISBN 3-426-01077-1 780

Für Maria Thouet

geboren am 31.12.1906

I

Verdammt, denkt Juliane und hält sich die Hände vor den Mund. Zu oft in ihrem Leben hingen nämlich die Worte schon auf der Wäscheleine der Sprache und konnten darum nicht mehr hinter das Gehege der Zähne zurückbeordert werden.
Juliane sitzt mit vielen ›lieben Senioren‹, wie man alte Menschen heute aufmunternd nennt, im Saal des Altersheimes, das man in ›Seniorenhaus‹ umgetauft hat. Da kann man reden und denken, wie man will — das Altwerden ist scheußlich, und der stete Verfall von Körper und Geist kann nur die nicht daran hindern, von der Reife des Alters und dem Zenit des Lebens zu reden, die noch nicht begriffen haben, daß sie selbst auch mal an dieser Endstation ankommen, die nichts anderes als der Sackbahnhof des Lebens ist.
Juliane gibt vor, der Sängerin zu lauschen, die Brahmslieder zum Vortrag bringt. Was, denkt Juliane, hat Brahms dieser Frau angetan, daß sie so schrill über ihn herfällt?
Juliane schaut sich um — sie sieht lauter Gesichter, die zu Masken verlogener Andacht geworden sind. Niemand traut sich zu sagen, was dringend zu sagen wäre.
Juliane spürt etwas in sich, was sie von früher kennt. Es kribbelt in ihr — überall. So — oder ähnlich — muß sich ein Vulkan fühlen, kurz bevor er ausbricht. Juliane möchte das Kribbeln in den Bauch zurückwürgen, aber es geht nicht mehr. Sie steht ganz ruhig und gelassen auf, räuspert sich ein wenig und teilt der erstaunten Gesellschaft mit, daß sie das alles nicht mehr mitmacht!
»Hört denn niemand, daß diese Frau nicht singen kann? Warum sitzt ihr denn da und lauscht, als sei ein Engelchor niedergestiegen? Doch nur, weil ihr nicht auffallen wollt! Weil ihr dankbar sein wollt! Dankbar?

Wofür denn? Daß wir alle zusammen alt sind, daß wir hier mit Vollpension und seelsorgerischer Umsicht auf den Tod warten dürfen?«

Der Heimleiter, der sanfte Hausherr der Senioren, der angemanschte Mittdreißiger mit dem sanften Kuhblick und dem Schnurrbart, der ihn um kein Haar männlicher macht, als er ohnehin nicht ist — er steht aufgeregt neben seinem Stuhl in der vordersten Reihe.

Mit einer Stimme, die das Organ des Erzengels Gabriel bei biblischen Mitteilungen in die Bereiche von Reibeisen verweist, hebt er an zu sprechen. Der sanfte Herr Klingenreuther spricht nicht einfach — nein, er hebt an! Dazu hebt er nacheinander die linke Augenbraue, den rechten Mundwinkel und zuletzt den Schwabbelbauch. »Meine liebe Frau Winkler!« Er sagt »meine liebe«, daß man unschwer heraushören kann, was er wirklich sagen würde, wenn er nicht so abgrundtief manierlich und so unendlich pädagogisch vorgebildet wäre.

Die alten Leute hören interessiert zu.

Das ist doch mal was! Gesänge von mittelalterlichen Damen auf unterstem Niveau werden ihnen einmal im Monat geboten — aber jemand, der aufsteht und einfach sagt, was er denkt und fühlt: das ist in diesem Haus eine Seltenheit mit Sensationsappeal! Wenn es dem Herrn Klingenreuther angenehm ist, wenn es ihn in gute Laune versetzt, würden sie alle bei vollem Bewußtsein giftige Pilze essen, damit Herr Klingenreuther es hinterher wieder richten kann.

Juliane steht mitten unter den Empörten, die alle nichts sagen, aber tief Luft holen für den Fall, daß sie daran denken würden, etwas zu sagen. Herr Klingenreuther bewegt sich mit der Grandezza eines Leichenbitters auf Juliane zu.

»Meine liebe Frau Winkler«, nölt er im tonus rectus dessen, der die Hausordnung auf seiner Seite weiß. »Meine liebe Frau Winkler — fürs erste schlage ich vor,

daß Sie sich auf Ihr Zimmer zurückziehen — Schwester Gabriele wird sofort kommen —, und wir . . .!«
Mit einer Bewegung, die an den Felgaufschwung des Turnvaters Jahn erinnert, wendet er sich wieder an seine lieben Alten. »Wir lauschen dem Vortrag von Herrn Klaunert und Frau Nicoli, die sich dankenswerterweise . . .«
Und nun möchte er wieder ein paar Minuten sülzen, denn dieser konturlose Herr Klingenreuther, dessen Schatten bei Sonnenschein zerläuft wie Butter auf der Fensterbank, beherrscht die Strategie des Dankens vollkommen.
Wer erst einmal danke sagen muß, der sagt nicht mehr so schnell bitte. Wer dankt, denkt nicht — zumindest nicht weit. Und wer denkt und dennoch dankt, der ist ein geradezu klassischer Fall von angenehmem Senior, denn er hat sich angepaßt — oder ist angepaßt worden.
Herr Klingenreuther ist immer lieb und nett — Güte und Freundlichkeit tropfen von ihm ab wie Kuchenteig vom Rührlöffel. Herr Klingenreuther kann dankbar machen — für ein gutes Wort, eine liebe Geste, ein vertrauliches Gespräch und eine kleine Hilfe. Dieser Altersverwalter übergeht einfach die Tatsache, daß die Leute in diesem Haus (nicht etwa *sein* Haus — davor seien die paritätischen Wohlfahrtsverbände und die öffentliche Hand!) eine Menge Geld bezahlen. Der mollige Herr Klingenreuther läßt seine Senioren das vergessen: Er gibt umsonst — Rabattmarken für Wohlverhalten.
Und wohin kleben sich die Leute diese Marken? Am liebsten auf den Mund. So können sie noch ja und amen sagen, schüchtern lächeln und bei Schnupfen etwas tiefer Luft holen als sonst — aber der zugeklebte Mund verhindert Sätze, die länger und kritischer sind als dankbare Zustimmung.
Juliane Winkler arbeitet sich durch die Reihen — und

es ist wirklich Arbeit: Spitze Knie werden ihr in den deftigen Po gerammt, gezielt versehentlich tritt man ihr auf die Füße, und wenn Blicke töten könnten, wäre Juliane auf der Stelle ein Pluspunkt in der Wochenbilanz des Beerdigungsunternehmers.

Aber Juliane Winkler läßt sich nicht einfach in den Hintern und auf die Füße treten — sie tritt gezielt zurück und sagt freundlich: »Ach, entschuldigen Sie bitte. Das tut mir aber leid — wie konnte mir das nur passieren!« Würde einer dieser verbiesterten alten Leutchen Juliane genau in die Augen sehen, dann könnte er lesen: Hoffentlich hat's weh getan. Es tut mir überhaupt nicht leid — wie gut, daß ich es getan habe! Juliane gestattet ihrem Charakter ab und zu ein wenig Auslauf in den Regionen der Gehässigkeit. Damit macht man sich zwar nicht beliebt — aber es erleichtert ungemein! Mal so von Herzen biestig und böse sein, die schwarzen Gedanken nicht wegdenken, sondern an der Oberfläche paddeln zu lassen — das macht Laune! Aber Juliane kann sich innerlich wie äußerlich zurückpfeifen. Durchdringender als der weiland Zugabfertiger auf ländlichen Bahnhöfen, pfeift etwas in ihr, und dann läßt Juliane einfach die Luft raus — aus den bösen Gedanken und den gehässigen Ansichten.

So reduziert sich Juliane immer wieder auf die Person, die sie so gerne mag: eben auf Juliane Winkler, neunundsechzig Jahre alt, verwitwet, keine Kinder, ausreichend Moos auf dem Konto und dem Familiengrab, gesund an der Seele — am Leib weniger — und fröhlichen Herzens mit ein paar Rhythmusstörungen.

Nachdem sie dem Herrn Zeller, der jeden Morgen die Schlachtordnung von Ypern in den Kies vor dem Haus kratzt, mit dem spitzen Absatz auf die glänzend polierten Schuhe getreten hat, steht sie plötzlich draußen. Besser gesagt: an der Seite. Juliane schaut die Leute an und denkt: Ist denn keiner dabei, der sich wehrt? Sitzt hier nicht eine Frau, ein Mann herum, die spüren, daß

sie eingesperrt sind — schlimmer als die Affen im Zoo, denen zuzusehen wenigstens noch Freude macht?
Der Pianist wimmelt wieder auf den Tasten, die Sängerin hat sich mit einer Traviata-Geste die gebleichten Stocklocken hinter die Ohren geschoben, ihre Lippen gefrieren zu einem Lächeln, und vom Zwerchfell her rumpelt die Luft hoch wie ein Aufzug, dessen Wartungsvertrag seit Jahren abgelaufen ist.
Herr Klingenreuther hat wieder Platz genommen.
So einer wie er setzt sich nicht — so einer wie er nimmt Platz. Zuerst zieht er die Elefantenarschhose glatt, dann senkt sich sein Prallhintern bedrohlich aufs Rattangeflecht der Sitzfläche; die letzten Zentimeter läßt er sich immer aufatmend fallen — soweit man mit diesem Teil der Anantomie überhaupt aufatmen kann. Juliane geht vorsichtig auf den Ausgang zu.

Juliane heißt manchmal auch Tante Juliane, weil sie schon immer wie eine Tante ausgesehen haben soll. ›Vermutlich‹, pflegt sie zu albern, ›bin ich schon als Tante auf die Welt gekommen. Zum Glück hat mein Mann das übersehen.‹ Im übrigen aber war sie Tante. Kinder nannten sie sofort so, bei Erwachsenen dauerte es nicht lange. Zuerst war Juliane stinksauer darüber. Wartet, bis ich Mutter werde! dachte sie. Dann ist es aus mit der Tante!
Aber es kamen keine Kinder. Zuerst wollte Juliane keine — ihr Mann übrigens auch nicht, denn man war mit dem Aufbau einer Existenz beschäftigt, die dem künftigen Kindersegen Hort und Basis sein sollte. Dann wollte sie welche — und es kamen keine. Juliane reduzierte ihre Wünsche auf Nachkommenschaft — aber nicht einmal ein Kind wollte sich einstellen. Als sie drei Schießbuden, einen Glückspalast, ein Kettenkarussell und zwei Autoscooter hatten, ging Juliane ganz heimlich und leise auf Wanderschaft. Zu Fuß und mit einem Holzrosenkranz bewaffnet machte sie sich auf

den einsamen Wald- und Bittweg zum heiligen Expeditus, der den Frauen Fruchtbarkeit verspricht, von denen der Volksmund behauptet, daß entweder der Brunnen zu tief — oder die Kordel zu kurz sei! Juliane war zu dieser Zeit schon eine erfolgreiche Geschäftsfrau. Sie saß in einem kleinen Büro und dirigierte die Scooter von Bochum nach Bielefeld und hinterher nach Oelde. Der Sommerweg des Glückspalastes war mit Terminen gepflastert — um das Kettenkarussell riß man sich bei ländlichen Schützenfesten, und die Schießbuden gingen weg wie warme Semmeln, wenn man diesen Vergleich wirklich anwenden könnte.
Die Wanderung der Juliane nennt man immer noch Wallfahrt — auch wenn man heute zu diversen glück- und segenbringenden Heiligtümern nicht mehr wallt, sondern nur noch fährt. Juliane tat alles, was sie tat, richtig. Wenn der heilige Expeditus wollte, daß man sich ihm mit Blasen an den Füßen näherte, dann würde er schon wissen, warum. Nach etwa sieben Kilometern wußte Juliane, warum! Jeder Schritt lockert die verkrusteten Gedanken auf, es rubbelt so schön im Kopf, und die frische Luft pustet das Gehirn frei. Man kommt ein wenig ins Grübeln, denkt sich was und überlegt einiges. Juliane wußte plötzlich, warum sie keine Kinder hatte und warum sie vermutlich nie welche bekommen würde: sie war zu egoistisch. Selbst der Wunsch nach Kindern war nicht der blanke Wunsch nach Kindern, sondern nach gesellschaftlicher Komplettierung gewesen — schließlich sind ein Mann und eine Frau noch keine Familie. Juliane, sagte Juliane zu sich, du bist ein verdammt egoistisches Frauenzimmer — du willst immer nur haben. Das hast du nun davon! Juliane war überzeugt, daß der vorgenannte Heilige nun auch nicht mehr kindersegenfördernd eingreifen würde — sie hätte umkehren können. Aber auf halbem Wege stehenzubleiben oder gar umzukehren, das ist nie Julianes Sache gewesen. So hat sie sich die Füße wund und das

Herz heiter gelaufen, weil sie plötzlich wußte, was sie wissen wollte.
Die kleine Kirche, in torkeliger Metzgergotik an großen Domen orientiert, roch nach abgestandenem Weihrauch, welken Blumen, und die kokelnden Armsünderlichter verbreiteten schon vorab ein Rüchlein von Hölle, wenn es stimmt, daß der Herr Teufel einen Sündergrill unterhält. Da gerade Mai war, hatte der Heilige keine Saison, weil die Menschen mal wieder alles selbst, neu und besser machen wollten. Im August kamen sie dann wieder, wenn es im Mai nicht geklappt hatte.
Juliane schnippte sich ein wenig Weihwasser an die Stirn und ging mutig durch das Seitenschiff auf den Altar des heiligen Expeditus zu. Nun gut, da stand ein Heiliger — das war sicher! Aber solche Typen pflegte Juliane sonst nur mit ›Na, was ist, Bubi!‹ anzureden. Der Jüngling mit dem sanften Gesicht, das so aussah, als hätte Helena Rubinstein erste Make-up-Versuche daran unternommen, trug in der rechten Hand eine Lilie, in der linken ein Gebetbuch. Der Heilige hatte also die Hände voll. Juliane ertappte sich dabei, daß sie den Heiligen mit dem Schein aus Gips über dem Kopf anmoserte: ›Na, heiliger Expeditus — was kann ich für dich tun, junger Mann?‹ Und der bewallfahrtete Nachwuchsverheißer sah in der Tat wie einer der jungen Männer aus, denen Frauen was tun müssen, damit überhaupt was getan wird. Aber Juliane war an diesem Tag nicht aggressiv und auch nicht ketzerisch gestimmt. Sie war mit sich ins reine gekommen — und das ist ja schließlich auch was!
Den kopfschüttelnden Missionsengel fütterte sie mit fünf Mark, dann setzte sie sich in die große Kirchenbank im Schatten der Säule und ruhte sich aus. Sie sind einfach herrlich, diese Augenblicke der Übereinstimmung mit sich selber, diese kostbaren Minuten der Einsichten, um die man sich jahrelang drückt.

Juliane war ganz sanft gestimmt, überaus sanft sogar. Wenn es statt der Orgel eine Musikbox gegeben hätte — etwas fürs Gemüt würde sie sich geleistet haben. So mußte sie innerlich ein wenig singen, und darum erfuhr auch niemand, daß sie den Ton nicht halten konnte. Juliane spielte mit den Perlen des Rosenkranzes, dessen freudenreiche und leidvolle Gesetze ihr schon lange abhanden gekommen waren, ihr Blick fiel auf einen Lichtstrahl, der sich durch einen weißen Fleck im bunten Fenster zwängte, und sie dachte: Haben die denn keinen, der hier mal Staub wischt?

An der Tür des Mehrzwecksaals dreht Juliane sich noch einmal um. Wenn jetzt einer aufstehen würde, zu ihr käme und fragte: Na — wo soll's denn hingehen, Juliane?, sie würde ihm um den Hals fallen und flüstern: Das weiß ich doch selber nicht!
Vielleicht gibt es auch in irgendeiner Kirche einen Heiligen, der das Leben alter Frauen und alter Männer erträglicher macht. Aber wer weiß das schon — vermutlich nicht einmal die Heiligen, weil sich kaum noch jemand betend daran erinnert, daß sie zu etwas gut zu sein haben.
Juliane geht durch den Gang mit den Aufzügen. Auf dem Tischchen liegen Zeitschriften aus, die noch glücklich sein müssen, wenn man sie lediglich Traktate nennt. Am Schwarzen Brett wird die Verteilung von Theaterkarten für die jährliche Seniorenvorstellung des Opernhauses angekündigt. Wer genügend Geld hat, darf die — ohnehin verbilligte Karte — aus eigener Tasche bezahlen, wer über derlei Mittel nicht verfügt, der braucht nur einen Antrag auszufüllen und zu unterschreiben, dem das Sozialamt in all seiner Güte wohlwollend entspricht.
Juliane geht nicht zum Aufzug — sie ist erst seit drei Monaten in diesem Haus und macht es so wie Ingrid Bergman: Sie meidet jene Hebekabinen, die Arthritis

fördern und die Wadenmuskeln schlaff werden lassen.
Juliane geht immer schneller, auch wenn sie etwas außer Atem ist, sie überspringt sogar etliche Stufen. Juliane ist wieder auf einer Art von Wallfahrt: Sie hat sich auf die Socken gemacht, um etwas zu tun, was man eigentlich nicht tun sollte — besonders in ihrem Alter. Juliane ist keineswegs mit sich zufrieden. Dumme Kuh, blafft sie sich an, wann wirst du endlich gescheit — wann tust du mal, was man so tut! — Nie! brüllt die Juliane in der Juliane, aber sie wird überstimmt: Einmal muß doch Ruhe sein, einmal ist Schluß — so was tut man nicht, du hast es doch gut hier, alle sind so lieb und freundlich, man mißt dir sogar kostenlos den Blutdruck! Juliane hastet die Treppe hoch und merkt nicht, daß Schwester Gabriele auf Geheiß des umsichtigen Herrn Klingenreuther hinter ihr herhastet. Mit dir hält es keiner aus! mäkelt Juliane mit Juliane. Warum gibst du nicht auf? Hier hast du doch alles — alles, was du brauchst! Noch hat sie alles, aber in diesem Haus, dessen Gänge mit Wohlwollen gebohnert werden, wird eben alles immer ein wenig weniger! Nicht so sehr das Geld — schon die Taxifahrt ins nächste Kaffee würde den Taschengeldetat der meisten hier auf Monate ruinieren; zuerst ist es nur ein bißchen weniger Zuversicht, dann etwas weniger Mut, das Selbstvertrauen wird millimeterweise gekappt, kampflos läßt man den Elefanten in den Porzellanladen der wenigen Gefühle, mit denen man noch einträglich lebt. »Raus!« brüllt Juliane durch das Treppenhaus, und ein unvollkommenes Echo scheppert ihr den eigenen Entschluß wieder um die Ohren. Aber Juliane ist entschlossen. Natürlich hätte sie sich auch etwas leiser entschließen können, so wie sich das bei unüblichen Entschlüssen gehört — derlei macht man nacht und nebliger.
Juliane setzt ihr bekanntes Drittelgrinsen auf — ein Drittel nach außen, zwei Drittel nach innen: Sie kann es

eben nicht lassen. Da steckt etwas in ihr — vielleicht der Rummelplatz, vielleicht eine angeborene Art von Showbusineß! Wenn man etwas Richtiges tut, und man tut es leise, dann ist es eben doch nicht ganz richtig. Entschlüsse aber, die man hinausposaunt, die man den Mitmenschen wie nasse Aufnehmer um die Ohren fetzt, die man im Wind des frischen Entschlusses flattern lassen kann — das sind die Entschlüsse, die ausgeführt und nicht zurückgenommen werden.

Schwester Gabriele holt auf. »Aber, Frau Winkler — liebe Frau Winkler! Was haben wir denn? Ist uns eine Laus über die Leber gelaufen?«

Abrupt bleibt Juliane stehen und läßt die Schwester auf die beiden Prellböcke ihrer Rückfront auflaufen. Dann erst dreht sie sich um. »Gabrielchen, Gabrielchen«, sagt sie atemlos, »wir haben nichts, und uns ist keine Laus über die Leber gelaufen. Aber ich hab's satt, satt bis obenhin, die liebe Juliane Winkler macht eine Fliege, bevor sie eine liebe Juliane Winkler ist, die nicht mehr fliegen kann! Das ist doch kein Seniorenhaus, das ist eine gut getarnte Endstation — plötzlich werden die Bahnsteige hochgeklappt, und du kippst vom Gleis. Nee, Mädchen, wenn hier einer einen betrügt, dann ich mich — andere dürfen das nicht. Da wär ich doch fast auf das Gesäusel vom sicheren Ort für den Winter des Lebens hereingefallen!«

»Aber«, gibt Schwester Gabriele mit Stromlinienroutine zu bedenken, »wenn Sie mal krank werden, wer sorgt dann für Sie?«

Der Profi in Schwester Gabriele hat genau auf den Punkt geschlagen. Juliane wird vorübergehend still, denn wenn sie redet, kann sie die eigenen Gedanken nicht verstehen. »Da hast du recht!« gibt sie zu. »Davor hab ich Angst, eine verdammte Angst. Natürlich sehe ich mich dreimal am Tag mit einem Schlaganfall auf der Straße, in einem Hotelbett oder im Park liegen. Ich hab Angst vor dem Tag, an dem die Gedanken anfangen, in meinem Schädel Polka zu tanzen — wenn ich mich an gestern nicht mehr erinnern kann, aber noch genau weiß, was ich am achtzehnten September neunzehnhundertneununddreißig gefrühstückt habe! Das ist eine Angst, von der hast du noch keine Ahnung. Diese Angst kommt meistens nachts, wenn du ganz alleine und wehrlos bist, dann fällt sie über dich her! Aber ich tret ihr die Beine unterm Hintern weg, nehm sie in den Schwitzkasten und dreh ihr die Luft ab — bis ich schlafe. Und dann glaubst du, du hast gesiegt. Bis zum nächsten Abend. Kaum bist du im Bett — schon geht der Rummel wieder los!«

Schwester Gabriele hat ihre rechte Hand um Julianes Taille gelegt, mit der linken streichelt sie ihr beruhigend den Oberarm. So was, weiß Schwester Gabriele, verläuft sich. Wenn der Eimer erst leer ist, kann man mit dem Auftrocknen beginnen.

Da Juliane Winkler im Laufe ihrer neunundsechzig Jahre alles Menschliche freudig begrüßt hat, kennt sie auch alle Tricks, und die Zauberkiste mit dem doppelten Boden hat sie jedem aus der Hand geschlagen, der ihr Tauben oder Kaninchen versprochen hatte, wenn sie weder Tauben noch Kaninchen haben wollte.

»Hör zu, Mädchen!« bittet Juliane. »Mich hält keiner mehr auf! Ich nehme meinen Mantel, den kleinen Koffer mit dem Notwendigsten, und dann schieße ich in den Wind! Den Rest lasse ich holen, wenn ich weiß, was ich mit den Resten anfange — kapiert?« Schwester Gabriele schüttelt den Kopf. Juliane lacht, lacht und lacht, bis sie der freundlichen Schwester gesteht: »Du kapierst nicht — nichts kapierst du — genau wie ich! Warum mache ich so einen Unsinn, warum kuschel ich mich nicht in einen Sessel und trinke mit dem Tod Brüderschaft? Warum stelle ich mich nicht ans Fenster und lasse den Regen für mich weinen? Ich weiß es nicht. Aber hier — hier —« Juliane preßt beide Hände dahin, wo sie ihr Herz vermutet. »Hier ist noch was los. Leben, Mädchen, Leben, von dem mir keiner mehr was wegstiebitzt — weder für Geld noch für diese peinlichen guten Worte! Sag diesem Kringelreuther oder wie dieser Spätsofty heißen mag, daß du mich hast gehen sehen!«

Juliane nimmt mit aller Kraft die letzten Stufen, hält sich zwar am Geländer fest, schafft aber noch eine der Gesten, die man seit Erfindung der Freiheitsstatuen aus unerfindlichen Gründen für groß hält, und flüstert glücklich: »So — wie Juliane Winkler es der Juliane Winkler befahl!«

Schwester Gabriele setzt sich auf die Stufen und staunt. Sie staunt hemmungslos über Juliane, sie bewundert Juliane, sie begreift Juliane, und sie liebt Juliane — aber eben nur für die Schrecksekunde der eigenen Aufrichtigkeit. Dann macht Gabriele die Juliane wieder zu dem, was sie nach Meinung aller ist: ein renitentes, unbelehrbares und leicht bösartiges altes Frauenzimmer.

2

Juliane sitzt im Taxi und ordnet sich die roten Haare, die — wie alles an diesem Tag — etwas in Verwirrung geraten sind. Morgen müssen die Haare nachgefärbt werden, wenn sie in ein paar Tagen nicht wie ein Staubbesen aussehen will, der sich als Nerzwedel tarnt.
»Wohin?« erkundigt sich der Taxifahrer nun schon zum drittenmal. Er hat Geduld mit den Damen. Wer an der Ecke Aureliusstraße—Borngasse zu ihm einsteigt, der ist zunächst einmal froh, daß er vorübergehend der Seniorenkaserne entkommen ist. Erst später überlegen sich die Damen und Herren, wo sie hinwollen — zwischen der Altenfalle und der Stadt haben die Stadtplaner die Entscheidungsfreiheit von nahezu drei Kilometern Stadtautobahn gelegt.
Juliane klappt den Spiegel im Nappa-Etui zusammen und steckt ihn in die Tasche. Lässig und mit dem Durchblick für die Belange der großen Welt sagt sie: »Palace — und Sie haben richtig gehört, mein Herr!«
Der Taxifahrer nickt. »Da möcht ich auch mal hin!«
Juliane schaut sich den Fahrer genauer an und stellt fest: »Dann sollten Sie sich beeilen — in dem Alter!«
Um Haaresbreite wäre der Taxifahrer in den Vorgarten des Museums für Völkerkunde gerast! Als er sich und den Wagen wieder in der Gewalt hat — grunzt er Juliane an: »Das hat mir noch keiner gesagt!«
Juliane lächelt etwas versonnen und sagt: »Da wurde es aber allerhöchste Zeit! Sprechen Sie denn nicht darüber — zum Beispiel mit Ihrer Frau!«
»Die ist tot«, sagt der Taxifahrer und läßt sich bereitwillig von einem gehetzten Jaguar überholen.
Juliane beugt sich etwas vor. »Dann müssen Sie sich aber bald jemand suchen, mit dem Sie reden können — oder besser noch ...« Tante Juliane kann ein aufmun-

terndes Lachen nicht am Erscheinen hindern: »... ins Palace gehen können!«
Mit einer Hand klopft der Fahrer aufs Lenkrad, als wollte er sich einbleuen, daß er die Sache mit dem Reden und dem ›Palace‹ nicht aus dem Sinn lassen darf.
Vor dem Hotel der Nobelklasse lümmeln sich zwei Spanier, die zwischen ankommenden Gästen und den Dienstleistungen noch immer vom eigenen Hotel in Almeria träumen. Und da man Träume bekanntlich noch mehr überladen kann als spanische Küstenstriche, ist der Traum der beiden noch lange nicht ausgeträumt.
Für Juliane, die im schwarzen Steppmantel aus Chintz mit dem verwegenen Hütchen aus Antilope und der Handtasche von Leonard eine Menge Luft verdrängt, haben die beiden jenes herzwärmende mediterrane Lachen übrig, das zwischen Unverschämtheit und Grandezza angesiedelt ist. Juliane, die seit jeher derlei Hautgout zu schätzen weiß, lächelt nicht minder doppeldeutig zurück. Was der Mensch nun einmal braucht, muß er haben — und drei davon sind's zufrieden.
In der Halle des ›Palace‹ wird jede Dame vorübergehend zur Dame. Erst auf dem unsichtbaren Strich zwischen Halle und Rezeption fällt die Entscheidung, wer in den Augen des Portiers wirklich eine Dame ist. Dem erfahrenen Mann reichen sechs Meter, um falsche Gesten zu analysieren. Er sieht es an den Füßen, ob sie sich auf kostbaren Teppichen bewegen können. Tief in seinem Portiersherzen aber behandelt er die Dame, die Kaninchen mit der Pfiffigkeit von Nerz trägt, besser als den Nerz, der wie ein Stallhase anhoppelt.
Juliane schafft die kritische Sechs-Meter-Distanz mit Bravour. Durch ihr Lächeln hat sie sogar noch eine der vielen unbezahlbaren Portierswohltaten gut. Aber das weiß sie noch nicht.
Da Juliane mit sich selber schneller spricht als mit Menschen, die ihr zuhören müssen, reichen die sechs Meter auch zu einer ersten Bestandsaufnahme, ohne die Stoß-

dämpfer der feigen Entschuldigung. Juliane! sagt Juliane zu Juliane. Noch vier Meter, und du beginnst mit dem unaufhaltsamen Ruin deiner Möglichkeiten! Mit eintausendachthundert Mark Rente monatlich vor Augen und einem Gesparten von ungefähr einhunderttausend im Hintergrund — solltest du auf der Stelle umkehren!
Aber Juliane kehrt nicht um. Sie nähert sich dem Empfangschef mit jenem Verschwörerblick, der dem Mann die Würde der Position beläßt und den Luxus rundum ein wenig der Lächerlichkeit preisgibt. Eben jene Distanz zu den Dingen, die Distanz zu Menschen so wohltuend sein läßt.
Juliane ordert ein ruhiges Zimmer — ihr Gepäck komme noch. Diese Behauptung ist im Dunstkreis der Rezeption sogar angezweifelt worden, als Sammy Davis jr. sein plötzliches Erscheinen damit erklärte, daß er in London ins falsche Flugzeug gestiegen sei! Juliane glaubt nicht nur — man schenkt ihr sogar Glauben. Im Zimmer mit der Blümchentapete und dem molligen Bett wirft Juliane zuerst einmal die Tasche in die Ecke, sich selbst wirft sie aufs Bett, um ungestört eine Runde heulen zu können. Und Juliane hat eine Menge zu beheulen. Sie ist alleine — sie hat alle Brücken hinter sich abgebrochen, sie weiß nicht, wie es weitergeht — aber wie es zu Ende geht, das kann sie sich unschwer ausmalen.
Wenn das keine Gründe für Tränen sind!
Julianes gesunder Sinn für Maß und Ziel läßt sie schon bald wissen, daß etliche Tränen für wichtigere Angelegenheiten aufgehoben werden sollten. Da Juliane zeitlebens von allem immer einen gewissen Vorrat gehabt hat, sieht sie völlig klar, daß jede weitere Träne Verschwendung zuungunsten kommender Trauer ist. Sie richtet sich auf — und prallt entsetzt zurück. Was? fragt sie sich. Diese ekelhafte Hippe, die mir da entgegenstarrt — diese Ätztussi kann doch unmöglich ich

sein! Aber sie ist es, denn Juliane belügt Juliane auch dann nicht, wenn sie wirklich einmal belogen sein möchte.
Juliane geht im Spiegel auf sich zu; den rechten und linken Flügel schwenkt sie ein wenig an — so ist die Perspektive etwas umfassender. Juliane kommt sich verkleistert und verkleidet vor. Wie unter einem Zwang öffnet sie den Reißverschluß des Kleides. Sie läßt es auf den Boden gleiten. Juliane zieht den Unterrock über den Kopf. Sie schaut sich an und streckt sich plötzlich die Zunge raus. »He, du widerliches, altes Frauenzimmer — schämst du dich nicht!« brüllt sie sich an. »Schämst du dich nicht, so in der Welt herumzulaufen — kein Wunder, daß die Leute wegschauen. Ein Blick auf dich, und sie haben Warzen auf der Nase!« Allmählich beruhigt sich Juliane über Juliane, denn ganz sachlich stellt sie fest: Niemand wird schöner — niemand wird jünger!
Der Trost dieser uralten Erkenntnis rinnt in ihr Gemüt und wirkt wie Schmieröl auf die Transmissionen, die Herz und Verstand antreiben. Juliane kann vernünftig sein — wenn sie will. Angesichts der Juliane, die dem eigenen Schönheitsanspruch nicht mehr entspricht, stellt sie fest, daß ein guter Geschmack, grenzenlose Sauberkeit und ein Lächeln die mangelnde Attraktivität zwar nicht wiederherstellen, wohl aber erträglich machen können. Juliane pfeift auf die dummen Sprüche von der Würde, die das Alter schön macht. Sie weiß, daß der größte Selbstbetrug der hohen Jahre die Fahrlässigkeit ist, sich auf weißes Haar, zittrige Gesten und sanfte Augen zu verlassen. Juliane weiß, daß sie einmal schön war, und sie freut sich darüber. Darum auch hat sie vor etlichen Monaten — kurz vor jenem unseligen Entschluß, das Dasein als Mensch aufzugeben, um den Status eines Seniors anzunehmen — alle Bilder von früher verbrannt. Die eigenen Bilder. Jetzt muß sie sich immer wieder ein neues Bild von sich machen — das

lenkt nicht nur ab, das versöhnt auch mit der Vergangenheit, der man mit zunehmenden Jahren so gerne unterstellt, daß sie einem etwas vorenthalten hat.

Juliane war einmal schön. Im Sommer 1937 war sie so schön, daß die Blumen ihr ein Ultimatum stellten — entweder Dahlien oder Juliane! In diesem Jahr des Herrn verblaßten alle Dahlien, wenn Juliane in ihre Nähe kam. So einen Sommer braucht jede Frau. Und Magnus — jenen zauberhaften kleinen Magnus, der — statt Dichter zu werden — in Aachen Architektur studierte. Magnus war daher todunglücklich — und nichts macht eine Frau wie Juliane glücklicher als ein unglücklicher Mann. Das ist doch eine Aufgabe!
Magnus lebte etwas außerhalb in einem Haus, das man als Villa bezeichnen kann — aber Juliane wußte es besser! Das Haus in der Bogotastraße war eine Festung, deren Kommandant Marieluise hieß und die strenge Mutter des kleinen Magnus war. Die ehrenwerte und angesehene Frau Marieluise Wondrak behütete ihren Sohn mit der Inbrunst einer Glucke, die endlich eine Lebensaufgabe gefunden hatte.
Magnus ließ sich das gerne gefallen, denn Gluckenmütter sind die ausnutzbarsten Mütter, wenn man sich ihren Wünschen auch nur ein wenig fügt. Mutter Marieluise Wondrak hielt nicht viel von Frauen im besonderen. Im allgemeinen mußte es sie ja geben, um Haushalte aufrechtzuerhalten, Kinder in die Welt zu setzen und viermal im Jahr Hausputz zu veranstalten.
Die Frauen im besonderen waren die, die Magnus gefährlich werden konnten oder denen gar Magnus gefährlich werden konnte — wenngleich Mutter Marieluise mit einem liebevollen Blick auf den Sohn feststellte, daß an ihm nichts dran war, was einer Frau gefährlich werden könnte. Da irrte Mama — oder sie hatte nicht richtig hingeschaut.
Dieser kleine Magnus mit den traurigen Augen und

den leichten Knickbeinen, die in Knickerbockers damaliger Mode besonders unvorteilhaft auffielen, hatte etwas, was man zwischen Haarwurzeln und Zehenspitzen nicht so ohne weiteres ausmachen und lokalisieren kann: Sex-Appeal! Damit machte er die Frauen nicht verrückt — aber allmählich sanft irre. Magnus sprach immer leise, das ließ ihn abgeklärt und würdevoll erscheinen. Einen knapp Zwanzigjährigen mit schlechten Manieren und affektiertem Gehabe fand man an allen Ecken und Enden — aber einen Magnus nicht.
Juliane hatte ihn sich nach dem Vabanquesystem ›Der oder keiner!‹ aus der Menge der Studenten geangelt, die man abends im ›Waldhaus‹ treffen konnte.
Juliane mußte ein paar Freundinnen, zwei beste und eine gute, rabiat austricksen, indem sie gemeine Lügen verbreitete. Schließlich war die allgemeine Moral Anno '37 noch so engstirnig, daß eine Behauptung wie: Die läßt sich gleich beim ersten Rendezvous küssen! ausreichte, aus einem lebensfrohen Mädchen eine Art Schulhofnutte zu machen.
Natürlich wünschten sich auch damals alle Jungen und Männer — besonders alle jungen Männer — ein Mädchen, das beim erstenmal schon zu einer der Hauptsachen kam — aber das gab man nicht zu. Wenigstens nicht öffentlich.
Juliane ging ganz auf Magnus ein, sie ließ ihn reden, bei ihr durfte er der Zukunft ins Auge blicken — kurzum: er durfte alles, bis auf einiges! Magnus war schüchtern, ab und zu hätte sich Juliane schon gerne küssen lassen — aber sie wußte nicht genau, wie man das macht. Hätte sie gewußt, daß auch Magnus nicht genau Bescheid wußte — sie hätte umgehend mit gemeinsamen Übungen angefangen. Juliane mußte sich noch eine Weile gedulden. Bis Heiligengrabe. Dieser Ort nahe Wittstock an der Dosse zeichnet sich durch nichts aus, was ihn zu einem bevorzugten Ziel von Liebesleuten hätte machen können. Juliane hatte ihn per Stricknadel

bestimmt: Sie war mit geschlossenen Augen rund um Berlin herumgefahren und hatte plötzlich zugestochen — da war sie in Heiligengrabe! Hinterher stellte sich die Wahl als besonders günstig heraus. Mutter Marieluise hatte alle gemeinsamen Reisepläne von Magnus und Juliane kategorisch abgelehnt. Zudem glaubte sie nicht, daß die beiden mit einer Gruppe gleichaltriger Freunde fahren würden — fast alle Gleichaltrigen waren in der HJ oder im BDM und fuhren allenfalls übers Wochenende in die Heide nach Döberitz zum Zelten.
Magnus war den braunen Jugendorganisierern durchs Sieb gerutscht. Ein absolut undeutscher Typ (schwarze Locken) und so klein, daß er beim Pimpfenfähnlein sogar in der letzten Reihe eine schlechte Figur machte. Magnus konnte das nur recht sein. Mit Plan tat er nichts gegen sein Hohlkreuz, und wenn ihm am Mexikoplatz sein Fähnleinführer begegnete, dann lief er auch ein wenig über den großen Onkel, und der Pimpfenherrscher war innerlich froh, daß er solch eine Nalle nicht mit durch die Straßen schleppen mußte, wenn er die Knaben und Jungmänner ›Denn wir bauen eine neue Zeit‹ grölen ließ. — Zurück nach Heiligengrabe.
Heiligengrabe verfügt über ein Stift aus dem frühen Mittelalter: herrliche Blindfassaden und eine gotische Hallenkirche, wie sie nur selten im Buche der Kunst steht.
»Da kann Magnus das Prinzip der Schwibbögen studieren, es besteht sogar die Möglichkeit, auf Bretterstegen über das Gewölbe zu klettern, und die Statuen und Reliefs im Kreuzgang muß man doch auch gesehen haben!«
Mutter Marieluise konnte gegen derlei Behauptungen nichts ausrichten, denn Juliane hatte sich informiert — schließlich lebt man ein ganzes Wochenende nicht nur von Luft und Liebe — man braucht auch einen attraktiven Pausenfüller.
Frau Wondrak konnte sich dieser Bildungsreise nach

Julianes Plänen nicht mehr widersetzen, denn nichts ist notwendiger für einen angehenden Architekten, als Schwibbögen in ihrer Wirkung vor Ort zu studieren und Kirchengewölbe von oben zu sehen.
Mit der S-Bahn ging es zum Ostbahnhof und vom Ostbahnhof mit dem Bummelzug nach Wittstock, umsteigen in Pritzwalk. Bis Heiligengrabe waren es dann noch knapp drei Kilometer über die holprige Landstraße, die sich im Schatten uralter Chauseebäume von der Rast der Pferdekarren und Rollfuhrwerke ausruhte. Heiligengrabe schlief samt Stift in der Samstagmittagssonne. Der Duft von Sauerkraut mit Geräuchertem wehte von Haus zu Haus. Die Hühner schliefen auf einem Bein, die Enten dösten auf dem Tümpel, und die Hunde riskierten allenfalls ein Auge, um die Harmlosigkeit der beiden Fremdlinge festzustellen.
In diese Situation hinein stellte Magnus die einzig richtige Frage: »Was wollen wir hier?«
Juliane hätte ihm nun ihre Pläne im Detail vorlegen können, aber sie wollte Magnus nicht erschrecken. Darum lachte sie aufmunternd und zog ihn zu einem der einstöckigen Häuser, die sich im Laufe der Jahrhunderte neben der Straße angesammelt hatten.
»Wir wohnen bei Frau Seemann!« sagte Juliane und zog Magnus mit sich. Das Haus der Seemanns war so aufwendig verputzt wie eine der Stadtvillen in Friedenau; das wirkte zwar ein wenig protzig, aber das Haus hob sich von anderen Häusern ab.
Magnus hätte nun zu gerne gewußt, woher Juliane die Seemanns kannte. Aber er wollte Juliane nicht in Verlegenheit bringen, denn wenn Juliane sich etwas in den Kopf gesetzt hatte, dann log sie auch manchmal das Blaue vom Himmel herunter, wenn es darum ging, ihre Pläne als die besten Pläne darzustellen.
Auf die Seemanns war Juliane ganz einfach gekommen: Nur sie hatten Telefon im Ort — und ein Zimmer zu vermieten!

Elli Seemann stand schon in der Tür, nachdem sie die beiden lange genug hinter den Gardinen des Wohnzimmers beobachtet hatte. »Herzlich willkommen!« sagte Elli Seemann und reichte beiden Ankömmlingen die Hände.
Juliane deutete einen Knicks an, und Magnus machte einen Diener, daß er beinahe mit dem Kopf auf die Treppenstufen geknallt wäre. Viel weiter aber kamen sie nicht, denn sie standen eingekeilt zwischen mindestens drei Dutzend Hühnern, sieben kinderreichen Entenfamilien, ein paar beißlustigen Gänsen und zwei jungen Schweinen, die sich gleichfalls zum Empfang eingefunden hatten.
»Ja, ja!« sagte Frau Seemann und lachte. »Die sind eben neugierig, wann kriegen wir schon mal Besuch — gehen Sie ruhig weiter, wenn die Viecher einen Tritt bekommen, sind sie selber schuld!«
Mutig staksten Magnus und Juliane durch den Nachschub für Tiegel und Pfanne. Im Haus war es angenehm kühl und angenehm ruhig.
Elli Seemann öffnete die Tür zur guten Stube, sie schob Juliane und Magnus hinein — und da saßen mindestens zehn Nachbarinnen, die die beiden Reisenden so unverhohlen neugierig betrachteten, daß Juliane unwillkürlich ihren Ausweis vorzeigen wollte. Aber dazu kam sie nicht. Elli Seemann machte auf eine sonderbare Art und Weise Ordnung. Aus einem Karton nahm sie Tüten mit einem geheimnisvollen roten Pulver, dann kassierte sie von jeder Frau einen Groschen, und der Konvent der Neugierigen löste sich zögernd auf.
»Die holen sich jeden Sonnabend Fußbodenrot!« Juliane verstand nicht, und Elli Seemann erklärte: »Das kommt ins letzte Putzwasser, und dann sieht der Ziegelboden so rot wie neu aus für den Sonntag — aber nun kommen Sie mal mit!«
Wenn Elli Seemann so bestimmte, dann war Widerspruch sinnlos. Juliane und Magnus folgten der resolu-

ten Frau und landeten in der Küche, die wiederum der Ort einer Volksversammlung zu sein schien. Diesmal war es die Familie Seemann, die beim Mittagessen saß. Es gab nicht Sauerkohl mit Speck, sondern Sauerkohl mit gebratener Blutwurst in Zwiebelringen.

Für Juliane und Magnus war schon gedeckt — wenn es ihnen jetzt noch gelang, über drei Hunde zu klettern und nicht in einen Karton mit kranken Hühnern zu treten, dann konnten sie essen. Magnus, der so kuschelige Stimmungen liebte, der sich gerne unter Menschen versteckte — dieser Magnus landete mit einem entschlossenen Satz an einem Stuhl und strahlte Juliane wie ein Sieger an.

Elli Seemann mochte Juliane auf den ersten Blick — ein Mädchen, das ohne viel Worte mitteilte, was es wollte! Und Elli Seemann wußte sofort, was Juliane wollte. Wenn sie sich allerdings den jungen Mann anschaute, dann war sie nicht mehr ganz so sicher, ob Juliane ihren Willen auch in die Tat umsetzen konnte.

Vorerst wurde gegessen. Alles andere kam später. Aber Elli Seemann beschloß, nichts dem Zufall zu überlassen. Mit fröhlicher Scheinheiligkeit sagte sie über den Tisch: »Das junge Paar will sicher unser Stift besuchen. Unser letzter Pastor hat ein Buch darüber geschrieben, das werde ich euch leihen — da steht alles drin!«

Juliane schaute Elli Seemann mit einem Blick an, der da sagte: Wer macht hier die Pläne — du oder ich? Und Elli Seemann schaute mit einem Blick zurück, der da sagte: Mach du nur mal Pläne — wir werden schon sehen! Das Essen war ausgezeichnet. Vater Seemann aß schweigend, die drei Kinder der Seemanns schwiegen auch — aber man sah ihnen schon an, daß sie diese noble Zurückhaltung in wenigen Minuten mit Wonne aufgeben würden! Der totalen Umarmung durch die Familie mußte Juliane entgehen, wenn sie nicht Gefahr laufen wollte, alle heimlichen Pläne abschreiben zu müssen.

»Vielen Dank, aber jetzt müssen wir gehen, sonst ist es Abend und wir haben noch nichts gesehen — vom Stift!«
Magnus konnte man ansehen, daß ihm das Stift völlig schnuppe war — er hatte sich mit einem der Hunde angefreundet, und der Hund mit ihm.
Elli Seemann aber gab sich noch nicht geschlagen. Dieses entschlossene Mädchen würde in ihrem Haus nicht genau den Fehler machen, den sie hinterher bereuen müßte. Elli Seemann hatte es keineswegs mit der Moral, aber sie war felsenfest entschlossen zu verhindern, daß die beiden unter ihrem Dach das vorwegnahmen, was die bürgerliche Moral erst in der Hochzeitsnacht erlaubt. Natürlich hatte die vernünftige Elli Seemann auch etwas gegen die Hochzeitsnächte, in denen der Grundstein zu vielen unglücklichen Ehen gelegt wurde, weil da plötzlich ein Damm vor den Gefühlen eingerissen wurde, den man eigentlich allmählich hätte abtragen sollen. Also blies Elli Seemann innerlich zum großen Halali! Die Jagd war auf. Juliane jagte Magnus — und Elli Seemann würde Juliane und Magnus so jagen, daß ihnen am Abend nur noch der Sinn nach schlafen stehen würde, so richtig schlafen — mit geschlossenen Augen und hundemüde ins Kopfkissen gekuschelt. Magnus war keine Gefahr, der war leicht auszuschalten — was Elli Seemann souverän bewies: »Mein Mann geht heute zum Wettangeln — haben Sie nicht Lust?«
Magnus hatte Lust, denn er graulte sich schon seit einiger Zeit vor dem Kulturbesuch im Stift. Wenn jemand Architektur studiert, dann bedeutet das noch lange nicht, daß ihn Architektur auch interessiert. Magnus wollte Dichter werden — nicht etwa nur Schriftsteller, nein, Dichter —, anerkannt, vielgepriesen und gelobt. Drunter wollte er es nicht machen. Seine gesammelten Werke schwollen in einer Mappe mit Gummibügeln an, aber noch hatte niemand sie gelesen — nicht einmal Juliane.

Magnus tat etwas, was Juliane nicht für möglich gehalten hätte: Dankbar lachend entschied er sich für den Vorschlag der Frau Seemann und trabte mit Herrn Seemann, den Hunden und den Kindern zum Wettangeln.

»Wir zwei«, beschied Frau Seemann, »wir gehen in die Pilze!« Wenn schon alles schiefging, dann war es schließlich egal, wo man hinging, wenn es sein mußte, auch in die Pilze.

Der kleine Birkenwald, der die Fichtenschonung umgab wie Bauernspitze ein Leinentischtuch, war an diesem Hochsommertag angenehm kühl. Juliane hielt sich neben Frau Seemann, denn von Pilzen hatte sie so gut wie keine Ahnung — außer der, daß Fliegenpilze schön, aber giftig waren. Ab und zu griff Juliane nach einem Sonnenfleck im Moos, der die gleiche Farbe wie ein Pfifferling hatte.

Der Korb war schnell gefüllt — aber auch die Aussicht auf ein Pilzgericht konnte Julianes Stimmung nicht mehr heben. Direkt wie Juliane nun einmal war, wandte sie sich an Frau Seemann, die sich auf einen Baumstumpf gesetzt hatte und die Pilze einer ersten Auslese unterzog, denn Pilze haben die fatale Eigenschaft, daß die giftigen harmlos aussehen und die harmlosen wie die giftigen.

»Warum tun Sie das?« wollte Juliane wissen.

Frau Seemann schaute von den Pilzen hoch, und sie versuchte es erst überhaupt nicht mit einer Ausrede. »Ach, Mädchen — wo hast du denn deine Augen? Schau dir den Jungen doch mal an! Der würde alles tun, was du willst — weil du es willst. Und was willst du? Auf eine besondere Art willst du klare Verhältnisse schaffen! Nur klärst du dabei nichts von Bedeutung — außer, daß ihr miteinander geschlafen habt!«

Juliane hatte sich hingesetzt, sie zupfte Bilsenkraut und steckte es zu phantastischen Gebilden zusammen.

Elli Seemann ließ sich von Julianes gespielter Teil-

nahmslosigkeit nicht stören. »Und das bedeutet wiederum, daß ihr immer wieder miteinander schlafen wollt, denn auf die Art von Mahlzeit hat man lange Jahre ungeheuren Appetit! Nur — der Junge liebt dich nicht! Du ihn übrigens auch nicht.«
Juliane war verblüfft. Was sagt die Frau? Sie liebt Magnus nicht! Frau Seemann kümmerte sich vorübergehend mehr um die Pilze als um Juliane, denn so eine Behauptung will erst einmal überdacht werden. Wenn das Mädchen jetzt hochgeht wie eine Furie, dann liebt sie ihn wirklich nicht. Elli Seemann war sich ihrer Sache ganz sicher. Nur wenn das Mädchen aufsteht und jenen ›Was-geht-dich-das-an-Blick‹ bekommt, mit dem Verliebte die Mitmenschen betrachten, dann ist es ernst, und das Schicksal würde seinen Lauf nehmen — es sei denn, Elli Seemann setzte die beiden noch vor Ausbruch der Nacht auf die Straße.
Aber daran konnte man ernsthaft nicht denken, denn von Westen her blies ein Wind über die Ebene, der an einem Gewitter zerrte.
Juliane weinte, weinte so bitterlich wie lange nicht mehr. Sie warf sich einfach gegen Frau Seemann. Daher kippte Frau Seemann um, die Pilze kippten um, und Juliane lag mit Elli Seemann in den Pilzen. Keiner von beiden wollte zuerst lachen — aber dann gurgelte es in Juliane, und erhebliche Erschütterungen im Bereich des Busens von Frau Seemann deuteten ebenfalls an, daß gleich ein Gelächter ausbrechen würde, wie es der Wald noch nie gehört hatte.
Elli Seemann nahm den Kopf des Mädchens und legte ihn in ihren Schoß. Sie strich Juliane über die Haare und ließ sie eine Weile schniefen, damit Tränen und Gelächter wieder dahin zurück konnten, wo sie sich im Menschen verstecken. »Aber eines Tages kommt einer, da macht es bei dir ›klick‹ — und es geht alles so, wie es sollte. Er ist für dich bestimmt — du für ihn. Das ist ganz einfach. Erst hinterher wird dir einfallen, daß es

das war, was du immer gewollt hast. Es gibt ein untrügliches Zeichen dafür, ob die Sache stimmt — ich meine, die Sache zwischen dir und dem Mann, den wir erst noch erwarten! Ihr liegt zusammen und seid hinterher glücklicher als vorher. Du spürst eine unendliche Zärtlichkeit in den Fingerspitzen, zwei große Zehen können sich unter der Decke eine ganze Geschichte erzählen, und du kannst den Mann ganz ruhig ansehen — ich meine: ganz ansehen! Du machst nicht mehr die Augen zu — weil es herrlich ist, wenn man hinsehen kann!«
Juliane war ganz ruhig. Plötzlich sprang sie auf, nahm den Korb und sagte zu Frau Seemann: »Jetzt aber wieder mal ran an die Pilze! Hoffentlich fängt der liebe Magnus wenigstens einen großen Fisch!«
Am Abend gab es bei den Seemanns Fische und Pilze. Beim Verzehr dieses sonderbaren Menüs kam Magnus nicht einmal der Gedanke, daß er für die kommende Nacht auf Julianes Speisekarte gestanden haben könnte. Wie sollte er auch — Juliane schlief im Wohnzimmer auf dem Sofa und Magnus unter dem Dach.
Das Gewitter war gekommen, die verstaubten Blätter machten eifrig Hausputz, die Enten freuten sich auf Pfützen, die Schweine hofften auf Modder und Schmadder am Ende der Wiese, und Magnus träumte von einem riesengroßen Hecht, den er schon sehr bald fangen würde. Juliane schlief fest. Eine wie sie beginnt nicht gleich mit dem nächsten Traum, wenn der vorhergehende gerade ausgeträumt ist!

Vor dem Spiegel mit dem Hauch von Muranorosa legt Juliane einen Hauch von Rouge auf die Lippen, sie ordnet die Frisur und ist wieder einigermaßen zufrieden mit sich. »Na, du alte Fregatte«, muntert sie sich selber auf, »schieß in den Wind!«

3

Juliane nimmt Juliane innerlich bei der Hand — um mit ihr in die kleine Hotelbar zu gehen, in der die blaue Stunde noch immer so feierlich zelebriert wird, wie Vicky Baum das beschrieben hat.
Die Bar hört auf den albernen Namen ›Intermezzo‹. Bars haben es an sich, daß sie alberne Namen haben, wie ›Cavalcade‹, ›Panorama‹ oder ›Sidestep‹. Außerdem sind Bars, wenn sie nicht obskur und drittklassig sind, von frustrierten Innenarchitekten so überladen worden, daß man sich oft wie in einem Schaufenster für Möbelschnickschnack vorkommt — lediglich mit dem Unterschied, daß es in Schaufenstern nichts zu trinken gibt. Juliane betritt die Bar mit genau der Mischung aus Sicherheit und Unterwerfung, die von Barkeepern jeglichen Alters und Geschlechts seit alters her geschätzt wird.
Juliane setzt sich unter dem aufmunternden Blick eines Mannes, der Charly genannt wird und vermutlich Eberhard Trautmann heißt, auf einen Hocker und wartet. An jeder halbwegs anständigen Bar muß man warten. Diese Demutsgeste stimmt den Mixer freundlich, und die Chancen, im Menschenpanorama dieses Abends bei ihm eine Rolle zu spielen, steigen ungemein. Schließlich kann man an einer Bar versauern, vor sich hindämmern, eingehen oder rundweg vergessen werden. Das ist nur eine Frage von Charakter und Temperament dessen, der die Drinks pur oder gemischt ausgibt. Juliane gehört an diesem Abend zu den Gewinnern. Sie bestellt einen ›Pousse Café‹, und der Mann hinter der Bar nimmt, strahlend vor Glück, die Herausforderung an, noch einmal richtig seines Amtes walten zu können — was sind schon die albernen Mixdrinks, alles mit Soda, je nach Laune noch mit Orange oder

Tomate. Juliane verlangt gleich das Besondere — so, als würde sie in einen Zirkus gehen und sagen: Lassen Sie mal die albernen Clowns beiseite — ich will nur die Hohe Schule!
Und so setzt der Barmann in einem trichterförmigen Likörglas den Drink zusammen: Über den Löffel läßt er Grenadine, Cuarenta-Tres, Curaçao, Barack Brandy und Barack Palinka in sauber getrennten Schichten ins Glas laufen, und strahlend serviert er den rot-grün-blau-braun-weißen Cocktail, der vor knapp fünfzig Jahren einmal die große Mode war.
Die anderen Gäste aus dem weltweiten Verein der Biedermänner und Brandstifter, die sich allüberall in Hotelbars zu treffen pflegen, kommen sich schlagartig degradiert vor — neben diesem Drink wirkt jeder Wodka wirklich wie Wasser, und ein Cognac schwappt wie Spülwasser im Schwenker! Juliane genießt diese Situation — aber nur innerlich. Der Barkeeper nickt diskret, und Juliane prostet sich selber zu: Genieße es, Juliane — irgendwas wird dich einholen, und dann ist es wieder zu Ende, so oder so!
Aus den gut versteckten Lautsprechern rinnt Musik in die Bar, eine zärtliche Melodie! Mundharmonika, seidige Posaunen und darunter ein Streicherwind, der das Gemüt wie ein Segel bläht.
Juliane liegt genüßlich vor diesem Wind. Das eben sind die großartigen Vorzüge einer alten Fregatte! Was nützt die schönste Stromlinie, wenn man sich nicht darauf bewegen kann?
Was Juliane jetzt fehlt, ist ein Unterhalter, ein Mensch, der noch zu plaudern versteht, der so perfekt Konversation macht, daß immer ein wenig von seiner Person und Persönlichkeit durchblitzt.
Juliane träumt sich einen Mittsechziger herbei — einen Mann nach dem Schnittmuster ›Herr‹. Juliane läßt die Konventionen von der Leine ihrer Phantasie: Graue Haare soll er haben — mit einem Anflug von Blau!

Eine randlose Brille sollte auch sein, denn sie gibt jenen Hauch von Weitblick, der auch kurzsichtige Augen zu fröhlichen Strahlern macht. Der Anzug, möglichst mit Weste, das verspielt das Bäuchlein und erlaubt Hosenträger, das wiederum bekommt dem Magen. Und ältere Herren, die wenigstens in diesem Bereich noch intakt sind, strahlen schon deshalb Fröhlichkeit aus, weil sie noch gutes Essen genießen können. Und die Schuhe — wenn es unter Frauen Schuhfetischisten gäbe, Juliane wäre unabänderlich einer geworden. Was ist schon ein Mann mit ausgetretenen und verlatschten Schuhen, einer, der Quetschfalten ins Chevreau getreten hat, der hat auch einen ausgetretenen Charakter. Und Glanz muß sein — nicht der dreiste Hochglanz, nein, Seidenglanz muß Schuh und Fuß einhüllen. Slipper sind Juliane lieber als Reihschuhe, und sollte ein Mann oder Herr gar diese italienischen Stiefeletten tragen, die den Sockenansatz verbergen und die Fesseln samtig umschmeicheln . . .
Träum nicht, Juliane, ruft sich Juliane zur Ordnung. Dann ist sie zufrieden, wenn es solche Männer vermutlich auch nicht mehr gibt — solange es sie in ihrer Phantasie gibt, lohnt sich immer noch der Traum zwischen Barspiegeln und Flaschen. Womit Juliane wirklich nur die verschiedenen Behältnisse und keineswegs die Gäste meint.
Wie ein Löwe nach der Gazelle, so springt der Barkeeper auf Juliane zu. Fast hätte sie sich verschluckt. Was hat sie falsch gemacht, ist irgend etwas an ihr nicht in Ordnung?
»Bedaure, der Platz ist besetzt«, sagt der Barkeeper mit jener Trauer in der Stimme, die den ungeliebten Gast darüber hinwegtäuschen soll, daß man ihm nicht einmal Wasser servieren wird.
Juliane versteht nicht ganz. »Sie irren«, sagt sie fröhlich, »dieser Platz ist frei! Hier sitze ich schon eine halbe Stunde — der Platz ist wirklich frei!«

Barkeepern kann man erzählen, daß man auf einen Schlag seine Großmutter stranguliert und eine entsetzliche Nichte vergiftet hat — das verstehen sie. Mischt man sich aber in ihre Disposition ein, dann kommt man auf eine schwarze Liste, die nie gedruckt wird, deren Folgen aber unabsehbar sind.
Grund des Disputs ist ein junger Mann Mitte Zwanzig — in Julianes Augen leger, in den Augen des Barmannes absolut verlottert gekleidet! Barkeeper sind die Lordsiegelbewahrer von Traditionen, die sie selber eingeführt haben, und Bars sind gemeinhin ein Ort der Konventionen, wenn nicht gerade gestrippt oder geschaunummert wird. Revolutionen gehen von Kneipen aus — in einer Bar macht man Geschichten, die die Geschichte allenfalls um ein paar harmlose Glanzlichter bereichern.
Juliane macht zwei gezielte Gesten. Mit links beruhigt sie den Barmann — mit der rechten Hand lädt sie den jungen Mann zunächst wortlos ein, neben ihr Platz zu nehmen. Wenn das so ist, dann fügt sich auch der Keeper, er wollte schließlich die reizende alte Dame nur vor Belästigungen bewahren. Aber wenn es der Lady nichts ausmacht, neben dem Typen zu sitzen, dem man in neuerer Zeit leider den Zutritt zu Bars und ähnlichen Orten nicht mehr verwehren kann, dann ist das aus zwei Gründen gut: Der Platz wird genutzt, und das Image von Toleranz wird gewahrt. Beides Dinge, die für eine Hotelbar sehr wichtig sind.
Der junge Mann im Wohnpulli, aus dem oben ein tadelsfreier weißer Hemdkragen schaut, hat noch den Rest jener guten Manieren, mit dem man glänzend auskommt, seit der Ballast der albernen Schnörkel im Miteinander der Menschen über Bord geworfen worden ist. Der junge Mann besteigt den Stuhl mit jener Lässigkeit, die auf korrekte Menschen ungeheuer obszön wirkt. »Guten Abend!« sagt er und läßt sich erleichtert auf dem kunstledergepolsterten Barhocker nieder. Die-

ser gibt darob einen Ton von sich, von dem es im Gedicht schon heißt, daß er Beamtenkindern Freude mache.
Juliane prustet los. Sie hat ein ganzes Leben lang gerne gelacht — und mit Vorliebe über die kleinen Unglücke anderer Leute. Sie ist allerdings immer noch großzügig und läßt auch über sich lachen. Der junge Mann bringt schnell wieder ein bißchen Luft zwischen sich und die Lederfläche, mit erneuter Wucht läßt er sich fallen — und der Ton hallt durch die Bar mit jener Peinlichkeit, die zum Beispiel jeden überfällt, der auf Flughafenklos und ähnlichen Orten den tönenden Winden geplagter Mitmenschen lauschen muß.
»So!« sagt der junge Mann und wendet sich an Juliane und prustet vor Lachen.
»Ich hab einen ganz stillen Stuhl erwischt!«
»Wir können ja tauschen!« albert der junge Mann.
»Aber vielleicht ist der Hocker ein Kavalier und hält bei Damen die Luft an!«
Schon bei Luther liefern jene — leider nicht ruchlosen — Laute Anlaß zu Tadel und Gespräch. Und darin hat sich unsere Gesellschaft bis heute nicht geändert — wo man aus einem Pups Konversation oder einen Donnerschlag machen kann, da tut man es gerne.
Juliane hätte nun zu gerne die Geschichte von ihrem Bruder zum besten gegeben, der mit einem Einweckglas in die Badewanne stieg, die Streichhölzer griffbereit und sich den Bauch mit Zwiebeln vollgestopft hatte, um die Theorie vom stichflammenartigen Entweichen zu beweisen — oder zu widerlegen!
Aber Juliane schweigt vorübergehend etwas zweideutig, das Lachen schaltet sie nach innen — und den jungen Mann schaut sie so aufmunternd an, als wollte sie ihm sagen: Nur weiter, Genosse — ich bin gesprächsbereit!
Vorerst aber bestellt sich der neue Barhocker einen Bourbon, den er schnell und aufatmend kippt. Dann

wendet er sich wieder an Juliane: »Ich finde diese Trinkschuppen abscheulich!«
Juliane antwortet neugierig: »Warum sitzen Sie dann hier herum?«
Der junge Mann grinst ein wenig. »Mein Chef ist hier bei einer Tagung, da muß ich die Unterlagen abholen, die er bis morgen bearbeitet haben will!«
»Von Ihnen?« erkundigt sich Juliane, und der junge Mann nickt so heftig, als wollte er seinen Kopf über die Bar schleudern.
»Prognosen für den Brauerei-Absatz der nächsten Jahre — natürlich begründet, optimistisch mit leicht gebremstem Schaum!«
»So was können Sie?« fragt Juliane geradeheraus.
Der junge Mann kann.
Juliane sucht nach einem Thema, das den Unbekannten vom Nebenhocker interessieren könnte, ein Drink und ein Gespräch, darüber kann sie ihre ziemlich verpatzte Lage einigermaßen vergessen. Sosehr sie auch überlegt, ihr will nichts einfallen, das so attraktiv, erregend und kontaktfördernd wäre, daß es den jungen Mann fesseln könnte. Juliane schaut an die Decke, als würde dort eine Schrift mit der richtigen Frage erscheinen. Sie betrachtet die Aufdrucke auf den Flaschen, als könnten die ihr einen Hinweis geben, wie dieser junge Mann zu unterhalten wäre. Herrlich, wenn er mit ihr sprechen würde. Er hat bestimmt keine Krankheit, über die sich zwei Stunden ohne Punkt und Komma reden läßt, er ist noch zu jung, um sich an die gute alte Zeit zu erinnern, und der Jugend von heute noch zu nah, um über sie zu schimpfen. Juliane sehnt sich nach einem jungen Gespräch. Sie haßt Sätze, die mit so schlimmen Worten wie ›damals‹, ›früher‹, ›zu meiner Zeit‹ und ›vor Jahren‹ anfangen. Juliane will für heute leben, nicht von den Gedanken an gestern. Nicht etwa, daß Juliane keine Erinnerungen hätte — und ob sie welche hat: gute und schlimme, heitere und ernste, liebenswerte und frivole!

Aber Erinnerungen sind wie ein Sack, den man fortwährend mit sich herumschleppt. Ist man erst mal über fünfzig, dann hat man gefälligst Erinnerungen zu haben, die abgerufen werden können wie französische Vokabeln oder Sinngedichte aus dem Lesebuch.
Mit Erinnerungen kann man sogar Geld verdienen, wenn man meint, daß auch andere sich gerne an etwas erinnern lassen, was sie schon längst vergessen haben — dann schreibt man ein Buch. Ganz einfach ein Buch.
Juliane hängt ein paar gehässigen Gedanken mit besonderer Freude nach. Was hat sie nicht alles erlebt — aber niemand will es wissen! Sie kann auch aus Erinnerungen so eine Art von arithmetischem Mittel ziehen, das man gemeinhin Erfahrung nennt — aber wer will schon Erfahrungen außer denen, die man selber machen mußte?
Juliane hat die Fähigkeit, sich mit anderen Gedanken als denen, die sie gerade denken möchte, zuzustopfen. Diese Art von Gehirnblockade lenkt ein wenig von der Gegenwart ab. Leider nicht von der Gegenwart des jungen Mannes, der wortlos den zweiten Bourbon kippt, als wäre es lediglich braun gefärbter Siegerländer Korn.
Da Bars zumeist die Reservate der Opas und derer sind, die man dafür hält, gibt sich auch die Musik dezent und nostalgisch. Juliane lauscht einem Slowfox, der ihr geradezu in die Beine fährt — herrlich, die langsamen Bewegungen, die von der Musik erzwungen werden.
»Auf so was hat man früher getanzt?« wird Juliane gefragt — und zu ihrer Freude ist der junge Mann von nebenan der Frager.
»Und wie!« strahlt Juliane.
Der junge Mann reagiert äußerst skeptisch. »Manchmal auch Backe an Backe — und so?«
Der junge Mann will wissen, wo denn da die Selbstver-

wirklichung bleibt — wenn man sich einem Partner anpassen muß. Anpassen muß er sich den ganzen Tag — überhaupt, diese lächerliche Duetthopserei! Sirtaki, das ist was — und nur von Männern getanzt!
Juliane wird etwas unruhig. Sie weiß, daß Damen ihres Schlages bevorzugte Anlaufstellen für Herren sind, die gerne mit Männern tanzen.
Der junge Mann drängt sich zwischen Julianes finstere Gedanken. »Aber es muß doch was dran sein«, bestätigt er lachend und schaut Juliane an.
Manchmal möchte Juliane der Juliane etwas zurufen, eine Warnung vielleicht oder eine Mahnung. Aber dann ist Juliane meistens schon über alle Berge und tut etwas, was man eigentlich nicht tun sollte. »Wollen wir's mal versuchen?« hört Juliane sich fragen, und der junge Mann nickt zustimmend. Er hilft Juliane vom Hocker, und die beiden gehen zur kleinen Tanzfläche, die aus Holzrhomben zusammengesetzt ist, die wiederum wie ein Lakritzstern auf einer Kinderhand wirken.
Juliane weiß, daß sie sich jetzt nicht umschauen darf, nicht ein Gesicht darf sie wahrnehmen, denn so selbständig, daß sie sich über die Meinungen anderer Menschen hinwegsetzen kann, ist Juliane nun auch wieder nicht. Es ist doch immer das gleiche. Erscheint eine Frau in den Jahren, die nicht mehr die besten sind, mit einem jungen Mann, dann ist sie eine alte Nutte, die nicht genug kriegen kann. Erscheint aber ein Mann, der sich zu den besseren älteren Herren zählt, mit einem Mädchen, das aus diversen Gründen seine Tochter nicht sein kann, dann ist das ein Mann von Welt. Juliane beschließt, über derlei Vorurteile hinwegzutanzen, zumal sie keine andere Absicht hat, als mit diesem jungen Mann zu tanzen.
Zum Glück ist es in der Bar reichlich schummerig, so sieht man nicht, daß die Füße der beiden sich manchmal gefährlich verheddern und daß die rechte Hand

des jungen Mannes etwas zu forsch an der Stelle liegt, die Juliane vor Jahren noch als ihre Taille bezeichnete. Jedenfalls amüsieren sich die beiden.
»Das ist irre!« sagt der junge Mann. »Echt irre!«
Juliane sagt nichts, aber sie freut sich unbändig, denn wenn etwas irre ist, dann kann es einen auch verrückt machen. Und Juliane ist gerne einmal verrückt.
Da zwischen der alten Dame und dem jungen Mann nichts weiter passiert, als daß sie halbwegs vernünftig tanzen, wendet sich das Interesse der übrigen Barbesucher wieder anderen Belanglosigkeiten zu.
Die Musik ist zu Ende.
»Schade!« sagt der junge Mann, und Juliane will zu ihrem Platz zurückgehen. Der junge Mann hält sie fest.
»Können wir nicht irgendwo anders hingehen? Dieser Schuppen ödet mich an!«
»Und die Vorhersage für die Bierbrauer?« mahnt Juliane.
»... mach ich doch mit links«, verspricht der junge Mann.
»Das wird die Bierbrauer aber nicht freuen!« sagte Juliane etwas strenger, als sie wollte.
»Ich hatte ja auch nicht vor, einen Zug durch die Gemeinde zu machen!« sagt der junge Mann. »Wenn ich die Unterlagen habe, schießen wir in den Wind — ich kenne da ein griechisches Lokal!«
Wenn dieser Junge wirklich mit ihr ausgehen wollte, wenn das nicht so eine Redensart wäre, dann würde Juliane mit ihm in die übelste Kaschemme gehen — griechisches Essen muß auch nicht sein — Currybulette genügt! Hauptsache, es passiert endlich noch mal was, was nicht zu bedenken, zu planen und zu kalkulieren ist.
Der junge Mann geht aus der Bar — Juliane geht zu ihrem Platz zurück. Sie hält sich am Likörglas fest. Ach was — der ist weg! Der hat sich einen guten Abgang verschafft! Juliane wird sich einen Kleinen antrinken,

zu schärferen Sachen übergehen und morgen mit einem Kater erwachen, der ihre ohnehin trüben Gedanken noch mehr eintrüben wird. Dann wird sie die Rechnung bezahlen und sich nach einer kleinen Pension umsehen — bis sie etwas anderes gefunden hat!
Dummes Frauenzimmer! beschimpft sie sich selber. Fühlst dich mal wieder jünger, als du bist! Du unwürdige Greisin, hockst an Bartheken und angelst nach jungen Männern. Du bist ein Flittchen, Juliane — laß dir das gesagt sein! Aber Juliane läßt sich an diesem Abend von Juliane nichts sagen.
Der junge Mann kommt mit einer jener geheimnisvollen Mappen wieder, die nur stilecht sind, wenn sie aus schwarzem Büffelleder sind und ein Zahlenschloß haben. Darin kann man seine Haut zu Markte tragen, Geheimnisse transportieren oder auch nur zwei Paar Sokken und drei Hemden samt Zahnbürste und Rasierapparat zur nächsten Tagung schleppen. Egal, was drin ist — die Tasche macht den Träger bedeutend.
Bei diesem jungen Mann hingegen sieht die Tasche unbedeutend aus. Ungeniert tippt er Juliane auf die Schulter. »Auf denn, Lady, die Pferde sind gesattelt!«
Juliane zahlt ganz schnell ihre Rechnung. Selbst das knappe Trinkgeld kann den Barkeeper, der so gerne auf Ordnung mit etwas Zucht hält, nicht von zweideutigen Überlegungen abhalten. Juliane hat Mitleid mit dem Mann, der seine Enttäuschung nur schwer verbergen kann. Juliane will ihn trösten: »Es wird nichts so heiß gegessen, wie es gekocht wird!«
Aber derlei Äußerungen hält der Flaschenfürst für frivol. Diese Dame ist für ihn kein Thema mehr — und sollte sie je wieder bei ihm einkehren, wird sie auf Knien um ein kleines Glas Mineralwasser bitten müssen.
Juliane läßt sich von dem jungen Mann ein wenig helfen. Es ist herrlich, wenn einem ohne zu bitten geholfen wird — überhaupt, wenn man nicht um Hilfe bitten

muß. Natürlich kommt Juliane auch alleine und ohne Hilfe vom Barhocker — aber da ist doch immer diese kleine Angst, es könnte ja mal schiefgehen: eine falsche Bewegung, und die alten Knochen sagen knacks, und man hat ihn damit für immer weg — den berüchtigten kleinen Knacks. Was hilft einem alten Menschen das ganze Gerede von der Reife und der Weisheit des Alters — Juliane würde liebend gerne ein paar Erfahrungen weniger haben, nicht ganz so reif erscheinen und dafür weniger Angst haben müssen, daß etwas passiert, was nicht passieren darf. Egal, wie weise und wie reif — mit einem Oberschenkelhalsbruch ist man geliefert! Und dazu noch gleich ausgeliefert! Irgendwie ist das nicht richtig eingerichtet: Wenn sich ein junger Mensch das Bein bricht, dann ist das kein Beinbruch — Mutter Natur spendet Heilkräfte in Fülle! Stolpert aber eine alte Dame auf dem Bürgersteig und bricht sich ein paar Rippen — dann hält sich die Natur zurück, und die Heilung bleibt dem Zufall und dem Doktor überlassen.
Derlei unfröhliche Gedanken können einem den ganzen Tag vermiesen. Und wenn man so alleine in einem Zimmer sitzt, das sich als Appartement tarnt, wenn man Heimatgefühle in fremden Möbeln entwickeln soll, dann kommen solche Gedanken und sind zu jeder Stunde des Tages lästiger als im Sommer ein paar Wespen über der Marmelade.
Für jetzt und heute verscheucht Juliane diese Gedanken. Sie geht mit dem jungen Mann aus der Bar in die Halle zurück und läßt die unsichtbare Schleppe rauschen.
Mitten in der Halle bleibt Juliane stehen und erkundigt sich: »Würde es Sie eventuell interessieren, wie ich heiße?« fragt sie den jungen Mann!
Der zuckt zusammen wie ein Kind, das der Tante das sogenannte falsche Händchen gegeben hat. »Aber sicher!« sagt er und lacht. »Wie heißen Sie denn?«

»Juliane!« sagt Juliane. »Juliane Winkler!«
Der junge Mann verbeugt sich.
»Benedikt Lahrmann — meine Freunde nennen mich Benni!«
Juliane schaut ihn an, zögert einen Augenblick und sagt dann: »Wo ist denn das griechische Lokal — Benni?«
»In der Pfalzburger Straße — Julchen!« Benni spürt sofort, daß er mit der Veränderung des Namens zu weit gegangen ist.
Juliane möchte nicht, daß Benni sich bedrückt fühlt, darum gesteht sie: »Julchen ist ganz nett — manchmal!«
Benni hat begriffen, lachend sagt er: »In Ordnung — ich sage nie wieder Julchen — Juliane!«
»Sag lieber nie wieder — nie wieder!« mahnt Julchen und läßt sich in den Mantel helfen, den die Garderobenfrau mit mißbilligendem Blick auf die Marmortheke gelegt hat.
Dieser unfrohen Alten möchte Juliane am liebsten mal die Zunge rausstrecken und ganz laut ›Ätsch‹ sagen — aber was bringt das?
Viel zuviel Leute sagen nur ›Ätsch‹ und könnten sich eine Freude machen, wenn sie einmal erklären würden, warum ihnen nach ›Ätsch‹ zumute ist!
Benni hat sich in einen alten Trenchcoat gewickelt, wenn es regnet, kann er darunter noch ein paar Kinder mitnehmen, die den Schirm vergessen haben. Benni spendiert sich und Juliane ein Taxi, denn in einer halben Stunde schon ist das ›Lyssos‹ knackvoll, und man bekommt dann keinen Tisch mehr.
Im Taxi sagt Juliane ganz leise und glücklich: »Wir sind verrückt!« Benni schließt sich dieser Meinung vollinhaltlich an.
Plötzlich überfallen Juliane dunkle Gedanken. Was will der junge Mann mit einer alten Frau? Vermutet er vielleicht Geld bei ihr — hat er es vielleicht schon in diesem Augenblick auf ihre Tasche abgesehen? Juliane ruft

sich zur Ordnung, aber die Ordnung will sich nicht einstellen.
Mißtrauen ist ein Schlinggewächs, das sich auf Herz und Gemüt legt. Früher war sie nicht mißtrauisch! Natürlich, wenn man sich noch wehren kann, ist es leicht, nicht mißtrauisch zu sein.
Juliane zupft Benni am Mantel und sagt leise: »Laß uns umkehren! Bring mich nach Hause ins Hotel — ich bin mißtrauisch!«
Benni schaut Juliane an, als habe sie ihm soeben offenbart, daß sich unter ihrem Sitz eine grüne Mamba schlängelt und sie beide keine Überlebenschance mehr haben.
Dann faßt Benni sich und stellt schlicht fest: »Juliane, du bist verrückt!«
»Nee — noch nicht!« mault Juliane. »Aber ich werde es bald sein — es ist doch zum Verrücktwerden!« bricht es aus ihr hervor. »Es ist doch zum Verrücktwerden, wenn man sich und anderen nicht mehr trauen kann. Du machst dir doch vermutlich auch nur einen Scherz auf meine Kosten — oder?« Juliane schaut Benni hoffnungsvoll an, wenn er jetzt nein sagt, dann ist alles gut!
Aber Benni sagt nicht nein, er sagt etwas ganz anderes: »Da bildest du dir doch nur etwas ein — Kindern bringen wir das Mißtrauen bei, weil es nicht gut ist, wenn man allen und jedem vertraut! Ist doch prima, wenn du mißtrauisch bist, dann fällst du auch weniger rein — wer mißtrauisch ist, läßt sich kein X für ein U vormachen. Aber weißt du, zum Mißtrauen gehört Großzügigkeit! Wenn einer das Wechselgeld nachzählt, weil er der Bedienung mißtraut, der soll gefälligst auch daran ersticken! Wenn man einem Menschen schon mißtraut, bevor er einen belogen hat — warum sollte er einem dann noch die Wahrheit sagen, verstehst du?«
Juliane versteht nicht — nicht ganz.
»Aber es ist doch idiotisch, wenn du mit mir eine Sause

machst — da muß man doch mißtrauisch werden! Oder nicht?«

Benni ist beinahe böse. »Was ist denn so ungewöhnlich daran? Ich finde dich nett und möchte mit dir essen gehen — natürlich ist es vollkommen richtig, wenn du mißtrauisch bist!«

Juliane fährt zusammen, als wäre ihr gerade die Geldbörse entwendet worden.

»Ja«, gesteht Benni, »ich will dich ausnehmen wie eine Mastgans. Ich hab ganz finstere Pläne mit dir, ich werde dich ausbeuten, und mein Gewinn wird größer sein, als ich für unser Abendessen bezahle!«

Juliane versteht im Auto nur Bahnhof. Ist sie einem Verrückten aufgesessen, einem von diesen sanften Irren, die erst gefährlich werden, wenn man ihnen widerspricht?

Benni lehnt sich nach hinten und erklärt: »Weißt du, ich bin ziemlich daneben — um genau zu sein: Ich bin kaputt, restlos kaputt. Und da braucht man einen Menschen, mit dem man quatschen kann. Aber mit wem kann man das, ich kenne nur Typen, die selber kaputt sind — und zwei Kaputte an einem Tisch, das ist ein doppeltes Fiasko.« Benni schaut Juliane an, und er möchte in ihrem Gesicht lesen können, daß sie ihn versteht.

Es gibt Situationen, in denen Juliane geradezu glücklich ist, daß ihr Heidentum noch einen katholischen Rest hat. So sind zum Beispiel die kleinen Stoßgebete und Anrufungen immer dann in ihrem Leben ungemein wichtig, wenn sie sich mit landläufigen Mitteln nicht mehr verständigen kann. In dieser Situation macht es ihr auch überhaupt nichts aus, ohne Umwege mit eben diesem Gott zu reden, dessen irdische Einrichtungen sie schon seit vielen Jahren meidet. Laß mich jetzt nichts Falsches sagen — laß mich freundlich lächeln, als führe ich alle Tage meines Lebens mit kaputten jungen Männern in einem Taxi. Wenn ich gleich was sagen

muß, laß mich um Gottes willen das Richtige sagen — oder noch besser: Laß mich versuchsweise noch einmal im richtigen Augenblick schweigen können!
»Na«, sagt Benni, »was sagst du nun?«
»Nichts!« sagt Juliane.
Und Benni atmet erlöst auf. »Das ist gut!«
Reichlich verunsichert klettert Juliane aus dem Taxi. Benni löhnt den Fahrer und knausert mit dem Trinkgeld.

4

Das ›Lyssos‹ ist einer jener Geheimtips in der großstädtischen Gastronomie, die der Wissende nur an seine besten Freunde weitergibt. So kommt es denn, daß diese Läden voller netter Menschen sind, wenn der Wirt es versteht, das Niveau der Küche auch dann zu halten, wenn der Zulauf geringwertigere Zutaten erlauben würde. — Im ›Lyssos‹ gibt der Wirt sich Mühe.

Als Vorspeise hat Benni Zaziki bestellt, diese ungeheuerliche Knoblauch-Gurken-Joghurt-Kreation, die — bis auf Eisbein — fast zu allem schmeckt. Juliane genießt zu Zaziki das weiche Brot, bei dem man nicht fürchten muß, daß es sich brückensprengend im Mund quersetzt und eine Eßzimmerkatastrophe ungeahnten Ausmaßes herbeiführt.

Im Alter, denkt Juliane lachend, kann man zwar immer noch die Zähne zeigen — aber zubeißen ...

Juliane meint das symbolisch. Was ist das schon für ein beschämendes Gefühl, wenn man morgens Angst hat, in eine frische Schrippe zu beißen. Einmal ist Juliane nachmittags in den Zirkus gegangen — und da ließ sich dann eine Dame in einem himmelblauen Glitzerbikini mit den Zähnen hoch hinauf ins Chapiteau befördern. Am nächsten Morgen hat Juliane zugebissen! Die folgenden vier Wochen hat sie im Wartezimmer eines Zahnarztes zugebracht, und selbst gute Freunde vermuteten bei der redseligen Juliane eine Psychose, weil sie mit einemmal so schweigsam geworden war.

Die griechische Küche scheint wirklich altenfreundlich zu sein! Auch das ist so ein verdammtes Wort, denkt Juliane und wischt mit dem weichen Brot den letzten Rest der mediterranen Köstlichkeit vom braunen Majolikateller, ›pflegeleicht‹, ›hautsympathisch‹, ›kinderfreundlich‹, und dann das schlimmste Wort: ›altengerecht‹ —

alles auf ein Schlagwort reduziert. Ekelhaft! Das Wort ›ekelhaft‹ muß ihr vernehmlich über die Lippen geschlüpft sein, denn Benni schaut entsetzt hoch. Juliane tätschelt ihm ein wenig den Arm und erklärt dem neuen Freund: »Nur Geduld, das kommt bei dir auch noch. Zuerst bist du froh, daß niemand hört, was du denkst — und auf einmal hörst du, was du denkst! Und gnade dir Gott, du hast dann nicht gelernt, im richtigen Augenblick den Mund zu halten, dann bist du viel schlimmer als ein Tattergreis — dann wirst du ein Plappergreis!«
Benni ist wieder zufrieden. Überhaupt — er hat sich lange nicht mehr so wohl gefühlt wie in der Gegenwart dieser Juliane. Da weht ihn etwas an, was er liebt! Zum Beispiel unverstellte Herzlichkeit, zum Beispiel zweckfreie Freundlichkeit — und zum Beispiel fröhliche Dankbarkeit. Leute wie Benni werden eines Tages an den Gefühlen ersticken, über die sie sich nicht zu sprechen trauen. Leute wie Benni verstellen sich viele Wege zu Menschen, weil sie sich nicht vorstellen können, daß ein Zeitgenosse nur freundlich ist, weil ihm der Sinn nach Freundlichkeit steht. Leute wie Benni sind bewußt undankbar! Sie zeigen das gerne — mit Vorliebe angejahrten Eltern, abgelegten Freundinnen und Professoren, die die Diplomarbeit angenommen haben. Undankbarkeit ist die perfekteste Tarnung für die Angst des Verstandes, man könnte zur Unzeit für ein Sensibelchen gehalten werden. Undankbarkeit ist ein Panzer, den man umlegt, sie schafft eine böse Distanz und letztendlich auch klare Fronten zwischen einem zumeist jugendlichen Kotzbalken und zumeist bemitleidenswerten Eltern, denen schon ein kleines Tröpfchen Dank das Lebenslicht zum Brillantfeuerwerk machen würde.
Benni weiß nicht, was Juliane noch alles hat — aber er weiß genau, was er hat: Zutrauen und Vertrauen.
Jetzt dreht er das Weinglas mit dem Trockenen aus Zy-

pern und rätselt herum: Warum ist das so? Warum warte ich darauf, daß diese Frau ihr Herz aufschließt und ich ihr alle Regale mit meinen Problemen vollkramen kann?
Juliane dreht das Weinglas in die andere Richtung und rätselt gleichfalls herum: Warum ist das so? Warum warte ich darauf, daß der Junge mir sein Herz öffnet, mir seine Probleme anvertraut — und vielleicht sogar seine Geheimnisse?
Es ist schön, daß sich beide Fragen nicht schlüssig und verbindlich beantworten lassen — so müssen Menschen eben immer wieder aneinander herumrätseln.
Anidas bringt das Hauptgericht: Rindfleisch mit Gemüsezwiebeln in Lorbeer und Koriander für Juliane, Lammragout mit Reisnudeln für Benni. Nach der phantasielosen Kost in seniorengerechten Portionen genießt Juliane die Fülle auf dem Teller — was sie nicht mag, läßt sie liegen. Eine herrliche Freiheit, wenn einen niemand hinterhältig fragt: Na, Frau Winkler, haben wir heute keinen guten Appetit?
Benni genießt sein Essen, und Juliane freut sich, daß Benni sein Essen genießt. Wie lange ist das her, daß sie eine fröhliche Mahlzeit erlebt hat, ein Essen mit vielen Menschen? Keine lukullische Orgie, aber doch schon an der Grenze zu gottverbotenem Fraß und Völlerei.

Doch — in diesem kleinen Gasthof über dem Jagsttal! Es sollte eine riesengroße Gesellschaft sein: Frauen in langen Kleidern, Männer in Cut und Stresemann, kleine Jungen in Kieler Matrosenanzügen und etwas kleinere Mädchen in weißen Taftkleidchen mit Smokarbeit am vorderen und hinteren Plattstück. Und Juliane — was sollte das für eine Juliane sein? Brüsseler Spitze, ein Rausch von Brüsseler Spitze über einem weit schwingenden Rock aus Schweizer Jacquard, ein Oberteil dazu, das die unübersehbare Blüte der Braut etwas außerhalb der vorgeschriebenen Grenzen von Takt

und Schicklichkeit zur Geltung brachte, und einen Schleier aus Valenciennespitze, hinter dem sie all ihr Glück verstecken konnte.
Statt dessen trug sie einen roten Hut, der schon dreimal umfassoniert worden war, einen grauen Mantel mit mausrigem Kaninchenfell am Kragen, und zur Seite weit und breit keine Damen in langen Kleidern, ganz zu schweigen von den Herren in Cut und Stresemann — dafür aber einen Gatten in Feldgrau, ohne besondere Abzeichen, und in der Handtasche aus Vorkriegskroko ein Bündel Lebensmittelkarten, um das Hochzeitsmahl versorgungstechnisch und finanziell erschwinglich zu halten.
Dieser Thomas Winkler, dessen Namen sie vor vier Stunden im Rathaus von Crailsheim angenommen hatte, war Soldat. Obergefreiter. Sonst nichts. Sie war ihm von Berlin her nachgereist, denn er bewachte mit seinen Kameraden und etlichen Geschützen den Eisenbahnknotenpunkt, der angeblich für den Krieg so wichtig war.
Juliane hatte sich in diesen schlichten Thomas Winkler auf dem kleinen Rummel in der Karl-Marx-Straße verliebt. Was bleibt einem anders übrig, als sich in einen Mann zu verlieben, der mit sich und ein paar Gören Kettenkarussell fährt und damit auch noch zufrieden ist. Von Liebe hatte er eigentlich immer weniger gesprochen als von den ungeahnten Möglichkeiten, die man nach Krieg und Sieg in Deutschland haben würde. Das Unheimliche an Thomas Winkler aber war: Er meinte zwar den Krieg, in den alle Welt verwickelt war — aber er glaubte entschieden nicht an einen deutschen Sieg. Und dennoch war er zuversichtlich. Solch einem Optimisten mußte man sein Leben anvertrauen. Einen Mann, der die Niederlage mit ins Kalkül zog, um sich den Erfolg schmackhaft zu machen, durfte eine Frau wie Juliane nicht ungeheiratet aus ihrem Leben entlassen. Der zukunftssichere Habenichts hatte alle Ur-

laubstage verpraßt, als er heiraten wollte. Daher unternahm Juliane die einsame Hochzeitsreise. Die dazugehörige Nacht verbrachte sie gleichfalls in unüblicher Einsamkeit, denn Thomas Winkler mußte zurück zu den Geschützen zwischen den Schienen des Crailsheimer Bahnhofs.

Der Bräutigam hatte keine Verwandtschaft — wenigstens behauptete er das. Juliane ihrerseits hatte Vater und Mutter verlassen, weil sie von Herrn Winkler nichts wissen wollten. Überhaupt hatten die beiden elterlichen Schlaumeier befunden: Man heiratet erst nach einem Krieg, dann schrauben sich die Aussichten, Witwe zu werden, auf ein überschaubares Maß zurück. Dabei hatte Juliane diesen Thomas Winkler geheiratet, weil er der Prototyp des Überlebenden war.

Menschen wie Thomas Winkler verletzen sich nicht einmal das obere Glied des kleinen Fingers, wenn sie unvorhergesehenerweise vom Grunewaldturm stürzen — sie fangen auch noch mit dem Mund einen Hundertmarkschein auf! Aber was viel wichtiger war: Juliane liebte diesen Mann. Sie liebte ihn, wie man einen Sommerabend lieben kann, an dem man Wein trinkt und Käse ißt. Außerdem war dieser Sommerabend-Wein-Käse-Mann ein Liebhaber von erheblicher Qualität.

Als sie zum ersten Mal neben ihm wach wurde — in einer Pension in der Eisenacher Straße, bei der die Wirtin den Wettbewerb mit den schmuddligen Zimmern offensichtlich zu ihren Gunsten entschieden hatte — staunte er nicht schlecht, als Juliane laut und vernehmlich sagte: »Frau Elli Seemann in Heiligengrabe — es stimmt!«

»Was stimmt?« wollte Thomas wissen.

»Ach, nichts weiter!« sagte Juliane und kicherte. »Es hat nur ein bißchen ›klick‹ gemacht.«

Und weil Thomas Winkler nicht gleich wußte, was mit ›klick‹ gemeint war, zeigte ihm Juliane, was sie unter

›klick‹ verstand, und Thomas sagte geradezu erleichtert: »Ach, das meinst du!«
Damit begann eine Zeit, in der sich Thomas und Juliane in guten wie in schlechten Zeiten eine Menge ›verklickert‹ haben.

»Ist was?« erkundigt sich Benni und läßt das Lammragout zwischen Mund und Tisch schweben.
»Ach, nichts!« sagt Juliane und lächelt. »Ich hab nur an ein Essen gedacht, bei dem ich viele Gäste haben wollte — sonst nichts!«
Benni befördert das Ragout in den Mund. Es ist gut, daß er jetzt nicht fragt, sondern ißt. Juliane schämt sich nämlich ein wenig ihrer Erinnerungen, seit ihr mal einer dieser ekelhaften klugen Männer, die ihren Verstand herausgefordert und das Herz darüber vergessen haben, gesagt hat, daß Erinnerungen das untrügliche Zeichen fürs Altern sind, ganz sicher, wenn es täglich mehr werden.
Juliane ißt plötzlich langsamer. Sie weiß nicht, was nach dem Essen kommt, aber jetzt ist es schön — und so soll es bitte bleiben.
Als Nachtisch bestellt Benni Baklavah und fragt Juliane: »Soll ich eine Frau von dreißig Jahren mit einem Kind von sieben und einem Traumjob heiraten?«
Nun hätte er Juliane auch nach dem günstigsten Zeitpunkt für die Einführung des Muttertags in Zentralasien fragen können — sie wäre nicht verblüffter gewesen.
Juliane gibt keine Antwort. Und genau das hatte Benni gehofft. Eine klare Antwort auf eine klare Frage ergibt kein Gespräch mehr. Das weiß auch Juliane. Im Laufe der Jahre hat sie sich angewöhnt, kaum noch Fragen zu beantworten, denn Fragen sind in Wirklichkeit keine Fragen, sondern die ernste Bitte: Hör mir zu!
Benni erzählt von seiner Johanna, die eine erfolgreiche Familienrichterin ist, bisher aber nicht imstande war,

ihr eigenes Leben in Ordnung zu bringen. Johanna hat ein Kind, das — offensichtlich weiblichen Geschlechts — ein solcher Rabauke ist, daß man als zugelaufener Onkel gerne einmal das tun würde, was man sich als Vater verbieten sollte — mal kräftig zuschlagen. Die permanente Herausforderung in Jeans und Sweatshirt hört hin und wieder auf den Namen Genoveva, weil der in Aussicht genommene Vater über den Sagenkreis um eben jene Dame promovieren wollte. Es ist bei mehreren Dingen geblieben — es wurde nicht geheiratet, nicht promoviert. Johanna nahm mit sich, was an Kind und Kegel zu finden war, und machte auf eigene Faust Karriere.
Veva — das ist die gnädige Reduktion des sagenhaften Frauennamens — zeigte ihre Anhänglichkeit an die Mutter dadurch, daß sie ihr immer ähnlicher wurde: selbstsicher, selbständig und selbstbewußt. Lediglich mit einem gravierenden Unterschied: Derlei Eigenschaften können eine Frau um die Dreißig ungemein schmücken — ein Gör von sieben machen sie unerträglich.
Juliane hört aufmerksam zu — und schweigt. Da muß sich einer die Seele freihusten. Juliane empfindet es als Auszeichnung von höchstem Wert und Ansehen, daß Benni sich ausgerechnet sie, diese alte Juliane Winkler, ausgesucht hat. Was hat man ihr im Laufe des Lebens nicht alles erzählt! Aber bisher war kein Benni darunter gewesen — einer, der sich neben einen an die Bar setzt, Slowfox tanzt und sich dann ungehemmt als das herausstellt, was die meisten Menschen sind, aber nicht sein wollen: eine Herausforderung.
In Gedanken fordert Juliane Benni auf: Sprich weiter, Junge, keine Pause — da muß alles raus. Mach bitte keine Pause, sonst könnte dir aufgehen, wie fruchtlos ein Gespräch mit Juliane Winkler ist!
Benni redet weiter — und es ist noch immer oder schon wieder das alte Problem: Weil Johanna nicht so will,

wie Benni möchte, und Benni nicht so möchte, wie Johanna sich das vorstellt, reden sie nicht mehr von der Liebe, sondern von zwei Leben. Johanna spricht von ihrem — Benni von seinem. Dazwischen mosert Veva und meint keins von beiden. Zugegeben: für vernünftige Menschen ist die Lösung solcher Probleme besonders schwer, weil sie sich nicht mit Vernunft lösen lassen. Das sagt Juliane — und Benni ist baff.
»Entweder nehmt ihr beiden euch, wie ihr seid — oder ihr macht Schluß, ganz schnell und freundlich!«
»Ist das alles?« will Benni wissen.
»Wenn ihr eins von beiden tut, ist es schon viel!«
Juliane stochert in süßem Gebäck. Natürlich redet sie jetzt Unsinn, natürlich redet sie jetzt das, was alle sagen, wenn sie Benni etwas sagen sollen. Juliane haßt diese Entweder-oder-Lösungen, die entweder weh tun oder sehr weh tun. Nur weiß sie im Augenblick nichts anderes zu sagen. Sie muß diesen Benni, diesen jungen Mann, der auf eine Art in ihr Leben getrampelt ist, die den berühmten Elefanten im Porzellanladen zum Primaballerino abstempelt, um etwas Zeit, einen kleinen Aufschub bitten. Juliane konnte Probleme nie aus der hohlen Hand lösen.
»Hör zu, Benni!« sagt sie behutsam. »Ich muß ein wenig nachdenken können — können wir uns morgen treffen?«
»Wo?« will Benni sofort wissen.
»Wo du willst«, sagt Juliane, und sie meint es auch so.
»Dann irgendwo zwischen Himmel und Erde!« bestimmt Benni.
Und Juliane lacht ihn an. »Von mir aus — wenn du den Weg kennst!«
Benni und Juliane lachen, sie lachen so laut, daß die übrigen Esser aufschauen, sie anschauen und dann mitlachen, denn Juliane ist mit einem Lachen gesegnet, das anderen Menschen Appetit auf noch mehr Lachen macht.

Juliane ist müde und doch nicht müde! Die eine Hälfte sehnt sich nach dem Hotelbett, die andere Hälfte möchte weitermachen, damit ihr der neue Zipfel Leben nicht aus der Hand rutscht.
Benni und Juliane schließen einen Kompromiß. Sie gehen zu Fuß ins Hotel zurück — und sollten sie unterwegs noch Lust auf ein Bier haben, dann würden sie dieser Lust nachgeben.
Juliane hakt sich bei Benni unter. Benni kichert etwas angealbert und erklärt der neuen Freundin: »Ich werde Johanna von dir grüßen!«
Juliane zweifelt, ob Johanna sich darüber freuen wird.
»Natürlich nicht!« sagt Benni. »Denn ich grüße sie ja nicht von Juliane Winkler, sondern von Julia — und dann kann sie raten!«
»Julia«, wiederholt Benni, »Julia, das ist wie die Musik eines Streichquartetts — leise, etwas sinnlich und trotzdem ungeheuer konzentriert!«
Juliane lacht und antwortet: »Ich bin wohl innerlich mehr Julchen, als Juliane und Julia — Julchen, das ist so eine, der man den Besen in die Hand drückt und die dann tatsächlich für Sauberkeit sorgt, ein Julchen bohrt vermutlich auch in reiferem Alter noch in der Nase, und überhaupt — so ein Julchen hat enorme Schwierigkeiten mit dem Erwachsenwerden, denn was ist schon ein altes Julchen?«
Benni drückt Julianes Arm etwas plötzlich, aber herzlich an seine Rippen und meint: »So ein altes Julchen könnte man dauernd knuddeln, aufs Sofa setzen und aufpassen, daß nichts drankommt!«
Mit gespieltem Entsetzen reißt Juliane sich los. »Das könnte dir so passen!« Sie holt tief Atem, der von Zeit zu Zeit schon mal etwas knapp wird, und fährt fort: »Ihr Männer seid doch alle gleich — für jeden Typ Frau habt ihr eine Schublade — rein mit der Püppi, bevor sie etwas Unerwartetes tut! Das liegt auf der gleichen Ebene wie die albernen Vorurteile, daß

zum Beispiel rothaarige Frauen besonders sinnlich sind!«
Benni deutet eine Verbeugung an. »Entschuldigung, gnädige Frau, was haben Sie gegen ein gesundes Vorurteil? Als ich dich zum ersten Mal sah, hab ich gleich gewußt — die oder keine! Auch ein Vorurteil, denn du bist die exakteste Mischung aus Tante, Oma, Dame und Frauenzimmer, die mir in den letzten Jahren begegnet ist.«
»Sag das noch mal!« bittet Juliane, und wie edles Konfekt läßt sie alles noch einmal auf der Zunge zergehen: »Oma, Tante, Dame — und was noch?« Sie erinnert sich: »Frauenzimmer — das ist doch was! Wenn meine Mutter früher sagte, Jule, du bist ein asserantes Frauenzimmer, dann war ich darüber glücklicher als über den Hinweis, daß unser Julchen hin und wieder doch ein liebes Mädchen ist!«
Völlig unerwartet für Julchen nimmt Benni ihr Gesicht in die Hand, betrachtet es ausgiebig und stellt dann fest: »Juliane — du siehst hinreißend aus, und ich weiß auch, warum!«
Juliane hält ganz still und flüstert: »Sag es mir — sag es mir auf der Stelle!«
Und Benni sagt es: »Du kannst mit den Augen lachen, ohne den Mund zu verziehen, man sieht förmlich, wie du fortwährend am Leben schnupperst, und du denkst, Juliane — du denkst hin und her, vor und zurück! Das wird dich einmal retten, wenn du nicht mehr gehen kannst — was der Himmel oder ein guter Arzt verhüten möge!«
Juliane möchte jetzt weinen, auf der Stelle weinen. Mal so richtig glücklich losheulen! Aber sie weint nicht. Dafür brüllt sie innerlich: Ihr dummen Weiber, schnappt euch diesen Benni, prügelt euch um ihn, jagt ihn, bis eine ihn hat — und versucht um Gottes willen nicht, ihn nach euren Wünschen zu ändern!
Wenn sie jetzt diese Johanna vor sich hätte, der würde

sie vielleicht ein Plädoyer für Benni hinlegen, daß selbst der Staatsanwalt in Tränen ausbricht — über soviel Unverstand der Weiber. Wie kann man es nur zulassen, daß dieser junge Mann unglücklich ist?

Wie unglücklich war Juliane damals, weil Thomas unglücklich war. Sie standen beide vor dem Nichts — aber es war eben ein wenig zuviel Nichts. Thomas wollte etwas tun — aber es war nichts zu tun. Wenigstens nichts, was er wollte. Die Sache mit der ersehnten Niederlage war doch nicht so glatt gegangen, wie Thomas sich das vorgestellt hatte. Er würde wohl auch nicht mehr vom Grunewaldturm springen — ohne sich zu verletzen. Thomas war tief verletzt. Die rüde Pilgerfahrt von Crailsheim zurück nach Berlin hatte ihn zermürbt. Thomas litt nun an den Spätfolgen einer Krankheit, die er unterschätzt hatte.
Mit diesem Trauerkloß von Mann vierundzwanzig Stunden in einem Zimmer zuzubringen war eine Art von Hölle, die Juliane nicht ertragen konnte. So hat sie den Thomas Winkler eines Tages fast aus der Wohnung, die sie mit noch vier anderen Familien bewohnten, herausgeprügelt. Als sie den Mann auf der Straße hatte, wußte sie nicht, wohin mit dem Mann. Irgendwie sind sie dann bis Neukölln gekommen — es hätte auch Prenzlauer Berg sein können oder Marienfelde, überall war man im Jahr 1946 gleich unwillkommen.
In einer Anwandlung von verständlicher Sentimentalität sind sie dann auf die Suche nach dem kleinen Rummelplatz in der Karl-Marx-Straße gegangen. Aber sie fanden nicht einmal den Platz, weil die beiden Häuser nicht mehr standen, zwischen denen der Platz Platz hatte.
Mit derlei Einsichten aber gab sich Thomas Winkler nicht zufrieden. Er stocherte in den Trümmern herum — anhand stehengebliebener Schornsteine identifizierte er den kleinen Rummelplatz einigermaßen.

»Das Karussell!« murmelte er unentwegt. »Das Karussell!«
»Was ist mit dem Karussell?« erkundigte sich Juliane, die einen dieser kratzigen Mäntel trug, die man aus alten Wehrmachtsdecken gemacht hatte und die weitaus wärmer aussahen, als sie in Wirklichkeit waren. Es war zwar schon längst Frühling — man kann sich auf nichts verlassen! Wird die Kohle knapp, dauert der Winter lange. Blubbert kein Wasser in den Rohren, breitet sich ein heißer Sommer aus. In den Jahren der problemlosen Ölheizung hingegen stellten die Winter jegliche Härte ein, war Sommerzeit gleich Regenzeit! Es war schon so, wie Juliane sagte: Wenn etwas nicht in Ordnung ist, ist bald alles in Unordnung!
Jedenfalls suchte Thomas nach dem Karussell — und er hatte eine einleuchtende Erklärung für seine Suche: »Was die Leute jetzt brauchen«, sagte er mit einem Zitter von Prophetie in der Stimme, »was die Leute jetzt brauchen, sind Kettenkarussells!«
Juliane starrte ihren Mann an, als habe er ihr gerade mitgeteilt, daß der Hunger in der Welt nur mit Kaviar zu stillen sei.
»Aber, mein Mädchen, überleg doch mal — was ist denn so ein Karussell, was fühlst du auf einem Karussell?«
Der Wahrheit gemäß antwortete Juliane: »Meinen Magen, an einer Stelle, wo er nicht hingehört!«
Thomas fand derlei Überlegungen fehl am Platze. »Aber Juliane, so ein Kettenkarussell macht einen einfach glücklich — zuerst geht es rund, und dann geht es aufwärts!«
Juliane hatte plötzlich begriffen. Sie stieß einen Freudenschrei aus — er war wiedergeboren, der Thomas Winkler, er würde wieder vom Grunewaldturm springen und sich nicht verletzen — und vermutlich zwei Fünfzigmarkscheine mit dem Mund aufschnappen!
Mit den bloßen Händen warfen sie Steine hinter sich.

Thomas entwickelte eine mitreißende Kraft. Plötzlich hielt er einen Kopf in der Hand — den Holzkopf einer Rummelplatzgöttin, die früher vor einer Drehorgel den Takt schlug! Thomas drückte einen Kuß auf die Lippen der rumpflosen Dame und sagte: »Mädchen — aus euch mach ich was!« In der Mehrzahl sprach er an diesem Tag, weil er natürlich Juliane in seine Gespräche mit einbezog. So wurde Thomas Winkler wieder glücklich, weil Juliane Winkler es nicht mehr mitansehen konnte, wie unglücklich er war . . .

Mit der Frage: »Willst du hier Wurzeln schlagen?« holt Benni die verträumte Juliane wieder in die Wirklichkeit zurück. Es ist spät geworden, Benni geht mit Juliane durch die Fasanenstraße. Die Häuser aus den Gründerjahren protzen mit schmiedeeisernen Portalen — Karyatiden räkeln sich unter Balkonen, als sehnten sie sich nach Ablösung. Das alte Haus gegenüber klappert mit den Zähnen vor Kälte und Einsamkeit. Englische Stoffe und italienische Schuhe sehnen sich nach ein paar Bewunderern. Juliane sehnt sich nach dem Bett. Mit fast siebzig Jahren verbummelt man keine Nacht mehr ungestraft, wenn der Tag davor so anstrengend war.

Ach ja — der Tag. Juliane drängt sich schutzsuchend an Benni. Da hat sie wohl eine riesengroße Dummheit gemacht. Aber gerade jetzt möchte sie nicht damit anfangen, ihre Gedanken zu ordnen. Das könnte Benni beleidigen — schließlich hat er Probleme!

Juliane! sagt Juliane zu Juliane. Du hättest dich ruhig auch ein bißchen ausquatschen können. Der Junge ist ganz nett egoistisch — redet den ganzen Abend nur von sich! Juliane beruhigt Juliane: Wie schön ist das, wenn man einen ganzen Abend von sich reden kann — und es ist auch noch jemand da, der zuhört!

Vor dem Hotel gibt Benni Juliane einen Kuß auf die rechte Wange — dann noch einen auf die Nase, dann

noch einen auf die Stirn, und Juliane hält in frommer Ergebenheit die linke Wange auch noch hin.
»Bastel den Bierfritzen eine freundliche Zukunft zurecht — sie verdienen es nicht besser!« sagt Juliane und kann gerade noch »Tschüs!« hinter Benni herrufen, denn er setzt zu einem rasanten Spurt auf den Nachtschwärmerbus an.
Juliane geht fröhlich ins Hotel. Die Halle ist jetzt still und auch recht wenig beleuchtet — alles sieht ein wenig traurig aus. Und traurig ist auch plötzlich alles: Juliane hat vergessen, Benni nach seiner Adresse zu fragen — und Benni hat sie keine sagen können, weil sie ja vorübergehend keine hat. Abgesehen davon hat sie an so unmöglichen zwischenmenschlichen Verwaltungskram, wie Adressenaustauschen, überhaupt nicht gedacht.
Der alte Herr an der Rezeption gibt Juliane den Schlüssel. Die hätte ja auch, denkt er in seinem Kategorienhirn, in dem Alter etwas früher nach Hause kommen können!

5

Am nächsten Morgen ist Juliane wie gerädert. Das macht das ungewohnte Bett. Hotelbetten sind meistens zweckmäßig, aber nicht gemütlich. Das Bett im Seniorenhaus hingegen war noch nicht richtig ›eingeschlafen‹. Für Juliane müssen Betten wie sanfte Wiesentäler sein, keine Ebene, auf der man unschlüssig hin und her rollt.
Film ab! befiehlt Juliane — sie schaut an die Decke, aber da bleibt alles weiß und stumm. Ist ja auch Unsinn, ruft sie sich selber zur Ordnung. Was will in einem Hotelzimmer schon über die Zimmerdecke flimmern — allenfalls Schicksalsragout und Erinnerungsschaschlik!
Sie steht auf und fällt gleich wieder um. Dieser verdammte Rücken, wenn man ihn erst einmal sicher bis zur Wasserleitung gebracht hat, spielt er wieder mit. Wenn sich Juliane aber zu plötzlich aufrichtet, dann streikt das Gebein und will seine Ruhe haben. Morgens versteht Juliane den biblischen Ausdruck vom »Versammeln«.
Sie sammelt sich zusammen, den Rücken überredet sie, wenigstens noch einen Tag den Dienst zu versehen. Dann folgen die Beschwörungsformeln für die Beine, die mißbilligend kribbeln. Am wenigsten Schwierigkeiten machen die Arme, die knacken höchstens mal zwischen Elle und Speiche — aber sie kündigen damit noch nicht die totale Aufgabe der Dienstleistung an.
Alsdann beginnt der sanfte Dialog mit dem Herzen. Ist die Pumpe erst überredet, der Galeere des Körpers den Schlag vorzugeben, dann kann man sich endlich erheben. Juliane hat sich versammelt.
Das Telefon bimmelt dreist in die Stille. Da ist ein Herr, der Frau Winkler sprechen möchte. Juliane möchte fragen, ob er vielleicht Benni heißt, Benni —

wie noch? Das hat sie vergessen. Also sagt sie nur: »Einen Augenblick Geduld — ich komme! Und — machen Sie mir bitte die Rechnung!«
Es ist Benni, der auf Juliane wartet. Er hat den Rest der Nacht damit verbracht, aus dem Kaffeesatz von Umsätzen und Zuwachsraten den kommenden Gewinn der Brauer herauszulesen. Jetzt ist er hundemüde. Er kann gerade noch sagen, daß sich die Wohnung eines gewissen Benedikt Lahrmann in der Xantener Straße 5 befindet, dann wankt er wie ein Opfer der Schlafkrankheit von dannen.
»Keine Kondition, die jungen Leute!« tadelt der Herr von der Rezeption, und Juliane nickt in Verbindung mit ihrem schönsten ›Wenn-du-wüßtest‹-Lächeln.
Bevor dem ganzen Unfug ein Ende gemacht wird, bevor der unbedachte Ausflug ins Hotel zu sehr am Geld nagt, geht Juliane noch einmal richtig frühstücken. Sie ergötzt sich am Buffet und läßt mit zunehmender Wonne nichts aus, was ihrer Linie schaden könnte.
Erst das Frühstück macht den Menschen. Selbst die vermuffeltsten Typen sind nach einem ausgiebigen Frühstück wahre Ausbunde an Tatendrang und Überzeugungskraft. Nach einem Mittagessen ist man angemüdet, das Abendessen drückt auf die Stimmung — aber ein Frühstück macht neugierig auf den Tag, ein gutes Frühstück stimmt friedlich und freundlich. Die Welt, so überlegt Juliane, sollte sich einen Frühstückskommissar zulegen, der die Einnahmen dieser unabdingbaren Mahlzeit in allen Hauptstädten der Welt überwacht — mit besonderer Berücksichtigung von Washington, Moskau, Paris und Bonn. Was ist der ausgeschlafenste Politiker wert, wenn er schlecht gefrühstückt hat.
Beim zweiten Kaffee und einem Croissant mit Johannisbeergelee ruft sich Juliane zur Ordnung. Gleich marschiert sie hier hinaus. Und dann, Juliane — wohin, Juliane? Sie könnte zu Clemens und Gisela gehen — das

ist der früh vergreiste Sohn ihrer Schwester, der eine vorgealterte Frau geheiratet hat. Beide warten weniger auf Tante Juliane als auf ihr Ableben und die Testamentseröffnung. Dann ist da noch eine Großnichte, aber die ist mit ihren dreißig Jahren schon so hysterisch, daß man in ihrer Gegenwart schlagartig fürchterlichen Depressionen anheimfällt. Nach dieser familiären Bestandsaufnahme weiß Juliane eines ganz sicher: Sie ist allein. Wenn man allein ist und mitten im Leben steht, dann ist das Alleinsein erträglich — steht man aber am Ende des Weges, dann steigert sich das Alleinsein zu seiner schlimmsten Form: nämlich zur Einsamkeit.

Juliane, die zu moderatem Optimismus neigt, was durch das Ausgraben eines Kettenkarussells aus den Trümmern in Neukölln eigentlich hinlänglich bewiesen ist, beschließt zunächst einmal das, was sie im Grunde jeden Tag ihres Lebens beschlossen hat: diesmal wirklich keinen Fehler zu machen.

Zunächst wechselt sie aus dem noblen Cityhotel in eine kleine Pension in der Güntzelstraße. Der Pensionsinhaber ist ein ehemaliger Tänzer, der die Pliés, Battements und Grand Jetés einmotten mußte, weil ihm ein tölpelhafter Kollege im zweiten Akt von ›Giselle‹ in die Ferse gesprungen war. Im langen Gang hinter dem Berliner Zimmer hüpft er zwar noch ein wenig in der fünften Position herum, aber als er die Tür zu dem Zimmer öffnet, das früher einmal die Mädchenkammer war, nennt er einen Preis, der Juliane eine lange Verweildauer in der Pension ›Coppelia‹ verheißt.

Julianes bestechende Eigenschaft, sich nur dann selbst zu belügen, wenn es unumgänglich notwendig ist, hilft ihr auch diesmal aus der Patsche. Sie nennt das Zimmer schlichtweg Bude, und das Bett ist eine Poofe, die von Vertretergenerationen eingedellt wurde. Das Wasserleitungsbecken ist zu klein, dafür zeigt es noch Reste von Delfter Blau. Die Gardinen und Vorhänge sind frisch gereinigt — aber die Flecken von Schuhcreme

und Lederspray lassen sich nun einmal nicht mehr verdrängen.
Herr Coppelia, wie Juliane den Besitzer (mit dem bürgerlichen Namen Otto Dübbers) getauft hat, fragt mit einem leichten Anflug von Mißtrauen: »Ist das alles?« Und er zeigt auf die Reisetasche, die Juliane abgesetzt hat.
»Vorerst!« gesteht Juliane. »Aber es kommt noch eine Menge!«
Diese Auskunft beruhigt Herrn Coppelia. Die Neue erinnert ihn an eine alte Garderobiere, die ihm zu seinen Glanzzeiten nicht nur die Hemden, sondern auch den Kopf gewaschen hatte, wenn er seine Kondition mal wieder in der Kneipe statt auf der Bühne verloren hatte. Herr Coppelia beschließt, die Neue in sein Herz zu schließen. Der Blick auf den Meldezettel verrät ihm den poetischen Namen Julia! Er hatte es zwar nicht zum Romeo gebracht, aber wenn man in jungen Jahren den alten Montague tanzt, ist das auch schon ein beachtlicher Erfolg.
Herr Coppelia zieht sich zurück. In die Mädchenkammer zieht man nicht ein, mit der Mädchenkammer arrangiert man sich. Der enge Raum mit dem Hängeboden erhält dann erst einen gewissen einladenden Glanz, wenn man seine Ausstattung an der Einrichtung in Wohlfahrtsasylen mißt. Juliane nimmt Maß. Für eine, die sich ziemlich grundlos aus dem Seniorenhaus katapultiert hat, für eine, die erst vor drei Monaten einen funktionstüchtigen Haushalt aufgelöst hat, für eine, die nicht vorhat, ihre Erben etwas erben zu lassen, ist dieser beschlafbare Kleiderschrank gerade richtig.
Nach dieser Erkenntnis kommt der erste wirklich gefährliche Anfall von Selbstmitleid. Tapfer hält Juliane die Tränen zurück, entschlossen umklammert sie die zuckenden Schultern mit den Händen, sie beißt sich auf die Unterlippe, bis das runderneuerte Eßzimmer gegen den Gaumen kippt — dann ist die Hauptsache

überstanden. Den Rest schafft Juliane immer noch elegant mit Baldrian und Melisse, jenen traditionellen Beruhigungsmitteln, die vornehmlich in Klöstern hergestellt werden, was aber heute nichts mehr bedeutet, weil die Gottesmänner und Damen der Herren die Lizenzen längst gewinnbringend verscherbelt haben.
Juliane muß zurück ins Seniorenhaus. Nicht für immer. Aber wenn man sich so einen fulminanten Abgang leistet, dann muß man eben hinterher die Requisiten einsammeln. So ist das nun mal, wenn man Theater macht.
Juliane geht vor bis zum Hohenzollerndamm und besteigt dann den Vierunddreißiger nach Zehlendorf.
Da muß sie einfach durch. Sie muß Klingenreuther über sich ergehen lassen, und sie muß sich von denen verabschieden, die geblieben sind.
Der Bus hält an der Post am Berkaer Platz. Lange vor der Post stand hier das Winklersche Kettenkarussell. Thomas bediente den Motor, dessen Schiebewiderstände noch in Wasser getaucht werden mußten, das jedesmal verbittert aufzischte, wenn das Karussell auf Touren kommen sollte. Juliane bediente die Kunden — meistens Kinder jeglichen Alters, die von einer wenig schwindelfreien Mutter oder Großmutter begleitet wurden. Juliane weiß nicht, wie es geschah, sie weiß nicht, was eigentlich geschah — plötzlich hieß sie Tante Juliane. Vielleicht, weil sie so viel Geduld mit kleinen Jungen hatte, denen das Kettenkreisen auf den Magen geschlagen war — vielleicht, weil sie hin und wieder so tat, als hätte der junge Kavalier seiner Angebeteten eine zweite Runde Probefahrt in den siebenten Himmel spendiert. Das professionelle Ehestiften in der Verbindung mit Rummel übernahm später mit Profit und Filialen ein Hamburger Marktlückenentdecker — auf der Kippe zwischen Wilmersdorf und Schmargendorf war es vorerst Tante Juliane, bei der man die Angst vor dem Fliegen überwinden konnte, wo man sich ein wenig in die Luft werfen durfte, um sich hernach er-

freut aufzufangen, wo es eben so ging, wie die Menschen und Thomas Winkler es wollten: nicht nur rund, sondern auch aufwärts. Wenn das Wochenende lang gewesen war, wenn Juliane und Thomas in der Mehrfamilienwohnung die Einnahmen zählten, dann erkundigte sich Juliane vorsichtig: »Tommi — damals in Crailsheim, wolltest du da vielleicht schon ein Kettenkarussell haben?« — Tommi rollte die Groschen und gestand ohne Umschweife: »Ja!« — »Warum hast du mir das nicht gesagt?« — Tommi rollte mit gleicher Sorgfalt die Sechser: »Hättest du mich dann geheiratet?« — Juliane rollte die Markstücke ein und gestand ohne Umschweife: »Nein!« — »Siehst du«, sagte Thomas und gab ihr einen Kuß, daß die Wochenendeinnahmen glattweg vom Tisch kullerten. Was aus einem Kettenkarussell nicht alles werden kann — ein Vergnügungsimperium! Thomas Winklers Rummelattraktionen waren geschätzt vom Hamburger Dom bis zum Münchner Oktoberfest, vom Aachener Bend bis zu den Neuköllner Maientagen.

Der Bus ruckt an, nachdem eine Ladung Schüler ihn gestürmt hat. Juliane ertappt sich dabei, daß sie eine Melodie summt: ›Es war einmal ein Räuber‹, und Bulli Buhlan und Rita Paul und Detlev Lais und Dorle Rath und Gitta Lind — und wenn sie nicht gestorben sind . . .

Herr Klingenreuther im Seniorenheim am Morillenhang ist eitel Freundlichkeit, Verständnis und Nachsicht. Er umwandert seinen Schreibtisch und Juliane — dabei sülzt er vor sich hin: »Wir haben, meine liebe Frau Winkler, für alles Verständnis, auch für den kleinen Fehler — wer von uns ist schon makellos. Aber wir dürfen auch nicht vergessen, daß wir eine Heimat in einem Haus gefunden haben, dessen Warteliste länger ist als die Wäschezettel. Sie haben das Glück, meine liebe Frau Winkler, bei uns wohnen zu dürfen. Und dieses

Glück sollten Sie schätzen!« Herr Klingenreuther baut sich vor Tante Juliane auf — wenn er einen Gehrock trüge, könnte er als Lichtdouble für Iwan Rebroff Verwendung finden. Er erwartet das große Bekenntnis von Schuld, er erwartet die Bitte um Sühne und den stummen Schrei um Vergebung.

Da kann er lange warten.

Juliane steht gefaßt auf. Diesmal läßt sie sich zu nichts hinreißen, obgleich sie in hinreißender Stimmung ist, diesem Salbaderfritzen einmal die Meinung zu geigen. Aber sie verzichtet großmütig, dieser verständnisgetränkten Selbstherrlichkeit kann man sowieso nichts anhaben. Ja — wenn man diesen Kerl mal ordentlich provozieren könnte! Aber durch diese caritasgegerbte Lederhaut dringt keine Spitze. Darum verzichtet Juliane. Dieser Mauschelhuber dreht einem das Wort im Mund um, und wenn man zu viele umgedrehte Worte im Mund hat, wird man mundtot — das ganze Haus wimmelt von derlei Sprachleichen.

Also bleibt Juliane sachlich. »In drei Stunden übergebe ich Ihnen mein Zimmer — besenrein. Meine Sachen lasse ich von den Roten Radlern holen. Wenn Sie noch Forderungen an mich haben — bitte!« Juliane muß sich hüten, daß ihre Gesten nicht zu groß werden, dieser Mann kann sich furchtbar rächen: Er kann, kraft seiner bestallten Güte und seiner diplomierten Menschenfreundlichkeit, feststellen, daß Juliane Winkler gerade eine Trübung des Bewußtseins erlitten hat — und schon schnappt die Falle zu. Denn in unserer Gesellschaft klappt das fatale System des Verrückterklärens derer, die etwas bewegen wollen, noch immer tadelsfrei.

Also hält Juliane sich zurück. Außerdem hätte sie sich zur Wehr setzen sollen, als sie noch hier im Hause lebte — wenn sie eines im Leben haßt, dann ist es Nachkarten.

In ihrem Zimmer, das nie wirklich ihr Zimmer gewesen

ist, nimmt sie ein paar persönliche Bilder von der Wand und etliche Kleinigkeiten aus dem Regal. Etwas zu hastig stopft sie Wäsche und Kleider in den großen Koffer und die alte Reisetasche. Juliane arbeitet schnell und zügig — sie will es hinter sich bringen.
Als sie hochschaut, sieht sie die Männer und Frauen, die sich an der Tür drängeln. Sie schweigen. Zu lange schon hat man ihnen eingetrichtert, daß sie nichts mehr zu sagen haben. Selbst der sanfteste Blick schmerzt Juliane. Was soll sie jetzt machen? Sie kann doch keine Rede halten, sie kann doch die lieben alten Zeitgenossen nicht auffordern, gleich ihr den Plunder hinzuschmeißen und noch einmal von vorn anzufangen. Ist es überhaupt gut, was sie macht? Sollte sie nicht doch besser wieder auspacken und sich einreihen in die Gruppe der Schattenmenschen, die im Winter des Lebens frieren?
Eine alte Dame kommt auf Juliane zu, sie nimmt ihre Hand und schüttelt sie. Mit der anderen Hand streicht sie Juliane aufmunternd von der Schläfe bis zum Kinn und vom Kinn wieder zurück an die Schläfe. Das ist die uralte Geste des wortlosen Mutzusprechens, das ist die sanfte Art, in der der Schwache sich vom Starken verabschiedet. Die alte Dame lächelt nicht, sie weint nicht, sie streichelt jetzt Julianes Hände — dreht sich abrupt um und verläßt das Zimmer.
Die anderen draußen auf dem Gang bilden eine Gasse, um sie durchzulassen. Dann stürmen sie auf Juliane ein: »Kommen Sie uns mal besuchen!« — »Schreiben Sie mir mal.« — »Vielleicht können Sie mich anrufen!« — »Wir kommen Sie bestimmt besuchen!« — »Und was ist, wenn Sie krank werden?« — »Ich an Ihrer Stelle würde bleiben!« — » Haben Sie schon eine Wohnung?« — »Besuchen Sie doch mal meine Tochter, Sundgauer Straße sieben. Nicht vergessen — die hat keine Zeit, mich zu besuchen!« — »Sie werden schon sehen, was Sie davon haben, Sie arrogantes Frauenzimmer!« —

»Was machen wir, wenn Donnerstag Ihre Wäsche zurückkommt?« — »Keine drei Tage, dann ist die wieder hier!«
Juliane muß sich gegen den Schrank neben der Tür lehnen. Ihr ist schwindlig geworden. Sie kann die einzelnen Gesichter nicht mehr unterscheiden — sie laufen zusammen zu einer Maske, zu der Maske, die man sich nie wieder abschminken kann: Alter! Juliane möchte etwas sagen — etwas Liebes, sie möchte trösten, Zuversicht geben — aber was kann man schon geben, wenn man selber Trost so dringend braucht wie Zuversicht.
Wie immer in großer Not rettet sich Juliane in eine reinigende Wut. In Gedanken brüllt sie ihren verstorbenen Mann an: Du könntest ja vielleicht auch mal eingreifen! Sitzt da oben auf Wolke siebzehn und schaust zu, wie ich hier rauskomme! Nicht diesen Blick, Thomas — nicht diesen ›Ach-mein-liebes-Julchen-Blick‹. Das ist hier verdammt ernst! Gut, wenn ich vernünftig wäre, würde ich so etwas nicht tun. Aber ich bin nun mal nicht vernünftig — doch, ich bin sogar sehr vernünftig! Ich haue ab! Jawohl — mit Sack und Pack! Bitte, Thomas, kennst du da oben nicht jemanden, der die armen Leute tröstet? Wenn ich mir zusehen müßte und nicht mehr laufen könnte, dann brauchte ich vermutlich auch Trost! Tommi, bitte — laß uns was tun, was die Leute da auf dem Gang amüsiert — wenn sie lachen könnten . . .
»Was ist denn hier los?« fragt Herr Klingenreuther im Falsett des Gereizten. »Bitte, meine Damen und Herren — bitte — gehen Sie wieder auf Ihre Zimmer. Sie sollen sofort auf Ihre Zimmer gehen!«
Herr Klingenreuther flattert am ganzen Leib. Aufgebracht und empört wendet er sich an Juliane. »Das hätte ich mir denken können — ohne einen Massenauflauf geht ja bei Ihnen nichts ab! Was bilden Sie sich eigentlich ein — tragen Unruhe ins Haus, stiften Unfrieden! Frau Winkler, etwas mehr Format hätte ich schon

von Ihnen erwartet. Stänkert hier rum und macht diese liebenswerten Heimmenschen unruhig. Unruhe ist Gift für einen alten Menschen!«
Juliane möchte jetzt zurückblaffen, daß es gerade die Ruhe ist, die wie ein schleichendes Gift wirkt, daß nicht sie hier Unfrieden stiftet, sondern der Unfrieden wie Ungeziefer in den Mauerritzen hockt. Sagen möchte sie, daß Frieden und Zufriedenheit nicht aus abgestumpften Herzen kommen können. Dann fällt ihr aber auch ein, daß dieser bemühte Herr Klingenreuther die Herzen nicht willentlich abgestumpft hat — er hat die meisten in diesem Haus mit stumpfem Herzen aufnehmen müssen. Jetzt ist auch Herr Klingenreuther nicht mehr der Schuldige! Dabei eignet er sich so fabelhaft zum Popanz.
Juliane zieht am Ventil und läßt die Luft raus. »Ach, Herr Klingenreuther«, hört sie sich topfig sprechen, »die Herren und Damen haben mir nur zugeschaut. Und ich werde immer so nervös, wenn mir jemand auf die Finger schaut!«
Herr Klingenreuther geht auf Juliane zu und ist plötzlich ein ganz anderer — beinahe ganz anderer Herr Klingenreuther. »Viel Glück, Frau Winkler — viel Glück!« Jetzt hätte der Herr Klingenreuther auch in Kisuaheli nach dem Weg zum Funkturm fragen können — so wenig versteht sie ihn. Das wiederum ist das Tragische an Herrn Klingenreuther und überhaupt an allen Klingenreuthers in dieser Welt. Wenn sie einem Menschen Glück wünschen, dann versteht sie niemand, vermutlich, weil ihnen keiner glauben kann.
Damit aber gibt sich Juliane nicht zufrieden, sie will es genau wissen. »Was sagen Sie, Herr Klingenreuther?« fragt sie so laut, als sei der Mann stocktaub.
Und mit der geschulten Geduld des avancierten Sozialarbeiters wiederholt er: »Ich wünsche Ihnen Glück, Frau Winkler!«
»Danke!« sagt Juliane. »Danke, das kann ich brau-

chen.« Und dann schenkt sie Herrn Klingenreuther etwas, was er schon sehr lange nicht mehr geschenkt bekommen hat — ein Lächeln, ein Lächeln, das alles sagt. Von ›Entschuldigung‹ bis ›Danke‹.
Nach der Geschenkhergabe sagt Juliane: »Drücken Sie doch bitte mal auf den Kofferdeckel. Das verdammte Schloß will nicht einschnappen!«
Und Klingenreuther drückt!

Am nächsten Morgen treibt sich Juliane lustlos in der Pension herum. Sie wandert vom Frühstückszimmer in die Küche, von der Küche ins Frühstückszimmer.
»Wenn Sie Ihre Wanderung beendet haben«, fordert Herr Coppelia sie auf, »dann können Sie mir auch beim Abräumen des Frühstücksgeschirrs helfen, das beruhigt ungemein!«
Erfreut packt Juliane zu und bietet sich sogar noch an, für die Ordnung in den übrigen Zimmern zu sorgen.
Da wird der fröhliche Herr Coppelia aber leicht böse: »So haben Sie sich das vorgestellt — bei mir unterschlüpfen und sich nützlich machen! Nein, liebenswerte Dame, vergessen Sie nicht, was Sie mir erzählt haben — wenn Sie nichts weiter wollen als sich hier zu verstecken, dann hätten Sie ja auch im Altersheim bleiben können!«
Juliane ist fassunglos. Warum blafft der nette Herr Coppelia sie so an? Schließlich kann er doch eine Hilfe brauchen.
Aber Herr Coppelia will keine Hilfe. »Unternehmen Sie was — oder ist vielleicht schon die Luft raus? Wenn das so ist — zurück zu den Senioren! Wenn es nicht so ist, dann spielen Sie bei mir doch nicht den Vogel im Käfig — flattern Sie mal von der Stange, und wenn Ihnen nichts Besseres einfällt, dann gehen Sie doch ins Café Wellermann!«
Herr Coppelia hat den Korb mit der Leihwäsche fertig gemacht und schaut Juliane aufmunternd an. »Da soll

es sogar reizende ältere Herren geben, die noch Walzer linksrum tanzen können!« Zur Demonstration macht Herr Coppelia ein paar Tanzschritte mit dem Wäschekorb als Partner und läßt Juliane allein.
Natürlich muß sie etwas unternehmen — aber was? Es ist fast so, als hätten die letzten Tage ihre Energien bis auf einen spärlichen Rest aufgezehrt. Juliane fühlt sich schlaff und so sonderbar spannungslos. Und sie weiß natürlich, woran das liegt: Sie hat keine Pläne, sie weiß nicht, was sie machen soll. Sie hat tagelang in den Tag hineingelebt, und das stumpft ab. Also — sofort wird etwas unternommen!
Juliane macht sich zurecht: ein diskretes Make-up, die Haare werden mit dem Holzkamm gelockert, und sie zieht das Kleid mit dem türkischen Muster an.
Herr Coppelia bewundert seine Dauermieterin. »Stehen größere Empfänge auf dem Programm?«
Juliane lacht.
»Juliane geht um die Häuser — geradewegs ins Café Wellermann!«
Herr Coppelia lobt den Entschluß. »Da werden Sie weggehen wie warme Semmeln — eine Rose unter Stiefmütterchen!« Herr Coppelia schiebt Juliane vor den großen Spiegel in der Diele: »Spieglein, Spieglein an der Wand — wer ist die Schönste im ganzen Land?« Herr Coppelia beugt sich über Julianes Hand und flüstert mit gespielter Ergriffenheit: »Die liebe Frau Juliane Winkler!« Lachend betrachtet er Juliane. »Und sollte es wirklich noch ein paar schönere Mädels in der Stadt geben, dann nehmen wir sie einfach nicht zur Kenntnis!«
Juliane setzt den Hut mit dem koketten Schleierchen auf. Hauptsache, der Hut stimmt! Juliane liebt diese Art von privater Krönung, die eine gewisse Würde und Majestät verleiht.
Herr Coppelia reißt die Tür auf und wünscht eine gute Reise. »Aber«, droht er mit moralerhebendem Zeige-

finger, »Herrenbesuch auf den Zimmern ist nicht gestattet!«
Juliane dreht sich auf dem Treppenabsatz um und strahlt ihn an. »Es gibt auch noch andere Absteigen im Städtchen!« Dann drückt sie den Knopf für den Aufzug.

6

Das Kaffeehaus ist eine Orgie in dunkelrotem Samt und vergilbtem Stuck. Die Putten sehen allesamt aus, als hätten sie chronische Gelbsucht. Über der kleinen Tanzfläche schwebt ein Lüster, der jenes sanfte Licht verströmt, das Runzeln glättet und sogar trübe Augen verführerisch glitzern läßt.
An den Tischen sitzen Damen, unter den Tischen sitzen Hunde. Ganz mutige Damen haben ihren Hundefreund auch neben sich auf den Stuhl gesetzt, und da schlabbern nun die armen Tölen Schlagsahne in sich rein, lecken an Liebesknochen und wirken wohl deshalb schon so bedauernswert, weil sie den Ruch von Kaninchen und Hasen nie in der Nase gehabt haben.
Wie die Balearen vor Spanien — so sitzen vereinzelte Herren im Damenpulk und lassen sich wortlos feiern. Sie verzichten auf Sahne und Süßes — sie trinken höchstens einen Kaffee mit Kirsch oder ein Pils mit Wodka. Einige von ihnen haben rote Köpfe — wohl weniger vor Aufregung als eine Folge zu hohen Blutdrucks. Wieder andere sind zum Mauerblümchen in Hosen denaturiert. Sie klammern sich heimlich an den Tisch, und wenn der Pianist Damenwahl verkündet, müssen schon drei bis vier Frauen an solch einem Tanzopfer ziehen, und auch dann ist es noch lange nicht sicher, ob er sich nicht wieder am nächsten Stuhl festhält.
Die Damen haben sich festlich aufgemotzt. Etliche sind mit Klunkern behangen wie der Kettenständer im Kaufhaus, andere tragen sich so jugendlich, daß man sich fragt, warum sie nicht gleich in Jeans erschienen sind. Und dann ist da noch die Gruppe der leisen und eleganten Damen. Wie einen kostbaren Pelz haben sie die Erinnerung an bessere Zeiten umgelegt, und ihr

Blick schweift in die Ferne, wo sie gehabtes Glück und vergangene Seligkeit vermuten.

Die Musik ist sanft und schwimmt von Akkord zu Akkord. English-Waltz ist der Favorit unter den Tänzen. Er strengt nicht sehr an, aber er hat noch einen Rhythmus, in dem man sich — so nannte man das früher — wiegen kann. Beim Tango rumort eine gewisse Tanzstundensinnlichkeit auf dem kleinen Parkett — die Herren lassen ab und zu ihre rechte Hand entgleisen, und es gibt Damen, die längere Zeit brauchen, um zu entscheiden, ob sie die Sache mit der Hand im Griff haben.

Die Ober sind älteren Jahrgangs und haben noch die geschmeidige Grandezza der Bediener aus Leidenschaft. Der Erfolg des Kaffeehauses liegt bei seinen Obern. Sie geben jeder Dame das Gefühl, eine Gräfin zu sein, selbst kleinste Bestellungen nehmen sie so auf, als handelte es sich um exquisite Wünsche bei einem Gala-Diner. Äußerst beliebt ist auch noch die alte Dame an der Garderobe, bei der man die Schuhe wechseln kann. In den Stiefeln, die einen durch Schneematsch und Regen ins Schlaraffenland der alten Träume führen, kann man schließlich nicht tanzen. Sie hilft auch bei kleinen Unglücken, wenn es darum geht, den einen oder anderen versagenden Träger provisorisch zur Ordnung zu rufen. Wo gehobelt wird, fallen Späne, wo getanzt wird, reißen Träger!

Juliane betritt den Raum — und wird bestaunt wie ein Paradiesvogel unter Spatzen. Hier kennt man sich, und wenn ein Neuer oder eine Neue kommen, dann ist das eine so wohlige Sensation, daß man sie ungeniert in den prüfenden Blick nimmt.

Da Frauen bekanntlich untereinander ganz hübsch brutal sein können, fallen die Meinungen über Juliane sehr verschiedenartig aus — aber kaum eine ist freundlich. Da kommt eine, die Konkurrenz macht. Schon lange hat man vergessen, auf welchem Gebiet man sich

Konkurrenz macht, aber der dumme Gedanke ist geblieben und hat sich festgesetzt, wie viele dumme Gedanken, die dann zu einem Bündel von Intoleranz werden. Wenn alle Vergleiche aus dem Tierreich aufgebraucht und abgewetzt sind, leisten sich einige Damen auch bösartigere Vergleiche. Und die nehmen in dem Maß an Boshaftigkeit zu, wie das Objekt des Vergleichs ahnen läßt, daß es seine Vergangenheit nicht wie eine Last, sondern wie eine Lust mit sich herumträgt.

Juliane ist eine von den Frauen, die immer Leben ahnen lassen. Juliane ist nicht einfach eine Montags-, Mittwochs- oder Freitags-Juliane, sie ist immer die ganze Juliane, etwas gebeugt von der Last der guten und weniger guten Jahre. Sie hat eben nicht nur eine kleine Handtasche bei sich, sondern auch neunundsechzig Jahre Leben.

Juliane sucht einen Platz, aber alle Tische sind besetzt. Und die jeweilige Besatzungsmacht signalisiert unübersehbar: Bei mir nicht! Aber das stimmt nicht: Natürlich hätten sie alle gerne, wenn sich jemand zu ihnen setzen würde, aber es gehört nun einmal zu den geheimnisvollen Ritualen des verplüschten Hauses, daß man alleine sitzt. Ein junger Geschäftsführer hat das mal ändern wollen, sowohl aus wirtschaftlichen als auch aus Gründen der besseren Kommunikation. Er hat gehen müssen, denn plötzlich kamen keine Gäste mehr. Die Geschäftsleitung hat lange am ramponierten Ruf laboriert.

Nichts ist peinlicher, als — angegafft von allen Seiten — durch ein Lokal zu gehen und einen freien Tisch zu suchen. Gegen diese Tortur muß das preußische Spießrutenlaufen nichts weiter als ein Spaziergang mit Pieksern gewesen sein.

Juliane schaltet auf ihren erfolgreichen ›Helft-mir-doch-bitte!‹-Blick. Aber hier versagt der Trick — weil ihn alle schon kennen. Juliane plant bereits den Rück-

zug, sie gäbe etwas um das berühmte Mauseloch, und wenn die Erde sich auftäte, um sie vorübergehend zu verschlingen, es wäre ihr auch recht.
Aber da winkt ja jemand! Da winkt eine Dame so fröhlich und unbekümmert, daß alle im Raum annehmen müssen — hier haben sich zwei Freundinnen verabredet. Juliane saust auf den Tisch zu. Sie möchte sich ganz schnell setzen, um den gaffenden Ladies aus der Perspektive zu rutschen. Nur — wo sie sich setzen will, sitzt bereits ein Hund! Nun ist Hund eine vage Beschreibung für das Wesen, das da auf dem Samt sitzt und Juliane unmißverständlich die Zähne zeigt. Drei Farben verteilen sich so über das ganze Tier, daß man annehmen könnte, der hat sich sein Fell zusammengebettelt. Dackelkopf, Cockerschweif und Spitzohren komplettieren das Aussehen dieser Promenadenmischung, die von seinem Frauchen liebevoll ›Bienchen‹ genannt wird. Im Gegensatz zu arroganten Rassehunden ist Bienchen wenigstens gehorsam. Wer so aussieht wie Bienchen, muß Eigenschaften entwickeln, die die Menschen an einem Hund schätzenswert finden. Bienchen macht sofort Platz und akzeptiert Juliane. Wenn Frauchen nichts dagegen hat — Bienchen ist ein überaus geselliger Hund. Nach den langen einsamen Tagen in der großen Wohnung mit der Ofenheizung freut er sich hündisch auf den Marktgang und den Besuch im ›Wellermann‹.
Die Dame, die Juliane aus dem Meer der Verlegenheit geborgen hat, stellt sich vor: »Elvira Mommer!« Juliane stellt sich gleichfalls vor, und dann schweigen beide Damen ein Weilchen — aber nur äußerlich. Innerlich rotieren sie: Was muß man tun, um die andere zum Reden zu bringen, welches Thema wäre interessant, womit kann man es schaffen, daß aus ein paar Worten ein Gespräch wird? Elvira Mommer ist besonders an einem Gespräch interessiert. Wenn die anderen schon allein sitzen wollen — sie braucht nun mal Gesellschaft. Also

beginnt Elvira mit der krisenfestesten Ouvertüre zu längeren Gesprächen: sie redet vom Wetter.
Nachdem Juliane ihre Bestellung aufgegeben hat, wird Elvira sogar in gewisser Weise handgreiflich: Sie fordert Juliane zum Tanz auf. Das ist hier so üblich, denn die wenigen Herren sind immer schon vorbestellt und bei den jeweiligen Herzdamen schon lange im Wort.
Juliane wird überrumpelt. Als sie mit Elvira Mommer auf der Tanzfläche steht, entscheidet Elvira, daß sie führt.
Die Kapelle spielt das Lied vom Traumboot der Liebe. Und wie ein Traum ist manches in diesem Mausoleum gebündelter Erinnerungen — etliches gleicht sogar einem Alptraum. Wie es in der Reklame vom Schluck behauptet wird, so kommen sich Elvira und Juliane Schritt für Schritt näher. Was soll man auch tun, wenn man mit einer Frau tanzt? Man redet halt, um zu vergessen, daß man tanzt.
Elvira leistet sich ein paar sehnsüchtige Blicke auf den Herrn mit dem dunkelgrauen Zweireiher und der grünen Samtfliege. Das genau wäre ihr Typ. Der Typ hat nur Augen für eine zierliche kleine Dame in einem schwarzen Spitzenkleid, die sich an ihn schmiegt, als wäre soeben ihrer beider Verlobung verkündet worden.
»So einer«, stellt Elvira energisch fest, »sollte für alle da sein, da hat man doch endlich mal wieder was im Arm! Aber nein, diese verhuschte Prinzessin muß es sein — kein Arsch und kein Tittchen, aber scharf wie Schneewittchen!« Elvira lacht in sich hinein, denn vom Grunde ihres Herzens her ist sie gutmütig und großzügig. Nur wenn die Jahre weglaufen, muß man auch mit der Großzügigkeit ein wenig rationeller umgehen.
Juliane ist froh, daß der Tanz zu Ende ist. Elvira möchte zu gerne noch den nächsten Foxtrott abwarten, aber Juliane erfindet einen heraufziehenden Wadenkrampf. Elvira stützt die neue Freundin, denn wenn

man einen Menschen kennenlernt, bei dem die Aussicht besteht, daß er mehr ist als eine vorübergehende Bekanntschaft, dann läßt man ihn in keinerlei Hinsicht fallen.
Bienchen liegt unter dem Tisch und freut sich über die Rückkehr der Damen. Zu gerne würde er mit einer der Hundedamen anbändeln, aber Bienchen erinnert sich, daß seine diesbezüglichen Versuche vor einem halben Jahr fast eine Panik ausgelöst hätten, weil plötzlich alle Hundedamen und -herren vom gleichen Gedanken bewegt wurden. Aber so wie ein Kinderhund fröhlich ist, so ist ein Altenhund manierlich. Er stellt seine Interessen zurück, wenn es darum geht, Herrchen oder Frauchen durch gutes Benehmen oder interessiertes Zuhören zu beglücken.
Natürlich ist auch Bienchen ein Hund, der alles versteht. Stundenlang spricht Elvira mit ihm. Bienchen mag die allgemeine Akustik von Elvira; wenn sie sich erst einmal eingesprochen hat, dann sind die Töne so gleichmäßig wie ein sanfter Wind. Bienchen setzt dann den beliebten ›Ach-wie-ich-dich-verstehe‹-Blick auf und schaut in die Weite. Ein Blick, der auch bei Menschen untereinander gerne als tiefsinnig und gedankenschwer bezeichnet wird.
Elvira platzt vor Aktivität aus den Nähten. Sie kennt ein nettes Lokal, da sollte man hingehen. Elvira spricht das aus, was alle alten Menschen denken: »Überall nur diese alten Weiber! Ich will mal wieder junges Volk sehen!«
Juliane möchte das auch — aber vor mehr als einem Jahr hat sie sich mal in der Kneipe geirrt und ist in einer Tagesdisco gelandet. ›Oma!‹ hat einer der Jünglinge gebrüllt. ›Der Zug zum Krematorium steht abfahrbereit an Bahnsteig sieben!‹
Juliane wäre diese Elvira Mommer gerne los. Auch hier kommt sie sich wie ein Irrläufer vor. Nicht weil sie sich jünger fühlt als die Alten! Juliane hatte schon immer et-

was gegen Ghettos. Ganz gleich, ob es sich um Schrebergärten, Gesangvereine oder glückliche Ehen handelte. Gegen diese Elvira Mommer ist Juliane machtlos. Elvira und Bienchen übernehmen das Kommando. An der Garderobe entscheidet Elvira:
»Wir fahren noch zu mir auf einen Portwein!«
Juliane fällt auf die Schnelle nichts ein, was sie dagegenhalten kann — also ist sie gegenwärtig die Gefangene ihrer eigenen Entschlußlosigkeit.
Elvira ist dick. Busen und Bauch bilden eine körperliche Einheitsfront. Die Oberschenkel drücken von innen gegen das Kleid, und die Beine haben genau jene sonderbare Grazie, die man oft bei gewichtigen Frauen antrifft. Elvira trägt einen Nerzkopfmantel und sieht aus wie eine verfressene Papagena. Natürlich hat sie auch einen Hut, der viel zu groß ist und von oben her drückt wie eine Panzerplatte. Juliane steht neben dieser Wucht in Billigkeit wie eine armselige Kreatur, die ums Überleben betteln muß.
Elvira entscheidet: »Also — mit der U-Bahn bis Eisenacher Straße, dann sind es nur noch ein paar Schritte.«
Genau sind es 2044 Schritte, denn Elvira hat einmal mitgezählt, als sie Bienchen die übliche Baumroute ablaufen ließ.
Juliane beschimpft sich: Da wolltest du endlich mal wieder was unternehmen — und was passiert? Man unternimmt etwas mit dir! Indes findet es Juliane aber auch wieder erfreulich, wenn mal ein anderer die Initiative ergreift. Juliane möchte auch mal gerne da Auto sein, wo es gemütlich ist, wo man sich genußvoll hinsetzen und in Maßen einem Geschwindigkeitsrausch verfallen kann, statt immer nur Antrieb und Motor zu sein.

Thomas Winkler wäre zeitlebens mit seinem Kettenkarussell zufrieden gewesen. Aber Juliane hatte ein besseres Auge auf den Zug der Zeit als er. Menschen sind eben unverschämt: Erst haben sie etwas, mit dem es rund und aufwärts geht — dann wollen sie etwas, damit es schneller und aufwärts geht. Als sich in Lennep eine ›Wilde Maus‹ neben das Kettenkarussell stellte, war die drohende Pleite nicht mehr zu übersehen. Selbst Mütter mit Kindern bevorzugten den Renner von nebenan.

Juliane, die es während der ersten ehelichen Wanderjahre immer abgelehnt hatte, im Wohnwagen zu kampieren, stellte ihren Thomas in der Pension zur Rede. »Wieviel Geld haben wir?« — »Wo!?« wollte Thomas wissen. — »Auf der Bank natürlich!« — Thomas nahm ein Sparkassenbuch — blätterte lustlos und stellte fest: »Magere Fünftausend!« Das war 1951 noch eine Menge Moos und eröffnete Möglichkeiten.

Juliane wußte genau, was sie wollte. So eine wilde Maus kommt so schnell aus der Mode, wie sie sich dreht — aber was wollen Menschen auf dem Rummel? Sie wollen sich Wünsche erfüllen, wollen Spaß und Träume kaufen. Sie wollen Glück haben, hoch hinausfliegen und auf der Geisterbahn mutig sein. »Alle«, befand Juliane, »alle wollen ein Auto haben — aber nicht alle können sich eins kaufen!«

Thomas Winkler, der für Gedanken, Worte und Werke immer den entscheidenden Schubs brauchte, vollendete Julianes Gedanken: »Natürlich — wir brauchen Autos für die, die sich keine kaufen können!«

So kam der Autoscooter in die Familie Winkler. Juliane fuhr zu jenen auserlesenen Firmen, die Rummelplatzattraktionen noch von Hand und mit Herz herstellten. Sie hatte genaue Vorstellungen. Und wenn Juliane erst einmal genaue Vorstellungen hatte, dann wußte sie auch, wie man diese Vorstellungen in die Tat umsetzte. Thomas Winkler hätte gerne etwas anderes gehabt: ein Kind — oder zwei! »Noch nicht!« sagte Juliane, denn Scooter und Kind zusammen, das war selbst ihr zuviel. So fügte sich Thomas — und er war an den Kindernachmittagen der glücklichste Karussellbesitzer weit und breit. Er ließ die schwingenden Stühle ein paar Runden länger kreisen, und wenn eines der Kinder keinen Zehner mehr hatte, dann spendierte Thomas Winkler eine Freifahrt.

Genau 394 Tage nach Julianes Entschluß, einen Scooter haben zu wollen, war der Scooter da. Und er war eine Sensation! Schausteller aller Klassen wurden rot vor Wut und gelb vor Neid, als Juliane und Thomas mit dem Ungeheuer in die Rummelidylle platzten.

Von nun an machten die Winklers Karriere. Genau betrachtet machte Juliane Karriere — aber sie war geschickt genug, den Erfolg im richtigen Augenblick zu ihrem Mann umzuleiten.

Thomas mußte das kleine Karussell abgeben, denn man kann nicht einen Autoscooter beaufsichtigen und zugleich Herrscher über ein Karussell sein. Zudem hatte Juliane für den Scooter Personal eingestellt. Und nach der Regel, daß drei ein Verein sind — so sind eben fünf schon eine Firma!

Der Erfolg gab Juliane recht — und Thomas war zufrieden. Aber Thomas und Juliane waren nicht glücklich. Da man immer erst weiß, wie unglücklich man ist, wenn man Unglück an Glück messen kann, verging noch eine Menge Zeit, bis die beiden wußten, daß sie Jahre ihres Lebens nicht miteinander, sondern nebeneinander zugebracht hatten.

Juliane bekam eine große Wohnung und ein Büro. Julianes Sinn fürs Professionelle schlug voll durch. Rummelplatzromantik mußte man nur herstellen, man mußte keinesfalls mit ihr leben.

So wurden Juliane und Thomas erfolgreich, und mit dem Erfolg auch reicher. Sie hätten daran denken können, sich Wünsche zu erfüllen, sich gegenseitig zu überraschen — aber davor war der Scooter, der zweite.

Ab und zu erkundigte sich Thomas bei seiner Frau: »Ist das auch alles richtig, was wir machen?«

Juliane beschwichtigte ihn jedesmal und stellte fest: »Aber ich bitte dich, Thomas, was machen wir denn falsch?«

Elvira bleibt vor einem kleinen Delikateßladen stehen: »Sollen wir uns ein paar Schnurrpfeifereien fürs Abendbrot mitnehmen?« Elviras Frage ist reine Rhetorik. Schon drückt sie Juliane die Hundeleine in die Hand und walzt in den Laden. Bienchen schaut Juliane an und signalisiert: Da kann man nichts machen!
Mit einer Tragetasche voller Delikatessen kommt Elvira glücklich aus dem Laden. »Das meiste davon hat mein Arzt mir zwar verboten — und als ich noch jung war, hätte ich mir nie träumen lassen, daß von all meinen Leidenschaften das Essen einmal die ausführlichste sein würde.« Elvira lacht und hängt sich bei Juliane ein.
Juliane kommt sich wie einer dieser kleinen Schlepper vor, die einen Ozeanriesen an die Pier ziehen. Elvira verläßt sich auf Juliane. Elvira ist so glücklich, daß sie endlich mal wieder einen Menschen für sich hat, daß sie ihr Abendbrot nicht alleine einnehmen muß, daß sie gleich anfängt, diesen Menschen auszunutzen.
Elvira wohnt in der Bamberger Straße. Das Haus läßt noch ahnen, daß alle Attribute der Hochherrschaftlichkeit einmal zutreffend waren. In den frühen fünfziger Jahren hatten Ordnungsfanatiker die Fassaden geglättet, die heute mühselig und mit staatlichen Zuschüssen wieder neu verputzt und bemalt werden.
Juliane möchte sich schnell verabschieden. Was soll sie bei Elvira Mommer? Juliane könnte einfach wegrennen, aber sie fürchtet, daß Bienchen sie wie einen flüchtigen Hasen stellen würde. Also bleibt sie und ergibt sich in das plötzliche Schicksal, aus heiterem Himmel zu Elvira Mommers bester Freundin geworden zu sein.
Die Wohnung ist groß und kalt. Die geräumige Diele

wird von einer Fünfundzwanzig-Watt-Funzel erhellt. »Komm mit nach hinten!« sagt Elvira und durchschreitet schon das Berliner Zimmer. »Wo bleibst du denn?«
Elvira hält sich nicht an die Abreden zwischen Sie und Du — wem sie ihr Herz nahestellt, den duzt sie auch.
Juliane steht in der Diele vor verschlossenen Türen. Gibt es bei Elvira Geheimnisse? Fürchtet sie sich vor Einbrechern? Oder sind die Zimmer vermietet?
Elvira packt in der kleinen Küche die feinen Sachen aus und erklärt: »Bienchen und ich wohnen hier hinten. Hier wird es schneller warm. Wir haben unsere Gemütlichkeit neben der Kochmaschine, und abends machen wir die Tür zum Schlafzimmer auf, damit es sich etwas temperiert! Nicht wahr, Bienemaus?« Bienchen bestätigt die Aussage durch ein Schwanzwedeln und legt sich ins Körbchen, um sich von den Strapazen des Stadtausflugs zu erholen.
»Und die anderen Zimmer?« will Juliane wissen. »Was ist mit den anderen Zimmern?«
Elvira fühlt sich durch die Frage etwas belästigt. »Abgeschlossen!« sagt sie knapp und läßt den Geflügelsalat aus dem Pappteller in eine Glasschale gleiten.
»Mit den Möbeln?« will Juliane wissen.
»Natürlich«, sagt Elvira und pult die Lachsscheiben auseinander.
»Warum vermietest du denn die Zimmer nicht?«
Genausogut hätte Juliane jetzt auch vorschlagen können, den Weltuntergang zu beschleunigen, so entsetzt ist Elvira. »Fremde Menschen in meiner Wohnung? Nie und nimmer!« Wie alle Menschen ist auch Elvira in der Ablehnung dramatischer als in der Zustimmung. »Das war einmal ein Schmuckkästchen — die Wohnung. Vorne drei durchgehende Zimmer!« Damit möchte Elvira die Erinnerungen an früher abbrechen — oder unter Champignonsalat und Krabbenmayonnaise begraben.

»Und wenn du ganz rausziehst — in eine kleinere Wohnung?«
Jetzt fühlt Elvira sich belästigt. »Vielleicht nach Britz oder sonstwohin? Da sitz ich dann am Arsch der Welt — wenn ich beim Einkaufen das Salz vergesse, muß ich eine Tageswanderung planen. Wenn mir mal nach Kneipe ist oder nach ›Wellermann‹, dann sitze ich draußen vor dem Tore ... Nee, meine Liebe, Elvira Mommer bleibt, wo sie ist — außerdem kann mir hier so schnell niemand die Miete erhöhen! — Magst du Backpflaumen in Speck?«
Juliane will keine Fragen mehr stellen, aber das Dasein von Elvira Mommer kommt ihr so verdammt fragwürdig vor.
Elvira deckt den Tisch und belädt ihn mit der Delikatessenausbeute des Tages. Die Augen bekommen einen feuchten Schimmer aufwallender Gier — und wenn Menschen die Manieren von Bernhardinern hätten, würde Elvira jetzt wohl Genußfäden ziehen.
Bevor sie sich hinsetzt — bei Elvira sollte man besser von hinwuchten sprechen und das immer in der Hoffnung, daß der Stuhl die Attacke übersteht —, öffnet sie den Küchenschrank, greift nach Dosen und Schachteln, legt Pillen und Pülverchen auf die Anrichte, holt Wasser und beginnt zu schlucken. Während sie die Chemie in sich reinkippt, versichert sie Juliane: »Hat mir alles mein Arzt verschrieben!«
Juliane tritt hinter Elvira und sieht, daß die linke Hälfte des Schrankes in eine Apotheke umfunktioniert worden ist. »Was machst du denn mit dem ganzen Plunder?« will Juliane wissen.
»Ach«, schluckt Elvira, »man weiß nie, was man so braucht!« Und sie hält Juliane eine kleine Plastikflasche mit grünen Kapseln vor die Nase. »Gegen das Altern — von Frau Doktor Rogastowitsch. Die Rothenberger soll da auch hingehen — also ganz toll, sag ich dir, ganz toll!«

»Wieso?« zweifelt Juliane.
»Ach, ich weiß schon!« knurrt Elvira ein wenig. »Daß die Frau Doktor Gastowitsch — oder wie immer diese Dame heißen mag — bei ihrem Bankdirektor sitzt und lachend zuschaut, wie das Geld der Dummen eintrudelt.«
Mit den heiligen Gütern der Medizin, mit den leidgeprüften Angehörigen adliger Häuser und dem Kummer von Filmstars treibt man keinen Spott! Elvira bereut es auch beinahe, diese Person mit ihrem Vertrauen beschenkt zu haben. Juliane will die kleine Mißstimmung aus der Welt schaffen. »Ach, komm — tu lieber mal was für das Alter als gegen das Alter!«
»Laß mich in Ruhe!« schluchzt Elvira plötzlich. »Niemand versteht mich, und ich dachte, du . . .«
Weiter kommt Elvira nicht, denn sie beschließt ebenso plötzlich wie unvorhersehbar, vor dem Essen eine Tränen-Oper einzulegen. Elvira weint ziemlich ausdruckslos, sie weint so leise und unauffällig wie alle, die oft alleine weinen. »Was weißt du denn? Liegst du im Bett und denkst daran, daß du vielleicht eines Tages nicht mehr gehen kannst — oder ich?«
Juliane ist nicht bereit, in den trüben Tümpel des Selbstmitleids zu springen. »Verdammt noch mal — ich bin fast so alt wie du, und wenn ich dir sage, woran ich denke, wenn ich nicht einschlafen kann, packt dich das Grauen, aber ich denk dann weiter! Ich denke mich aus! Diese schwarzen Gedanken wollen raus — wenn du sie einsperrst, wenn du sie nicht zu Ende denkst, dann blähen sie deinen Kopf wie Kohl den Bauch! Hinterher — wenn man erst mal durch ist —, hinterher kommen dann auch ein paar friedliche Gedanken, mit denen man einschlafen kann!«
Als Elvira merkt, daß es keine Möglichkeit gibt, Juliane mit Tränen zu rühren und Mitleid zu hamstern, wischt sie die Tränen aus den Augen und sagt fröhlich: »Guten Appetit.«

Bienchen springt auf den Stuhl und betrachtet den Tisch. Wieder diese unappetitlichen Matschereien, die von menschlichen Essern so gelobt und bejubelt werden — warum kauft Frauchen nicht wenigstens einmal in der Woche ein Stück Pansen oder gar Fischlappen? Nein, er wird aus der Büchse ernährt — und er würde meilenweit laufen für einen kleinen Schinkenknochen mit etwas Hautgout für die Nase!

Juliane ißt nicht viel — Elvira langt kräftig zu. »Weißt du«, verspricht sie Juliane mit vollem Mund, »wir sollten uns mal Wachteln auf Spinat machen — für eine Person lohnt sich der Aufwand nicht! Sollen wir?«

Juliane möchte Elvira nicht beleidigen. Sie hat nur noch einen Wunsch, es möge ihr gelingen, sich mit Würde und ohne Krach und ohne Szene entfernen zu dürfen.

Elvira besteht darauf, wenigstens die Adressen auszutauschen. »Was denn?« staunt sie. »Du wohnst in einer Pension? Aber das ist doch idiotisch! Du«, bestimmt sie knallhart, »du ziehst zu mir, ich habe Platz genug — und ich wär nicht mehr allein. Du übrigens auch nicht«, erinnert Elvira.

Juliane möchte nicht unhöflich sein, aber sie erklärt ganz deutlich: »Das kommt überhaupt nicht in Frage! Du und ich — das gäbe Mord und Totschlag. Und was noch schlimmer wäre: Ich würde mir wahrscheinlich eher das Fressen angewöhnen als dich auf Diät setzen können! Nee, Elvira Mommer, so wie es nicht stimmt, daß geteilte Freude wirklich doppelte Freude ist, so stimmt es auch nicht, daß geteiltes Alleinsein weniger Alleinsein ist!«

Eine wie Juliane paßt nicht in Elviras Weltbild. Dieses verdammte »Seid nett zueinander« hat sie unkritisch gemacht. Nettsein ist zugleich alles und nichts. Aber darüber denkt Elvira Mommer nicht nach, denn wie sie ihren Körper gläubig mit den Segnungen der Pharmazie auffüllt, so lebt und leidet sie auch nach den Rezepturen der verschiedenen Ratgeber, die sich in ihren Zei-

tungsspalten wie Gott fühlen, weil die meisten Menschen sich nicht selber helfen können.
Auf dem Rückweg ist Juliane wütend. Nicht auf Elvira — sondern auf sich! Sie ist drauf und dran, in der Gesellschaft der Elviras zu versacken. Sie muß was tun. Aber was? Vielleicht so eine Art weiblicher Robin Hood für Senioren? Ihr Alten, vereinigt euch! Aber Robin Hood konnte den Reichen wenigstens etwas nehmen, um es den Armen zu geben. Aber was nimmt man den Jungen, was für einen alten Menschen von Wert sein könnte? Es muß, sagt Juliane zu Juliane, ja auch nicht gleich in großem Maßstab sein. Kleinvieh macht auch Mist, meine Dame!
Juliane läßt einem jungen Mann klaglos den Vortritt in der U-Bahn, denn was ist heute schon wirklich schlimmer als Altwerden? Jung zu sein!

7

Herr Coppelia hat eine sonderbare Nachricht für Juliane.

»Da hat eine Dame angerufen, sie will Sie unbedingt sprechen. — Na, wie war der Witwenschwoof?« Herr Coppelia nimmt Juliane in die Arme und dreht ein paar Walzerrunden zum Gesang von der schönen blauen Donau.

Juliane macht sich frei. »Herr Coppelia — wer hat angerufen?«

Juliane ist plötzlich sehr aufgeregt und neugierig. Vielleicht ist es Benni? Sie hat sich seine Telefonnummer schon lange herausgesucht, aber sie hat nicht angerufen. Sie hätte es nicht ertragen, wenn Benni vielleicht gesagt hätte: Ach, du bist es? Juliane hat einen ausgeprägten Sinn für Einmaligkeiten — wenn einem schon ein Benni über den Weg läuft, dann läuft man allenfalls ein Stückchen mit, bis man außer Atem ist; dann läßt man diesen Benni eben alleine weiterlaufen. Oder?

Es geschah in Saarbrücken im Theater. Juliane hatte Thomas besucht — er war mit dem Entwurf eines Glückspalastes beschäftigt, der in der Nähe von Saarbrücken gebaut wurde. Eine Bude kann man bestellen, aber einen Palast muß man sorgfältig planen. Es war genau die Zeit ihrer Ehe, die Juliane heute so gerne wegdenkt. Thomas war nicht etwa untreu, sondern langweilig geworden! Nach den Spielregeln des steigenden Erfolges hatte er gelernt, wo man seine Hemden kauft, welche Anzüge man trägt und welche Lokale man unbedingt besuchen muß. Juliane hatte immer das Gefühl, diesen Thomas in eine Kipplore gesetzt zu haben. Jetzt rollt und rollt der kleine Wagen — aber immer weiter weg. Weg von ihr.

Aus Langeweile war sie ins Theater gegangen. ›Frischer Wind aus Kanada‹ hieß die Plotte, die Amüsement und Entspannung versprach. Wie die Tante dritten Grades bei der Hochzeit, so blieb Juliane im gesellschaftlichen Hintergrund. Sie stand in der Ecke und hielt sich an einem Glas Sekt fest. Lauter ernste Leute kamen herein und standen herum. Warum gab denn um Himmels willen niemand zu, daß er sich gründlich amüsieren wollte? Juliane jedenfalls wollte sich amüsieren — ganz gleich auf welchem Niveau!

Gerade, als sie sich damit abgefunden hatte, daß einsame Theaterbesuche genauso trist und öde sind wie einsame Mahlzeiten — stand ein Mann vor ihr. Nicht irgendein Mann, sondern genau der Mann, den sie schon seit Wochen und Monaten immer ergebnislos aus ihren Träumen zu verscheuchen suchte.

Der männliche Mitmensch schien weder Hemmungen zu haben noch irgendwelche Komplikationen zu fürchten. »Guten Abend!« sagte er lachend. »Die ist genauso alleine wie du! Hab ich gedacht!«

»Und da haben Sie gedacht«, vervollständigte Juliane den Satz, »die quatsch ich mal an!«

»Stimmt nicht«, sagte der Unbekannte von der Saar, »die *sprichst* du mal an!«

Juliane mußte lachen — wenigstens war er höflich! Und warum eigentlich nicht, wenn man schon so dumm rumstand, dann kam es doch überhaupt nicht darauf an, ob man angequatscht oder angesprochen wurde — Hauptsache, da war jemand, der es tat.

Der Mann in Julianes Alter — jeder für sich flotte Fünfunddreißig — holte sich auch einen Sekt, aber er warnte vorher: »Bleiben Sie stehen!«

Juliane blieb. Frischer Wind aus Kanada! denkt sie. Frischer Wind — hier droht ein Sturm, ein Orkan — herrlich, vielleicht ein Hurrikan —, und Juliane Winkler mittendrin!

Der Mann kam wieder und stellte sich neben Juliane.

Bitte, dachte Juliane, lieber, fremder Mann, sag jetzt nichts — oder sag was Nettes!
Der Mann tat ihr den Gefallen. »Ich bin ein Trottel«, sagte er leichthin, »beinahe hätte ich die Vorstellung verschlafen, aber seit ich den habe . . .« Er fummelte einen kleinen Taschenwecker aus der Hose und zeigte ihn Juliane.
Das waren die Neuheiten aus Fernost. Daß diese aufgeweckten Söhne der Sonne mit Taschenweckern anfangen würden, um Jahre später Europas Autofritzen das Gruseln zu lehren, konnte damals noch niemand ahnen. Der Wecker jedenfalls schrillte los. Sein glücklicher Besitzer mußte eine Sperre aufgehoben und damit das Signal ausgelöst haben. Alle Abonnenten und Zufallsbesucher starrten auf Juliane. Und Juliane kam sich vor wie ein Kind, das vor Mutters Marmelade erwischt wird und lediglich deshalb nicht bestraft werden kann, weil es offensichtlich noch nicht daran geleckt hat.
Nachdem der Zeitraspler aus Japan sich ausgeschrillt hatte, übernahm die Theaterglocke und bat zum Gabentisch der subventionierten Kultur. Der Mann hegte nicht die geringsten Zweifel, daß er Juliane in der Pause wiedersehen würde. Juliane ihrerseits hätte so gerne gezweifelt — aber leider war sie sich ihrer Sache auch vollkommen sicher.
Sie überstand die erste Hälfte ohne innere Anteilnahme oder gar fröhliches Gelächter wie die Leute ringsum. Juliane fand es gar nicht komisch, daß der Mann aus Kanada dem Herrn aus Frankreich vermutlich die Frau wegnahm. Um sie herum breitete sich brüllende Zustimmung aus nach dem Prinzip des Schadens, der für seinen eigenen Spott sorgt.
In der Pause verwandelte sich das Stadttheater von Saarbrücken in einen feenhaften Palast. Und wer das Stadttheater von Saarbrücken aus dieser Zeit noch kennt, der hat keine Schwierigkeiten, sich in Julianes Zustand zu versetzen.

Was ist schon Tausendundeine Nacht, wenn man eine haben könnte, die endlich mal nicht so ist, wie die tausend vorher.

Juliane war dabei, die Ehe zu brechen. Die Sollbruchlinie ihres Gewissens hatte einmal nicht funktioniert — es gab schon den Bruch, bevor gebrochen werden konnte. Der Mann in Julianes Alter, der noch immer keine Anstalten machte, sich vorzustellen, vertrat in aller Öffentlichkeit die Meinung, daß er dieses Stück eigentlich lieber doch verschlafen hätte. Ab dann redete er nur noch Unsinn, redete sich rein und raus, quatschte drunter und drüber — so wie das alle tun, die genau wissen, daß sie eigentlich etwas anderes sagen müßten.

Juliane genoß den Irrsinnsmonolog, weil sie ihn ihrerseits nicht mit einem Irrsinnsmonolog unterbrechen mußte. Juliane erkannte auf einmal die Wahrheit der dummen Sprüche, daß man sich um Kopf und Kragen und Haus und Hof reden kann. Aber der Mann verlor nicht — er marschierte auf der Siegerstraße, und wußte es noch nicht.

Der zweite Teil des Stückes war so unerfreulich wie der erste, denn es siegte die Moral des Franzosen und nicht der frische Wind aus Kanada. Hinterher war Juliane ganz selbstverständlich mit dem Mann nach Hause gegangen, der der einheimischen Gastronomie ungerührt absprach, für ihren Fall auch nur annähernd gerüstet zu sein — damals wenigstens. Mittlerweile wußte Juliane auch, daß der Mann aus dem Foyer Klaus hieß. Dieser Klaus bewohnte ein Appartement mit grünem Teppichboden und Vorhängen aus grobem weißem Nessel. Schallplatten und Bücher standen und lagen herum. Die Couch war gemütlich und der Sessel eine Menschenfalle, denn ohne Billigung und Hilfe des Besitzers konnte man ihn nie mehr verlassen. Von allen guten Geistern panikartig verlassen, setzte sich Juliane in diesen Sessel.

Und es kam nicht, wie es eigentlich kommen sollte. Juliane bekam ein Bier und keinen Sekt. In einer Holzschale aalten sich ein paar Erdnüsse, und die Zimtsterne vom letzten Weihnachtsfest dufteten vor sich hin. Klaus machte Musik, die Julianes Stimmungszentrum so aufmöbelte, daß sie am liebsten gesungen hätte, wenn aus der perfekten Stereoanlage nicht Lena Horn die berechtigten Ansprüche geäußert hätte.
Klaus war still geworden. Er hockte sich auf den Boden, zog die Beine an den Bauch und lauschte. Bei ›I remember April‹ schaute er so fröhlich auf den großen Wandkalender, als sei dieser Monat schon seit Jahren sein erinnerungsträchtiger Freudenspender. Außerdem war wirklich April!
Juliane kämpfte mit den Erdnüssen — nur um die Hände ruhig zu halten. Sie stopfte sich mit Zimtsternen voll, um keinen Unsinn zu reden. Klaus tauchte in Musik, um vielleicht nach dem Vogel-Strauß-Prinzip unsichtbar zu werden.
War das eine Nacht. Nichts war passiert — aber alles war drin! Am Morgen waren sie dann noch ein Stück gelaufen, zuerst zu Julianes Hotel, dann zurück zu Klausens Wohnung — zurück zum Hotel. Und um nicht den Rest ihres Lebens in Saarbrücken zwischen einem Klaus und einem Thomas zu verpendeln — hat sich Juliane ein Taxi genommen. Einfach auf und davon.
Thomas schlief den Schlaf des Selbstgerechten, als Juliane zu Bett ging.
Plötzlich überfiel sie eine furchtbare Wut, sie krallte sich Thomas in die Schultern und brüllte den verdutzten Schläfer an: »Weißt du eigentlich, daß ich dich beinahe betrogen hätte?« — Thomas sagte: »Ja!« — Juliane wurde beinahe verrückt. »Das weißt du?«
Thomas beugte sich an jenem Morgen über seine Frau und sagte: »Es gibt zwei Arten von Glück — eine kann man in unserem Palast kaufen, die andere muß man wie

eine Kostbarkeit behüten!« Als dieser Morgen in den Mittag mündete, kam sich Juliane sehr behütet und glücklich vor.

»Ja!« sagt eine Stimme, und Juliane ärgert sich, denn anständig erzogenen Menschen sagt man am Telefon nicht nur ›Ja‹! Wer ist schon der Ja-Sager? In Julianes Fall eine Frau — genauer gesagt, Johanna, die Richterin mit dem Katastrophenkind und den Problemen mit Benni.

Die Hüterin des Rechts ist ganz nett pampig. Sie läßt sich, so führt sie telefonisch aus, Benni nicht entfremden!

Juliane hört amüsiert zu, dann sagt sie mit der Stimme, die vor Glück gluckst: »Ach, Benni — den Benni meinen Sie — ich liebe Benni!« So, das sitzt. Hoffentlich!

Die Johanna am anderen Ende der Leitung holt tief Luft. »Sie lieben ihn auch noch!«

»Natürlich«, zwitschert Juliane. »Würde ich mich an ihn erinnern, wenn ich ihn nicht liebte?«

Dieser Logik scheint sich Johanna vorübergehend anzuschließen. Als vernünftige Frau versucht sie es mit Vernunft. »Ich finde, man sollte Affären nicht so hochspielen — oder?«

Juliane setzt sich gemütlich in den Sessel neben dem Telefontischchen und kontert barsch: »Das ist keine Affäre, wenn Sie verstehen, was ich meine!«

Die Gesprächspartnerin will nicht beigeben, sie will aber auch nicht den albernen Satz von den älteren Rechten gebrauchen. Denn Johanna weiß, wohin sich ältere Rechte verflüchtigen, wenn die Anarchie der Gefühle ausbricht. Außerdem darf sie den Kontakt mit dieser Frau nicht verlieren — weil sie Benni nicht verlieren will. Ganz schlicht und ohne Aufwand sagt Johanna: »Ich liebe Benni!«

»Das freut mich für Sie!« tiriliert Juliane und schießt wortwendend scharf: »Und Benni?«

Johanna schluckt, sie häkelt die Laufmaschen einer Lüge, aber dann sagt sie doch die Wahrheit: »Benni ist weg — ist er bei Ihnen?«

Juliane könnte jetzt sagen, daß Benni nicht einmal weiß, wo sie wohnt. Aber das sagt sie nicht. Wenn man ungefragt zur Hauptperson in einem Drama wird, dann genießt man das eine Weile! Ganz sicher aber ist es ein Hochgenuß, wenn man weiß, auf welche Art von Komödie man das Drama reduzieren kann.

Johanna übernimmt die Initiative. »Können wir uns nicht mal sehen?«

Juliane ist auf diese Johanna so neugierig, daß sie stehenden Fußes losrennen würde, um sie zu sehen — aber das sagt man nicht. »Irgendwann schon!« beruhigt Juliane die Anruferin.

Herr Coppelia hüpft derweil fröhlich von einem Bein aufs andere, er drückt sich den Zweithörer gegen das Ohr und amüsiert sich.

»Wann?« will die unbekannte Johanna wissen.

»Machen Sie einen Vorschlag«, fordert Juliane sie auf.

»Morgen — um acht Uhr bei Annemarie!«

»Noch eine Dame, die Benni liebt?« erkundigt sich Juliane.

»Nein«, erklärt Johanna, »so heißt meine Stammkneipe — unsere«, verbessert sie sich.

»Mal sehen!« sagt Juliane mit genau dem abschließenden Ton, mit dem man meistens kostspielige Ferngespräche auf den Punkt bringt. »Mal sehen! Und wo finde ich das Etablissement? Schließlich sind Kneipen nicht mein Genre — wenigstens diese Kneipen nicht!«

Johanna nennt die Adresse und wünscht hörbar ermattet einen guten Abend.

»Die fabelhafteste Juliane, die es je gab!« intoniert Herr Coppelia und bewegt die Hände, als müsse er den tobenden Applaus auf seine Tanzpartnerin Moira Shearer lenken. »Wer war das eigentlich?«

»Das war«, sagt Juliane ganz leise, »die Freundin von meinem Freund — von meinem einzigen Freund.«
»Aber der hat gleichzeitig noch 'ne Freundin!«
»Bei Ihnen«, sagt Juliane, »war das doch was ganz anderes!«
»Ach!« meint Herr Coppelia sehr sanft und in Moll. »Freund ist Freund — finden Sie nicht?«
»Doch«, sagt Juliane und lächelt, »das ist richtig, Herr Coppelia! Wenn es Benni nicht gäbe, wären Sie bestimmt mein bester Freund!«
Das macht Herrn Coppelia glücklich. »Ach, was soll's, ich war mein ganzes Leben lang der Zweitbeste — in der Rolle nutzt man nicht so leicht ab! Käffchen, bevor die Hunnen kommen?« Die Hunnen, das waren sieben Monteure aus Neheim-Hüsten, die tagsüber einen Aufzug einbauten und abends mit Vorliebe ein wenig unter Niveau stromerten.

›Bei Annemarie‹ ist eine jener Kneipen, die viel Publikum, aber nur einen Hauptdarsteller haben — nämlich Annemarie. Der gute Gott der Gastronomie hat solche Läden mit dem Zuckerstreuer über ganz Berlin gepudert. Was Valeska Gert für den Off-Broadway war, das ist Annemarie für die mittlere Uhlandstraße — Treffpunkt, Angelpunkt, Drehpunkt und in vielen Nächten auch Schlußpunkt. Würde Annemarie warmes Bier verzapfen, und nebenan wäre eine Kneipe, in der man es in korrekter Kühlung bekäme — man würde sein Bier trotzdem bei Annemarie nehmen. Sie kennt den neuesten Klatsch, die schmutzigsten Witze — aber beides verhökert sie nur ungern und auf dringende Bitten. Während des Katholikentages behandelt sie Ordensfrauen wie Nutten, und wenn sich einmal eine Dame vom Gewerbe zu ihr verirrt, dann behandelt sie sie fast wie eine Nonne. Annemarie ist keine Kneipe, sondern eine Institution. Wem sie einen Platz an der Theke freihält, der dürfte auch bei König Artus tafeln. Wenn sie

jemanden rausschmeißt, bekommt sie Bittbriefe um Wiedereinsetzung in den Stand ihrer Gnade.
Und bei dieser Annemarie landet Juliane. Sie setzt sich an einen der kleinen Tische und bewundert die Bilder der Künstler, die hier schon ihr Bier geschlürft haben. Juliane bestellt gleichfalls ein Bier und wartet auf Johanna. Was sie nicht weiß — Johanna sitzt am Tisch gegenüber und schaut zur Tür. Juliane betrachtet Johanna. Warum sitzt eine so nette Frau so alleine in einer Kneipe rum?
Johanna erwartet die Nebenbuhlerin. Bisher hat sie immer annehmen dürfen, daß sie Bennis Typ ist — aber jetzt? Was hat sie denn so aus der Mode gebracht? Nun gut — nach Feierabend ist sie eine entsetzliche Textilschlampe, je älter der Rock, je abgeschabter die Hose — nach dem perfekten Pringle-of-Scotland-Look bei Gericht würde sie sich auch mit Wonne einen Sack überstülpen. Johanna hat ein Faible für Folklore, und so trägt sie zur bulgarischen Bluse und zu dem polnischen Rock das Tuch aus Ibiza und die Djellaba aus Tunesien — alles äußerst international und äußerst geschmacklos.
Juliane möchte sich auch noch mal solche Fummel anziehen. Die ewigen Hemdblusenkleider mit der damenhaften Eleganz hängen ihr zeitweilig recht lustlos um die Hüfte. Manchmal kommt Juliane an Geschäften vorbei, da möchte sie hineingehen und bitten: Darf ich das mal anziehen? Aber wer das Benehmen von Boutique-Verkäuferinnen kennt, der weiß, wie solche Wünsche im Keim erstickt werden.
Annemarie bringt das Bier und lacht Juliane an. Juliane lacht zurück, denn Annemarie kann so eindeutig herzlich lachen, daß man die aufkeimende Sympathie nicht mehr in Worte fassen muß. »Ich bin hier«, zischelt Juliane, »mit einer jungen Dame verabredet — Johanna heißt sie, den Nachnamen habe ich vergessen!«
Annemarie schaut Juliane an und bekommt einen Lach-

anfall, der die oberen Blusenknöpfe um ihren Halt im Knopfloch fürchten läßt. »Johanna«, prustet sie los, »Johanna, schau mal.« Und sie wendet sich an die junge Frau im Folklore-Mix. »Das ist die junge Dame, die du erwartet hast — ach, du heilige Johanna — die und Benni ...«

Plötzlich lacht Annemarie nicht mehr und schaut sich Juliane genauer an, dann stellt sie fest: »Warum eigentlich nicht — warum eigentlich nicht?« Annemarie setzt sich zu Juliane und erklärt ihr: »Wir machen gerade eine Krise durch — Johanna, Benni und ich. Ich bin nicht direkt betroffen, aber als Krisenmanager einer Kneipe ...!«

Annemarie geht lachend zur Theke zurück. »Darauf geb ich einen aus!«

Etwas verschämt setzt sich Johanna nach einem gehauchten »Darf ich?« zu Juliane. Juliane betrachtet Johanna noch genauer, als sie es vorhin getan hat — eine sympathische Person mit Augen, die etwas zu ernst dreinschauen, und ein bißchen wie verkleidet wirkt sie auch. Jawohl, diese Johanna mit dem Kind namens Genoveva, genannt Veva, hat eine überaus sympathische Ausstrahlung, und wenn sie sich Benni daneben vorstellt, dann sind die beiden das, was man so gerne ein Traumpaar nennt.

Johanna druckst ein wenig herum, und Juliane beginnt: »So also sieht die gefährliche Nebenbuhlerin aus — zufrieden? Aber hört man das denn nicht gleich am Telefon?«

Johanna schüttelt den Kopf. »Wenn man so verrückt ist wie ich, dann hört man nichts mehr — außer was man hören will!«

»Und ich«, Juliane grinst zweideutig, »ich sollte daher jung und schön, aufregend und gefährlich sein — so einfach alles das, was Sie nicht mehr sind!«

Diese Auskunft läßt Johanna zusammenzucken. Einen Anwalt würde sie ob solch unqualifizierter Verallge-

meinerung scharf tadeln. Juliane tadelt sich selber: »Mädchen — Mädchen! Kurz vor dreißig Jahren ist man heutzutage nicht mehr jung, schön sind nur die, die gerade in Mode sind — ob Sie aufregend sind, kann ich zwar nicht beurteilen, äußerlich ließe sich das Ganze — wie sagt man doch gleich? — noch ein wenig aufpeppen! Und gefährlich — oje, ich muß Sie enttäuschen —, gefährlich sehen Sie nicht aus. Im Gegenteil, Sie sehen eher gefährdet aus. Besser so?«
Johanna nickt und nimmt einen ordentlichen Schluck vom neuen Boujeaulais.
»Jetzt bin ich also keine Nebenbuhlerin mehr — was bin ich denn . . .?«
Johanna, die die Dinge immer etwas zu logisch angeht, will wissen, warum Juliane nicht schon am Telefon gesagt habe . . .
Juliane legt der jungen Frau die Hand auf den Arm. »Aber Johanna, warum hätte ich Sie nicht ein wenig unter Druck setzen sollen — wenn man nichts hat, wovor man sich fürchtet, dann ist man immer so verdammt sicher! Ich habe es genossen, Sie ein wenig zu verunsichern!«
Johanna ist noch nicht versöhnt. Sie sieht einfach nicht ein, daß man alten Menschen alles abnehmen muß, nur weil sie alt und angeblich weise, reif oder überlegen sind.
»Das sind doch dumme Sprüche!« sagt Johanna. »Alter ist kein Verdienst, und Ehrfurcht nicht selbstverständlich!«
Juliane steckt den Tiefschlag gelassen ein. Sie klammert nicht, soll die verletzte junge Frau ruhig einmal zuschlagen. Natürlich hat sie recht, man will nicht als alter Mensch behandelt — wohl aber respektiert werden. Und das wiederum ist nur ein anderer Ausdruck für den Wunsch, wie ein alter Mensch behandelt zu werden. Aber wie behandelt man alte Menschen?
Juliane knipst die Gedanken aus und wendet sich auf-

merksam der wütenden Johanna zu, bei der sich dann der Rotwein aber ganz schnell als Friedensstifter entpuppt. Johanna trinkt nicht — aber sie hat einen flotten Zug am Leib. Juliane wartet ab.
»Entschuldigung«, sagt Johanna, »so rauh geh ich mit allen um!«
»Auch mit Benni?« vermutet Juliane.
Beinahe aufgebracht bestätigt Johanna: »Mit Benni erst recht, den lieb ich doch!«
Juliane wird ganz still. Es hat sich also doch nicht viel geändert — immer noch dieses Greifen und Besitzergreifen, diese unendlich ekelhafte Vorstellung, daß man mehr verlangen kann und darf, weil man einen Menschen liebt oder von ihm geliebt wird. Diese Selbstverständlichkeit, mit der man annimmt, daß Liebe aus alten Rechnungen neue Vorrechte macht.
»Ist was?« fragt Johanna, denn sie kann die Stille am Tisch nicht gut vertragen.
»Ach«, sagt Juliane und läßt das Wörtchen »Ach« wie eine Seifenblase durch den Raum segeln, bevor sie weiterspricht. »Es ist nur — es ist nur so entsetzlich, wenn man denkt, daß sich alles geändert hat — und dann hat sich in Wahrheit nichts geändert. Das mit den Veränderungen ist doch der gemeinste Trick, den ich kenne — damit schließt man alle die aus, von denen man annimmt, daß sie sich nicht mehr verändern können!«
Juliane ist sehr betroffen. Johanna ist zu gutmütig, um es bei dieser Betroffenheit zu lassen. Sie könnte an dieser Stelle des Gesprächs so unverletzt und siegreich aussteigen, daß Juliane sich gedemütigt und getreten vorkommen müßte. Johanna braucht nur darauf zu bestehen, daß sich alles geändert hat. Sie besteht nicht darauf.
Annemarie kommt mit ihrer milden Gabe an den Tisch — egal, was die Gäste trinken, bei Annemarie gibt es nur einen Weißen mit Feige. Wer das nicht will, der bekommt nichts. »Na«, albert Annemarie, »morgen setze

ich Sorgengulasch mit Problemnudeln auf die Speisekarte.«
Johanna fragt geradeheraus: »Was soll ich denn machen? Benni hat eine Denkpause verlangt — und wer weiß nicht, was das in Wirklichkeit bedeutet?«
Juliane weiß nicht, was es in Wirklichkeit bedeutet.
»Eine Ausrede«, sagt Johanna, »eine dieser verdammten Ausreden, wenn man nicht sagen will, es ist aus! Verstehen Sie, Benni hat sich verdrückt!«
Daran kann Juliane nicht glauben, sie verteidigt Benni. »Wenn er sagt Pause, dann meint der auch Pause! Hätte er Ende gemeint, dann hätte er auch Ende gesagt!«
Johanna horcht auf — will die alte Frau sie jetzt nur ein wenig trösten, oder weiß sie vielleicht mehr von Benni?
Natürlich weiß Juliane nicht mehr, aber sie weiß eben ein paar Dinge genauer. Wenn man sich zwischen Nacht und Morgen begegnet, dann hat man andere Ohren, mehr Worte und einen Reichtum der Empfindungen füreinander, die man in den Hut des Morgengrauens zurückwerfen muß.
Juliane spürt, daß Johanna nur die Selbstbestätigung sucht. Wenn man ihr jetzt sagen würde, daß sie ein armes Hascherl ist, eine ausgebeutete Frau — Johanna würde den Unsinn wie Likör schlucken. Innerlich amüsiert sich Juliane über die angeblich so selbstsichere junge Frau, die ihr Leben in die Hand genommen hat und sich die Butter nicht vom Brot nehmen läßt.
Juliane beschließt zu gehen. Sie muß sogar gehen, denn wenn sie nicht geht, dann beginnt die endlose Auseinandersetzung mit Johanna, dann eröffnet Juliane die Spinnstube der Menschenfreundin. Damit ist Johanna nicht geholfen — und Juliane haßt nichts mehr als die Rolle der guten und weisen alten Frau, die mit ihren Ratschlägen hausieren geht. »Zahlen, bitte!« sagt sie zu Annemarie, die reichlich verdutzt schaut, denn gerade

noch hat die nette alte Dame den Weißen mit Feige nach Fuhrmannsart gekippt.
»Soll ich Ihnen ein Taxi rufen?« bietet Annemarie an.
»Ich kann Sie auch nach Hause fahren!« fügt Johanna hinzu.
Juliane indes will noch ein wenig laufen. Sie zahlt und geht aus dem Lokal. Am braunen Plüschwindfang dreht sie sich noch einmal um. »Wenn ich Probleme mit Benni hätte, würde ich sie auch mit Benni besprechen!« Dann verläßt sie die Szene wie die Tragödin, der mal wieder ein besonders guter Abgang gelungen ist.
Johanna und Annemarie bleiben verdutzt zurück. Annemarie stellt fest: »Wenn sie recht hat — hat sie recht!«

Juliane geht über den Hohenzollernplatz, und ihr ist nicht ganz geheuer. Du dummes Frauenzimmer! schimpft sie mit sich. Wenn hier einer aus den Büschen schießt und die Handtasche klaut — dich hört hier doch niemand schreien! Juliane geht schneller, wenn sie erst die Nassauische Straße erreicht hat, dann ist sie auch schnell in der Güntzelstraße und im sicheren Hafen von Herrn Coppelia.
Juliane ist erstaunt, daß im Flur der kleinen Pension noch Licht brennt. Nicht etwa das Nachtlicht — sondern voller Glanz von allen Kandelabern.
Herr Coppelia sitzt an seinem kleinen Schreibtisch und hält sich mit Lesen wach. Er schaut hoch und mault: »Ist denn heute der Teufel los, alle sind auf Achse — und ein anständiger Herbergsvater geht nicht zu Bett, bis alle Gäste wieder daheim sind!«
Juliane setzt sich zu ihm. »Na, Madamchen«, erkundigt er sich, »war die Mission ein Erfolg? Ist es Ihnen wieder gelungen, alles in Ordnung zu bringen?« Der Unterton von Ironie ist nicht zu überhören.
Juliane möchte ihn aber gerne überhören.
Herr Coppelia gibt keine Ruhe: »Sie, liebe Dame, soll-

ten sich etwas mehr um sich und nicht soviel um andere kümmern! Ich schlage vor, Sie unternehmen mal was — so was richtig Lustiges, vielleicht eine kleine Reise in den Harz oder in die Lüneburger Heide!«
Juliane steht der Sinn nicht nach Harz und Heide. Sie möchte schon noch einmal verreisen, so richtig verreisen — mit viel Gepäck und noch mehr Fernweh im Herzen.

Ihre erste Reise mit Thomas. Die erste richtige große Reise! Nach Gran Canaria. Da war die Insel noch nicht das Touristeneiland mit den Hotelbunkern. An der Playa del Ingles reiften noch die Tomaten und keineswegs die Profitpläne. Man konnte stundenlang gehen, ohne einem Menschen zu begegnen. Die kleine Appartementanlage gehört einem Schweden, der den Lockruf der touristischen Zukunft verstanden hatte.
Als sie dann in Maspalomas ankamen, sagte Juliane: »Herr des Himmels — gleich neben einer Fischfabrik!«
Aber die Fischfabrik war die fensterlose Rückseite einer Luxusherberge, in der die Bananen- und Tomatenbarone mit ihren Geliebten abstiegen. Und das Meer war auch nicht zu sehen. Juliane hatte sich auf ein Haus mit Meeresblick gefreut — eine Terrasse, und vor sich nur die Weite des Ozeans. Jetzt schaute sie auf einen kleinen Palmendschungel. Enttäuscht und wütend hatte sie sich damals in die Wanne gesetzt, den Reisedreck abgeschrubbt und geheult. Es war alles so enttäuschend.
Thomas hatte ihre Zicken mit Geduld ertragen, denn beide waren restlos überarbeitet. Hinterher stellte Juliane fest, daß es bis zum Meer nur etwa zwanzig Schritte waren — und daß die Palmen vor der sengenden Mittagssonne schützten. Versteckt im Barranco war eine kleine Kneipe, und ein Cognac kostete umgerechnet fünfzig Pfennig. Pepe, der Wirt, beglückte al-

leinreisende Damen, und Juliane war jedesmal tief bewegt, wenn sie mit ansehen mußte, wie innig Pepe der Studienrätin aus Wuppertal oder der Verkaufsleiterin aus Meschede zugetan war. Pepe gab Frauen das Gefühl, nur für sie dazusein! Thomas, so bestand Juliane, sollte sich an diesem Mann ein Beispiel nehmen.
»Selbstverständlich sofort«, begeisterte sich Thomas, »aber nur, wenn du den Stundenplan machst!«
Pepe nämlich liebte nach Plan — nach der einen kam die andere, und beide wiederum mußten so gehalten werden, daß sie nichts voneinander ahnten. So hat Pepe auf diese Art eine Menge dazu beigetragen, die stille Insel der Tomaten für die Touristen attraktiv zu machen.
Als Juliane und Thomas wieder abflogen, war auch Pepe am kleinen Flughafen, um dessen Empfangshalle man fürchten mußte, wenn der Charterer andüste. Eine wurde abgeliefert — nach Hamburg oder sonstwohin eingecheckt —, bekam Küßchen und ein paar Blicke aus Augen, die in Tränen schwammen. In Wirklichkeit hatte der Genuß von Sol y Sombra die kritische Oberlippeunterkantegrenze bei Pepe überschritten — und was da schimmerte, war lediglich Brandy mit Bananenlikör, aber keine Leidenschaft. Nicht ohne Häme stellte Juliane fest, daß die Vernunft noch immer auf der Strecke bleibt, wenn das Herz das Kommando übernommen hat. Und für eine, die ausschwebte — schwebte auch wieder eine ein. Pepe und seine Mitcasanovas trafen schon am Gepäckband eine Vorauswahl. Die Entscheidung fiel erst im Bikini.

Herr Coppelia möchte wissen, warum Juliane plötzlich lächelt.
Juliane wiegt den Kopf hin und her. »Es sind die Erinnerungen, Herr Coppelia! Warum soll ich in den Harz oder in die Heide fahren — da bringt man keine Erinnerungen mit zurück.«

Herr Coppelia ist völlig anderer Ansicht. »Ach, wissen Sie — ich habe sogar erstaunliche Erinnerungen an Moabit!«
Juliane lacht ihn an und hält ihm mit der Hand den Mund zu. »Heute habe ich keine Lust auf Erinnerungen, die nicht jugendfrei sind!«
Herr Coppelia grinst verstehend und sagt dann: »Hier ist ein Prospekt: Kaffeefahrt zur Feengrotte für nur drei Mark fünfzig — dafür kann man's doch nicht laufen! Vielleicht gefällt Ihnen die Tour, und Sie fahren später doch mal mit dem Bus in den Harz!«
Versuchen kann man es mal. Juliane findet, daß sie wirklich mal was tun sollte — sie meint damit so nette kleine sinnlose Dinge, die einfach Spaß machen, aber sie kitzeln das Selbstwertgefühl ungemein. Nur — man wird so schnell eingebildet. Wenn man erst einmal Julianes Alter erreicht hat, dann ist das Leben nicht mehr so voll von Möglichkeiten zu großen und wichtigen Entscheidungen. Für dieses Jahr, so denkt sich Juliane, hat sie ihr Pensum an erstaunlichen Taten erfüllt. Jetzt sollte sie sich getrost so kleinen Dingen wie einer Kaffeefahrt zur Feengrotte zuwenden.

8

Der Bus steht am Ludwigkirchplatz, er hat bessere Zeiten gesehen, und, gemessen an den rollenden Clubsesseln, in denen man über die Autobahn in den Harz brausen kann, sieht dieses Gefährt wie ein Bastard aus, der sich in die Rassehundeschau verirrt hat.
Etliche Damen und Herren — wie immer allerdings mehr Damen als Herren — stehen betont zufällig oder gelangweilt auf dem Bürgersteig herum. Jeder steht mit sich und ist peinlich bemüht, keinen Kontakt zum anderen aufkommen zu lassen. Wenn es einem nämlich gelingt, bis zum Schluß unbeteiligt zu bleiben, dann kann man aus dem ganzen Unternehmen noch aussteigen — bevor man einsteigt.
Juliane hält sich gleichfalls im Hintergrund. »Wie unangenehm«, flüstert sie sich zu. »Nur alte Leute!« Und sie vergißt wieder einmal, daß man das eigene Alter nie so präzise zur Kenntnis nimmt wie die Jahreslast der anderen.
Wie der Kasper aus der Kiste steht plötzlich Addi Teweleit am Buseinstieg. Mit professioneller Fröhlichkeit, die harmlosen Zeitgenossen das Gruseln lehren kann, jodelt er über den Platz: »Hallo, hallöchen — ich bin der liebe Addi, und wenn ich mich richtig erinnere, wollen wir heute ein wenig durch die Biologie gurken! Einsteigen, meine Herrschaften, ich bin für Stimmung und Heiterkeit zuständig — sie setzen sich hin und brauchen nur zu staunen. Das keineswegs nennenswerte Fahrgeld stecken Sie mir bitte so diskret zu, daß es nicht allzusehr auffällt, wie ruinös dieses Unternehmen für mich ist! Nun denn — der Jetliner wartet — die Feengrotte ist sagenhaft, und bei Kaffee und Kuchen hält der liebe Addi eine Überraschung bereit, die es in sich hat! — Hallo, Muttchen! Hoch das Bein!« Addi

hilft einer alten Dame in den Bus, seine Griffe sind pure Routine, aber er gibt einem einsamen Menschen für Sekunden das Gefühl, nur für ihn dazusein.
Juliane schätzt die Höhe des Trittbrettes. Und wenn sie sich den Meniskus splittet — von dem Typen läßt sie sich nicht in den Bus hieven; und sollte er gar ›Muttchen‹ sagen, dann donnert sie ihm die Handtasche so nachdrücklich auf den Kopf, daß der Junge die Königin von Saba für seine Großmutter väterlicherseits hält. Für solche Gelegenheiten hat Juliane einen besonderen Blick im Arsenal ihrer Möglichkeiten. Hätte sie ihn jemals an Wasserkränen oder Bachläufen ausprobiert, sie würde vor der Einfrierwirkung ihrer eigenen Augen zurückzucken.
Addi macht weiterhin seine Späßchen. »Ladies und Gentlemen — der wunderbare Addi bietet Ihnen nicht nur erstklassigen Kaffee und Kuchen, nach dem man süchtig werden kann, nein, wir haben in der Feengrotte sogar eine Kapelle. Ich sage Ihnen, die Jungens werdet ihr anbeten — wenn die den Riemen auf die Orgel schmeißen, zucken euch sämtliche Tanzbeine!«
»Ich steige aus!« murmelt ein Herr, der hinter Juliane steht. Aber er kann nicht mehr zurück — wen Addi Teweleit einmal in den Klauen hat, der ist gefangen. Im Bus sitzen die Mitreisenden so bewußt einzeln, wie sie auf dem Bürgersteig gestanden haben. Wie gerne würde man mit diesem oder jenem einen Plausch anfangen, zu einem Quätschchen ansetzen, aber wer gibt schon kampflos zu, daß er diese verdammte Reise nur macht, um dem Alleinsein für ein paar Stunden zu entfliehen. Dazu gehört auch eine Portion Mut, aber Mut war zeitlebens eine schnellverderbliche Ware und auch nicht in jeder Situation lieferbar.
Nach dem Mitgefangen-mitgehangen-Prinzip setzt Juliane sich auf einen Sitz, der ihr postwendend den spitzen Sendboten einer ausgeleierten Feder dahin rammt, wo der Rücken seinen anständigen Namen aufgibt.

Juliane möchte schreien — und sie tut es auch. »Das ist ja kein Bus«, empört sie sich, »das ist ein gutgetarnter Müllwagen!«
Niemand lacht, und Addis Augen verlieren mal eben den Schalk: Mit der Alten gibt es Schwierigkeiten! Addi kennt seine Kunden: Es gibt die lieben und netten, die man einwickeln kann wie Restposten, es gibt aber auch die kritischen und genauen, die eigentlich nur mitfahren, um sich mal richtig zu ärgern, denn bekanntlich soll Ärger länger jung halten. Addi beschließt, ein Auge auf Juliane zu haben — schon eine Spinatwachtel dieser Dimension kann den Umsatz gefährden; wenn auch nur eine der Tanten mosert, dann stecken die anderen den Geldbeutel wieder ein und verzichten dann auch noch auf eine der letzten realisierbaren Lüste, nämlich die Kauflust.
Juliane hat einen anderen Sitz getestet — sie nimmt vorsichtig Platz. Ein alter Herr schaut sich suchend um. Es ist der unentschiedene Aussteiger von vorhin, der nun auch auf Addi Teweleits Seniorenfliegenfänger gekrochen ist.
Widerwillig erkundigt er sich bei Juliane: »Ist dieser Platz noch frei?«
Juliane begrüßt den Herrn und seinen Entschluß, sich neben sie zu setzen. Von allen, die ihr als Mitsitzer auf einem zersessenen Sitz erstrebenswert erschienen, ist er mit Abstand der erstrebenswerteste.
Leider erfährt Juliane nicht sofort, daß der nette Zeitgenosse folgendes zu sich sagt: Die ist aber noch ganz schnuckelig!
Leider erfährt der erstrebenswerte Herr nicht gleich, was Juliane zu Juliane sagt: Der ist aber noch kein bißchen verschnippelt!
Hätten sie sich das gleich gesagt, dann wäre manches nicht passiert. Als folgerichtige Erweiterung ihrer Einsichten hätten sie nämlich umgehend aussteigen müssen, denn eine schnuckelige ältere Dame und ein unver-

schnippelter Herr haben weitaus mehr Chancen, wenn sie zu zweit etwas unternehmen, als wenn sie sich mit anderen Zeitgenossen in die Feengrotte schaukeln lassen.

Die Feengrotte ist von allen guten Geistern verlassen. Was einmal romantischer Rahmen für bierselige Betriebsfeste und Schrebergärtnerbälle war, das wirkt jetzt wie eine vergammelte Kulisse in einem Theater, das nicht mehr spielt.

Als die Altenriege, angeführt von Addi Teweleit, einmarschiert, zieht ein Aushilfskellner sein bekleckertes weißes Jackett zurecht. Eine sogenannte kalte Mamsell, auf deren Busen bei Überfüllung des Lokals noch eine Fuhre Kegelbrüder Platz hätte, klatscht Käsekuchen, der in seinem Innersten noch nicht ganz aufgetaut ist, auf Teller, die schon seit Jahren nicht mehr auf ihr Äußeres halten, und drei Synkopenpensionäre schinden ein baufälliges Klavier, ein schepperndes Schlagzeug und einen Baß mit gesplissenem Steg. Zum Einmarsch des Oberneppers mit seinen blinden Hühnern, die er heute ein Korn finden lassen will, intoniert das ›Trio atonal‹ die ›Fischerin vom Bodensee‹ in der weisen Erkenntnis, daß der Tegeler See bisher noch nicht besungen worden ist.

Der mißlaunige Ober, dessen Hose später einmal Speisekartenarchäologen unerhörte Einsichten in die Kochkultur deutscher Ausflugsrestaurants vermitteln könnte, greift nach der Kaffeekanne wie nach einer Gießkanne. Und wer sich ihm in den Weg stellt, kriegt seinen pupslauen Kaffee neben die Tasse gegossen und einen mißbilligenden Blick gratis.

Angesichts der öden Halle möchte Juliane fliehen. Aber Addi, der Ausgebuffte, steht an der Eingangstür und lächelt. Nie ist Addi gefährlicher als dann, wenn er lächelt.

Schon vor ein paar Tagen auf dem nächtlichen Hohenzollernplatz kam Juliane sich verlassen und verängstigt vor. Nun ist sie sich ganz sicher: Das war ein Spaziergang mit geringer Risikoquote — gemessen an dem, was ihr nunmehr bevorsteht. Warum ist sie nicht in den Harz gefahren — oder in die Heide! Juliane blafft Juliane an: Wenn man so alt ist wie du, sollte man keine halben Sachen mehr machen!

Der erstrebenswerte Herr aus dem Bus bietet Juliane einen Stuhl an. Mit diesem Kavalier zur Rechten und dem Stockschirm zur Linken kann sie den Tatsachen halbwegs getrost ins Auge blicken. Und während die Mitreisenden den klebrigen Quark möglichst gleichmäßig unter Gebißplatten zu verteilen suchen, während die Musici eine gewisse Dona Clara rhythmisch malträtieren und der Ober darüber nachsinnt, warum er den Kaffee bringen muß, wenn sich diese Zausel den doch genausogut holen könnten — wuchtet Addi Heizdekken und Dampfkochtöpfe in den Saal mit dem Putz, der aussieht, als leide er an Blattern.

Addi ist einer dieser Alleingänger, die man als Mensch so innig fürchten muß, wie die Gazellen den einsamen Löwen. Dafür gehört ihm auch der ganze Gewinn. Und um zu gewinnen, muß Addi gewinnend sein! Dazu bedient er sich einer Fröhlichkeit, die genauso unangenehm ist wie der Tentakelschleim einer Qualle. Und ein bißchen wie eine Qualle sieht er auch aus. Die Augen sind immer ein wenig gelb und sehr gierig. Seine Leber taugt vermutlich nur noch zum Autowaschen, und sein Charakter ist so rachitisch, daß er ihn seit Jahren nicht mehr benutzt.

Den lieben Damen und Herren, die ihr Käffchen geschlabbert und das Kuchchen verdrückt haben, unterbreitet Addi jetzt eine Offerte, die einen Sommerschlußverkauf als schiere Preistreiberei erscheinen läßt.

Eine Decke in klassischem Schottenmuster, die nicht nur wärmt, sondern auch heizt, wenn sie mal mehr wärmen muß! Bei der Energiekrise, in deren Anfängen wir gerade stecken, werden einmal die als weitblickend und vorausschauend beneidet, die eine solche Decke gekauft haben — mit ›Thermalind‹ kommt man auch ohne Heizung warm über den Winter. ›Thermalind‹ macht jedes Bett zum Schlafparadies, und wenn man der Gicht oder dem Rheuma lediglich mit ›Thermalind‹ droht, wechseln sie entsetzt aus den eigenen Knochen zum Nachbarn über, der ›Thermalind‹ nicht hat!

Daß die Decke ein Mordbube im eigenen Haus sein kann, davon ahnt niemand etwas. Lediglich Addi weiß es — aber der ist ein Meister im gefälligen Weglassen oder nötigen Lügen. Kein Verein deutscher Ingenieure hat jemals ›Thermalind‹ auf seinen Testlisten gehabt. Dafür gibt es eine vielsagend nichtssagende Plombe, die obrigkeitsgläubigen Zeitgenossen vortäuscht, daß sich hier jemand Gedanken über ihre Sicherheit gemacht hat. Die Decke selbst ist Polyester auf Wolle gequält. Ein Tropfen Wasser mäht den Flausch nieder, wie ein Sommergewitter im Roggenfeld Schaden anrichtet. Bei Unglücken, die Flecken auf ›Thermalind‹ hinterlassen, kann man sie nicht zur Reinigung bringen, denn der Stoff und die Technik sind so innig miteinander verbunden, daß sie jedem Reinigungsautomaten trotzen.

Für die, die mit Decken schon eingedeckt sind, hält Addi den Wunderkessel bereit, mit dem man in jeder Küche trefflich zu Potte kommt. Wie der Ausrufer im Mainzer Karneval, der die Attraktion der Attraktionen verkündet, so jubelt Addi mit sanftem Tremolo in den öden Saal: »Und jetzt habe ich die Ehre und das Vergnügen zugleich, Ihnen Garfix, den Wunderkessel aus dem Siegerland, vorstellen zu dürfen. Aus edelstem deutschem Doppelstahl, druckfest und kochaktiv, energiesparend und so einfach in der Bedienung, daß man ihn auch in Kindergärten verwenden kann! Diese drei Einsätze erlauben Ihnen das Garen eines Menüs in nur einem Arbeitsgang und mit einem Minium an Zeit.

Garfix ist aromasicher, vitaminerhaltend, und nicht ein Spurenelement geht während des Kochens verloren. Noch bevor Sie den Tisch gedeckt haben, sind die Speisen fertig. Das kleine rote Ventil, dieser Wunderracker, muß allerdings nach dem Kochen ganz verschwinden — aber keine Angst, bei Garfix zieht sich der Nippel von alleine in die Lasche zurück!« An dieser Stelle lacht Addi stets besonders aufmunternd und geradeso zweideutig, daß ihm auch die puritanischste der Damen nicht gram sein kann.
Die Kuchenbetreuerin mit dem Ausruhbusen trägt den ›Garfix‹ wie weiland Moses die Bundeslade zu den alten Kindern von Kauf und Konsum. Jeder darf mal über das glatte Metall streichen und Qualität diagnostizieren. Mit den Decken wandert Addi in gegenläufiger Richtung um den Tisch. Aus verkaufsstrategischen Gründen spielt der Verein der Musikzerstörer so aufmunternde Weisen wie ›Die ganze Welt ist himmelblau‹ oder ›Das gibt's nur einmal, das kommt nie wieder‹. Etliche der Damen und weit weniger der Herren befummeln ›Thermalind‹ wie Aale auf dem Fischmarkt — der kommerzielle Johannistrieb bäumt sich auf. Was man hat, das hat man, und was man braucht, das sollte man haben. Im Geiste werden Rentensummen um den Kaufpreis der Decke verringert — wenn unter dem Strich eine Mark mehr als das Existenzminimum erscheint, dann zucken die Bezahlfinger. Früher hat Addi auch großzügig Ratenkauf eingeräumt. Seit aber der Gesetzgeber dem Käufer diese widernatürlichen Rückgabe- und Widerrufsmöglichkeiten gestattet, schaudert Addi vor diesen Geschäften, denn nicht selten haben kaufwillige alte Damen einen Sohn oder eine Tochter, die den Erwerb von Addis Kostbarkeiten für den Rest des Lebens verhindern wollen.
Juliane riskiert den genau taxierenden Blick, den eine wirkliche Dame nicht im Repertoire haben sollte, und findet ihren unbekannten Nachbarn rundherum emp-

fehlenswert. Jetzt reitet sie der Teufel — oder Juliane des Teufels Gaul. Mit Schirm und Mann neben sich kann man diesem Addi schon mal richtig eine verpassen.

Juliane nimmt den Topf in die Hand und beginnt ganz leise zu mäkeln: »Ein Ventil aus Plastik! Was hält das denn aus, der Topf fliegt einem doch schon beim ersten Kochen um die Ohren!«

Die umsitzenden Damen und Herren werden hellhörig. Da löckt einer wider den Stachel, da bahnt sich der offene Kampf mit Addi an. Und weil die Gelangweilten immer einen Sinn für aufkommende Sensationen haben, ist es plötzlich in der Feengrotte ganz still, alle hören zu.

Und Juliane macht aus ihrem Herzen keine Mördergrube, ihr Wissen wird nicht hinter dem Berg gehalten: »Abgesehen davon, daß es keine Druckstufenregulierung gibt — die Gummidichtung schaut zu weit über die Fuge hinaus, so daß der Dampfdruck an der Seite entweichen kann: Das führt zu schlimmen Verbrennungen an Händen und Armen. Aber sonst . . .«, fügt Juliane mit heuchlerischer Begeisterung hinzu, ». . . aber sonst ist das ein ganz reizender Topf. Gibt es den auch mit Blumendekor?«

Addi ist so wütend, daß er Juliane auf der Stelle umbringen könnte. Natürlich kauft jetzt niemand mehr einen ›Garfix‹! Wenigstens nicht von dieser Käuferfuhre. Nicht auszudenken, wie schnell die sanften Betrüger verarmen würden, wenn nun auch noch die Alten anfingen, kritisch zu werden. Addis Vision ist in der Tat existenzsprengend: Eine Gruppe von alten Damen und Herren wirft ihm scheppernd die ›Garfixe‹ nach, und wenn er nicht schnell rennt, erstickt er unter Decken. Addis Wut konzentriert sich auf Juliane: Wenn diese alte Scharteke nicht bald den Mund hält, muß er zu anderen Mitteln greifen. Addi ist mit der Selbstverteidigung groß geworden, nach dem Friß-Vogel-oder-stirb-

Prinzip hat er immer gefressen — auch wenn er über die Verhungerten hinwegklettern mußte. Von so einer Oma läßt er sich das Geschäft nicht versauen. Mit einem bösartig schmerzenden Griff entwindet er Juliane den Kochtopf. In Sekundenschnelle baut er seine Physiognomie von wütend auf beschwichtigend um und hält den Topf hoch: »Natürlich gibt es den Prachtkerl auch mit Blümchen- oder Zwiebelmuster. Wenn einer etwas Schlechtes sagen will, dann kann er das getrost tun — da sind wir taub auf beiden Ohren, nicht wahr, meine Herren und Damen?! Wenn wir eines so recht von Herzen hassen, dann sind es die Miesmacher und Kritiker! Also, der Garfix kann nicht nur kochen und dünsten, braten und broilern — er verfügt auch über den Kochkisteneffekt!«
Jetzt wird es Juliane zu bunt. Nach einem aufmunternden Blick auf den liebreizenden Nachbarn springt sie auf und erklärt den Mitfahrern: »Vom Preis sagt er nichts. Aufpassen, so einen ähnlichen Kessel, nur von besserer Qualität und erheblich exakterer technischer Ausführung, hab ich bei Mediomarkt gesehen! He, Sie, was soll das Töpfchen denn kosten?« Juliane planscht mit Wonne in dem Oberwasser, das sie sich selber eingelassen hat.
Addi ringt nach Luft. Soviel alte Unverschämtheit ist ihm noch nicht untergekommen. Die hält nicht nur nicht das Maulwerk, die redet auch noch dreist weiter. Addi gibt Juliane einen Schubs, damit sie wenigstens auf ihren Stuhl zurückfällt, aber Juliane wäre unweigerlich neben den Stuhl gefallen, wenn der liebreizende Herr sie nicht aufgefangen hätte.
Julianes Hüfte hat schmerzhafte Bekanntschaft mit der Tischkante gemacht. Voller Wut holt sie aus und läßt den Stockschirm mit der Ebenholzkrücke auf Addis Schädel sausen. Große Wirkung hat der Schlag nicht — aber verheerende Folgen. Abgesehen davon, daß Addi Teweleit für ein paar Tage eine Beule am Kopf haben

wird — zu allem Überfluß ist auch noch die Augenbraue geplatzt, und das Blut rinnt geradezu melodramatisch über sein Gesicht und besudelt das weiße Hemd.
Die Kaffeefahrer sind erschrocken aufgesprungen. Addi sieht erbarmungswürdig aus — und sein Benehmen ist noch erbarmungswürdiger. Er stützt sich auf den Tisch wie der gemeuchelte Wallenstein und fleht herzzerreißend inbrünstig und mit jenem wehleidigen Kammerton, der auch dem härtesten Gemüt noch einige Wallungen abringt:
»Hilfe!«
Und wie immer bei uns zulande, wenn der eine ›Hilfe‹ schreit, brüllt der nächste ›Polizei‹ und hilft nicht. Der Schmuddelkellner rennt behende zum Telefon. Natürlich braucht man die Polizei nicht zu rufen, aber wann passiert schon mal etwas so Aufregendes. Der Kaffeekuli sieht schon die Überschriften der Zeitungen vor sich: ›Junger Kaufmann ging k. o.‹ — oder ›Beim Kuchen schlug die Witwe zu!‹ — oder: ›Die rasende Megäre aus der Feengrotte — Massaker bei Kaffeefahrt!‹
Einzig die ruhebusige Kuchentante hat Verständnis für Juliane. Sie reißt an ihr und schrillt: »Hauen Sie ab — los — draußen stehen Taxis!«
Ein Rückzug wäre Juliane jetzt auch ganz lieb, aber davor steht Addi. »Die bleibt hier!« brüllt er durch den Saal. »Ich laß mich doch von dieser alten Hexe nicht blutig schlagen!«
Sofort formieren sich ein paar Mitläufer zu einem Wall um Juliane — wer sich so gegen jede Ordnung setzt, der muß mit der Solidarität der Ordentlichen rechnen, die Ordnung zum Richtgötzen ihres Lebens gemacht haben. Und so wie die Menschen nie oder selten zusammenhalten, wie die Jungen sich gegenseitig austricksen und die Mittelalten sich geradezu ausrotten, so kennen auch die Alten keine Solidarität, wenn es darum

geht, sich gegenseitig vor den Unbilden der Welt und den Machenschaften der Addi Teweleits zu schützen.
Juliane wartet ab. Addi reibt sich die kleine Wunde immer wieder mit dem Taschentuch auf, denn ein nichtblutendes Opfer wird kaum als Opfer erkannt und anerkannt. Juliane vertraut darauf, daß das Auge des Gesetzes den notwendigen Durchblick hat und die Sache richtig checkt. Der nette Herr steht halbrechts hinter Juliane, er will ihr den Ruf und den Ruhm nicht streitig machen, indem er sich in die Szene drängelt — aber er will an Julianes Seite sein. Für den Fall, daß . . .
Als Kavalier ist er noch zu brauchen — als Kämpfer ist er weniger einsatzfähig. Aber für diese reizende alte Dame würde er ganz bestimmt noch einmal Kräfte mobilisieren, von denen er selber nicht mehr weiß, daß er sie hat.
Die Polizei kommt schnell. Die zuverlässigen Beamten scheinen draußen vor der Tür darauf gelauert zu haben, daß diese blutrünstige Juliane wieder einmal zuschlägt. Außerdem, drei Bagatelleinsätze möbeln die polizeiliche Statistik erfolgreicher auf als die Fahrt zu einem Kapitalverbrechen. Juliane hat nichts gegen Polizisten, aber sie mag sie auch nicht sonderlich. Tiefverwurzelt ist in ihr das Gefühl, daß sich Unrecht prompt einstellt, wenn die Staatsgewalt auftritt.
Die beiden Beamten sind etwas verblüfft über die Situation. Da stehen ungefähr dreißig ältere Menschen in der Nähe eines gedeckten Tisches. Einige bilden einen Kreis, in dem Juliane steht. Und da ist ein Mann, der blutet.
Stumm öffnet sich der Kreis der Bewacher um Juliane, sensationslüstern geben sie die Delinquentin der Ordnungsmacht preis. Einige hoffen inständig, daß dies Frauenzimmer in Handschellen abgeführt wird, ein paar sanftere Gemüter denken mehr an einen sanften Polizeigriff, und nur ganz wenige meinen, man solle die Frau in Ruhe lassen.

Der älteste der beiden Beamten will den Sachverhalt klären.
Addi faßt sich mit einer Geste weltentrückten Schmerzes an den Kopf und klagt Juliane an: »Sie hat mich geschlagen!«
Das wirkt wohl etwas dünn und beinahe lächerlich, also fügt er hinzu: »Brutal, heimtückisch — hat sie mich geschlagen!«
Die meisten der Kaffeefahrer zucken bei diesen Worten in wohligem Schauer zusammen. Genauso ist es gewesen, man hat es nur nicht gesagt, bevor Addi es gesagt hat.
Der Polizist wendet sich an Juliane. »Ihr Name!«
Juliane ist empört. »Der Kerl kann Ihnen sagen, was er will — haben Sie ihn nach seinem Namen gefragt?«
Nun kann man nicht gerade sagen, daß Polizisten den mündigen Bürger lieben, aber jegliche Art von Widerspruch empfinden sie als Herausforderung, die man im Keim ersticken muß. Ein Polizist sorgt vornehmlich für Ordnung — den Spielraum zwischen Recht und Unrecht, Schuld und Unschuld überlassen sie den Gerichten.
Juliane spürt, daß sie in einer unguten Lage ist — alles spricht gegen sie! Und die Phalanx der ehedem freundlichen Mitfahrer läßt keinen Zweifel darüber, daß man sie für eine latente Mörderin hält, die diesmal nur nicht zum Zuge gekommen ist. Das uralte deutsche Gesellschaftsspiel ›Ausgestoßen‹ erfreut sich bei allen Generationen großen Zuspruchs. Wann schenkt einem das Leben schon die Sternstunde des Ärgernisnehmens im Dreieck zwischen einer zuschlagenden alten Dame, einem blutenden Addi Teweleit und zwei Polizisten. Juliane kommt sich plötzlich sehr verlassen vor.
Gerade als sie die prekäre Situation einer Schnellanalyse unterziehen will, tritt der liebreizende Herr vor und sagt: »Diese Dame mußte sich zu Unrecht angegriffen fühlen, denn . . .«

Mehr kann er nicht sagen, denn die Polizisten wollen wissen, warum er sich einschaltet.
Der Herr schaltet sich ein, weil . . . weil — »Die Dame ist meine Braut«, verkündet er der kleinen Gesellschaft, die geradezu orgiastisch zusammenzuckt. Man wird nicht nur Zeuge eines Kriminalfalls — sondern auch einer Romanze!
Niemand ist über diese Auskunft verblüffter als Juliane. Der liebreizende Herr bittet wortlos um Entschuldigung. Juliane geht auf ihn zu, schiebt ihre Hand unter seinen Arm und schaut die Polizisten herausfordernd an. Mit einem so umsichtigen Spätverlobten kann nichts mehr schiefgehen.
Die Stimmung schwankt zwischen pro Juliane und anti Addi und anti Juliane und pro Addi. Juliane siegt. Nicht etwa weil sich ihre Unschuld herausstellt! Daran sind Menschen, auch wenn sie in kleinen Mengen auftreten, nicht interessiert. Da geschieht vor ihren Augen doch tatsächlich ein Wunder. Ein Mensch geht auf den anderen zu und hilft ihm. So einfach ist das! Daran wärmt sich das Herz mehr als an beheizbaren Decken, und durch das Überdruckventil zischt die Mißgunst aus den Menschen, die bisher noch nach einem Opfer geschrien haben.
Die Polizisten spüren, daß die Stimmung der alten Herrschaften umgeschlagen ist. Auch Addi weiß mit einemmal, daß er verloren hat. Er kreischt erbittert: »Das lasse ich mir nicht gefallen, das wird Folgen haben, verlassen Sie sich darauf, das wird Folgen haben!«
Ganz gelassen geht der liebreizende alte Herr auf Addi zu. »Hör mal zu, du schmieriger kleiner Gauner. Wer wollte uns denn Decken andrehen, unter denen einen der elektrische Schlag treffen kann? Wer wollte uns mit einem unsicheren Dampfkochtopf in die Luft jagen? Da wird sich bestimmt der eine oder andere Staatsanwalt für interessieren!«
Addi wird unter dem geronnenen Blut bleich und sucht

nach einer Chance für den Rückzug. Natürlich will er keine Anzeige machen. Das Ganze ist eine peinliche Verwechslung gewesen. Das kommt alles wieder in Ordnung.
Der Instinkt der Herde sagt den Mitfahrern, daß Addi Teweleit ab sofort das interessantere Opfer ist. Kann er sich aus der Affäre ziehen oder wird er auf der Stelle verhaftet? Innerlich beglückwünschen sich die alten Herrschaften, daß sie gerade diese Kaffeefahrt unternommen haben: Endlich passiert mal was!
Addi ist kleinlaut geworden und bettelt förmlich um Gnade, denn wenn er sich eines nicht leisten kann, dann ist es polizeiliches Interesse für seine Machenschaften.
Jetzt findet der liebreizende alte Herr endlich die Gelegenheit, sich bei Juliane vorzustellen. »Gestatten — Günter Sillmann!«
Lächelnd betrachtet Juliane ihren Spätverlobten. Juliane Sillmann! denkt sie, das klingt auch ganz gut!
Herr Sillmann setzt zu einer längeren Erklärung an — aber Juliane wischt die Worte mit einer großen Geste des Verstehens und des Verzeihens in den Wind. »Es war großartig, wie Sie das gemacht haben, ganz großartig, Herr Billmann!«
»Sillmann«, sagt Herr Sillmann und lächelt zufrieden, wie er immer lächelt, wenn er einen Altersgenossen mit knarrendem Kurzzeitgedächtnis trifft. »Und wenn ich um Ihren Namen bitten darf?« Herr Sillmann verfügt über die gewinnende Fähigkeit, gleichsam mit dem ganzen Körper Ohr sein zu können.
»Juliane Winkler«, stellt sich Juliane vor, und sie fürchtet sehr, daß sie aus unerfindlichen Gründen dabei rot wird.
Sie wird es, denn Herr Sillmann denkt: Aus was für unerfindlichen Gründen wird sie denn rot, wenn sie ihren Namen sagt?
Juliane möchte sich am liebsten bei Herrn Sillmann ein-

hängen, ein wenig Schutz suchen. Wie lange ist es her, daß niemand sie mehr beschützt hat. Diese verkehrte Welt: Wenn man jung ist, darf man nicht für sich selber eintreten, weil man noch jung ist. Wenn man in die Jahre kommt, sehnt man sich nach Schutz, aber da wird erwartet, daß man jede Situation meistert und Herr jeder Lage ist.

Günter Sillmann macht einen guten Vorschlag: »Wir nehmen uns ein Taxi bis zur nächsten U-Bahn!«

Juliane ist von der Galanterie und dem Sinn für Realitäten gleichermaßen begeistert.

Addi Teweleit komplimentiert die Polizisten aus dem Saal, die sich heimlich glücklich schätzen, in dieser verworrenen Geschichte nicht aktiv werden zu müssen.

Eine der alten Damen hat Juliane und Herrn Sillmann entdeckt, der gerade für Juliane die Autotür aufhält, als gelte es, einer Gräfin den Einstieg in die Equipage zu erleichtern.

Zum Teufel mit Herrn Teweleit — das Leben schreibt die schönsten Romane, und wenn man Augenzeuge eines glücklichen Endes wird, bevor alles überhaupt erst richtig angefangen hat, dann hat sich die Kaffeefahrt doppelt und dreifach gelohnt.

Es ist schon seltsam, denkt Herr Sillmann, als er um das Taxi herumgeht. Als ich jung war, hatte ich es immer eilig, weil ich viel Zeit hatte, die ausgefüllt sein wollte — heute habe ich es eilig, weil ich nicht mehr viel Zeit habe! Von einer gewissen Altersgrenze an muß man sich eine zielstrebige Direktheit in Worten, Gedanken und Taten zulegen. Man kann nicht mehr abwartend zusehen, wie die Dinge sich entwickeln — man muß sie abspulen. Das ist so mit den schlimmen Dingen, das ist aber auch so mit den guten Dingen. So müßte er, Sillmann, jetzt gleich sagen: Juliane, Sie sind ungeheuer sympathisch! Juliane ihrerseits müßte gestehen: Herr Sillmann — Ihre Nähe macht mich glücklich! Aber sie sagen beide nichts! Sobald das Herz ins Spiel kommt, werden alle Spielregeln ungültig, denn dann ist jeder Fall ein besonderer Fall und unterliegt der Einzelentscheidung des Schicksals. Juliane lehnt sich im Taxi zurück, so kann sie Herrn Sillmann betrachten — mit einer Ausgiebigkeit, die erste Kleinigkeiten notiert. Es ist schön, wenn man sich behütet fühlen darf.

Als Juliane mit Thomas in der Eosanderstraße wohnte, in dem alten Haus mit den schönen Wohnungen, da war sie so tief in die Patsche geraten, daß auch Thomas sich ordentlich bücken mußte, um sie herauszuziehen.
In den späten Fünfzigern waren erste Fremdarbeiter gekommen, die man Gastarbeiter nennen sollte. Niemand kümmerte sich um die Zugereisten, denen — je nach Temperament und Perspektive — Berlin wie die Hölle oder das Paradies vorkommen mußte. Auch in das Haus in der Eosanderstraße zogen solche Exoten ein. Vater, Mutter und drei Kinder — bald vier. Aber die Jugos sahen nicht aus, wie man sich Jugos vorstellt. Die junge Frau trug kein eingeschlagenes Kopftuch wie eine orthodoxe Nonne, und der junge Mann hatte keine fettglänzenden Locken. Auch die Kinder sahen ganz einfach wie Kinder aus — vielleicht von Haut einen Zacken dunkler. Die Hausbewohner machten ganz schnell Front gegen die Familie Frejenc. Ein wabbeliger Wichtigtuer aus der ersten Etage begann mit einer Unterschriftensammlung — natürlich gegen die Familie. Plötzlich waren die Kinder laut, und vermutlich hapert es in der Wohnung auch mit der Sauberkeit, und die Biedermänner und Biederfrauen werden schon bald das Opfer von Kakerlaken und anderem balkanischem Ungeziefer. Natürlich unterschrieben alle im Haus, denn wenn man gegen etwas sein muß, dann unterschreiben die meisten ganz schnell, damit nur ja niemand merkt, daß sie vielleicht anderer Meinung sein könnten.
Juliane war anderer Meinung und verweigerte die Un-

terschrift. Der Unterschriftensammler hielt das zunächst für einen guten Scherz, aber dann verging ihm das Lachen. Diese Juliane Winkler meinte es ernst! Nun ja — so windige Existenzen. Wie man ja allgemein weiß, verdienen die Winklers ihr Geld auf dem Rummelplatz. Vielleicht sollte man per Unterschrift auch gleich gegen die Anwesenheit der Winklers protestieren.

Juliane fauchte den miesen Typ an: »Lassen Sie die Leute in Ruhe! Mich stört mehr der hysterische Pudel von der Klemke, und die Frau Schaffrath, die andauernd durch den Türspion ins Treppenhaus kneistert, ist bedeutend unangenehmer.« Und mit ihrem hinterhältigsten Lächeln öffnete sie die Wohnungstür, damit der Unterschriftensammler sich verdrücken konnte. Menschen wie dieser Mitmensch sind gefährlich. Nicht gefährlich wie ein ehrlicher Feind — sondern gefährlich wie eine Schlange, die im Wald wie ein Ast aussieht.

Juliane hatte den Zwischenfall schnell vergessen und nicht einmal mit Thomas darüber gesprochen. Wochen später hatte Juliane gesehen, wie der hysterische Hund der Klemke das jüngste Kind der Frejencs gebissen hatte. Mag sein, daß die verzickte Töle eine Geste des kleinen Mädchens mißverstanden hatte — aber derlei Mißverständnisse kann man einem Hund eben nicht durchgehen lassen. Und so hatte Juliane — bevor sie sich um das weinende und leicht blutende Kind kümmerte — dem Schnapper mal ordentlich in den Hundehintern getreten. Das wiederum hatte Frau Klemke gesehen. Nun gab es ab sofort einen kläffenden Hund, ein weinendes Kind und eine schreiende Frau Klemke. Da man das Trio aber nicht mit einemmal zum Schweigen bringen konnte, fing immer wieder der zu lamentieren an, dem gerade Trost und Zuspruch zuteil geworden waren. Der Hund kläffte, weil er immer kläffte. Frau Klemke schimpfte, weil sie schimpfen wollte, und das Kind weinte, weil ihm der große

Schrecken und der kleine Schmerz in den Knochen saßen. »Dieses Biest hat meine Baffi gezankt«, behauptete Frau Klemke und drückte den Apricotpudel so innig an sich, daß der Hund nach Luft schnappte.
Juliane hielt den Vorfall nicht für sonderlich bemerkenswert — aber man sollte ihn aus der Welt schaffen. Nun ist es schwierig, etwas aus der Welt zu schaffen, wenn Julianes Gerechtigkeitsbewußtsein eingeschaltet ist. Die Klemke konnte sich samt Hund nicht einfach zurückziehen. Da war für das Kind mindestens der Trost eines übergroßen Dauerlutschers drin. Außerdem mußte man mit dem Kind vielleicht zum Arzt — Tetanus und so! Der Biß stellte sich zwar als Schramme heraus, aber man konnte das freundliche Kind nicht als beißwertes Ärgernis für verquaste Köter hinstellen.
»Frau Klemke«, forderte Juliane, »das Mädchen bekommt so eine Art von Trostpflaster, denn ich habe genau gesehen, daß der Hund angefangen hat und nicht das Kind!«
Frau Klemke ihrerseits liebte es, die Umwelt permanent irgendwelcher schlimmen Dinge zu verdächtigen. Die Schere ihrer Ehrabschneidung klapperte mächtig — aber wenn man ihren Hund verdächtigte, dann stürzte die Welt ein. Der Mechanismus vom kleinen Anlaß, der große Wirkungen erzeugt, setzte sich wieder in Gang. Juliane haderte mit dem Schicksal: Warum bin ich nicht zwei Minuten später gekommen?
Aber wenn das Schicksal einen Zeugen braucht, dann gehen die Uhren eben anders als gewünscht. Die Hund-Kind-Auseinandersetzung wurde zum Treppentribunal. Nun kam auch noch der Wabbelige aus der Beletage angehechelt. Hier kann er sein Süppchen kochen — vermutlich hat er mit seinen Augen das Kind gebissen. Das wäre an sich nicht sonderlich bemerkenswert, wenn es nicht ein deutscher Hund und ein jugoslawisches Kind gewesen wären.
Juliane stand entschieden und kraftvoll auf der Seite

des Rechts — aber einer gegen alle, da biegt sich auch das beste Recht schon ein wenig zuungunsten dessen, der vermutlich das Recht auf seiner Seite hat. Juliane hatte Glück, denn Thomas kam unerwartet früh nach Hause und marschierte genau in das Femegericht hinein. Zuerst wollte er sich wohl zurückhalten, aber mit Juliane im Zentrum der Auseinandersetzung konnte sich auch der friedvollste Ehemann nicht neutralisieren lassen. Also ergriff er Partei für seine Frau. Und das war eigentlich das Ereignis. Thomas Winkler ergriff Partei für seine Frau, von der er nicht wissen konnte, ob sie im Recht war oder ins Unrecht gefallen war. So setzt das Leben immer noch Akzente, wenn man schon keinen rechten Höhepunkt mehr erwartet, wenn fast alles gesagt und getan ist, wenn man wortloses Verstehen als Glückszustand ausgibt!
Das war es: Thomas nahm Juliane in Schutz. Und wenn auf dem ersten Treppenabsatz eine Leiche gelegen hätte — Thomas nahm Partei für seine Juliane! Es hatte sich also doch gelohnt, Vertrauen zu haben und Vertrauen zu schenken. Thomas argumentierte zwar etwas pauschal — und auch am eigentlichen Anlaß des Debakels vorbei —, aber er nahm Partei für seine Frau. Inzwischen war das Kind zwischen den streitenden Hausbewohnern verschwunden und zu seiner Mutter gelaufen. Der Beißhund war auf die Straße entwischt und suchte vernünftige Konversation mit seinesgleichen. Juliane hakte sich bei ihrem Thomas ein, versprach innerlich dem verletzten Kind eine Tüte Bonbons, und dem Kläffer sollte ein Würstchen sicher sein. Wenn nämlich ein Kind und ein Hund dazu beitragen, daß sich altgediente Eheleute plötzlich wieder wie neu vorkommen, dann ist das schon ein Dankeschön wert!

Im Taxi stellt Juliane fest, daß Herr Sillmann sie gleichfalls anschaut. Bei beiden löst der lange Blick die Erkenntnis aus, daß ihnen nichts Besseres passieren

konnte als sich per Bus über den Weg zu laufen. »Ich möchte Sie gerne wiedersehen!« sagt Herr Sillmann, und Juliane muß sich zwingen, den letzten Rest von Distanz zu wahren.
Darum sagt sie: »Gerne!« Aber sie sagt nicht: Wann? Das überläßt sie Herrn Sillmann. Das heißt, sie überläßt es ihm nicht ganz: »Eigentlich kann ich nur mittwochs nicht!« sagt sie so beiläufig wie möglich. Dabei hat sie mittwochs genausowenig zu tun wie am Montag, Dienstag oder Donnerstag! Ich muß mir ganz schnell für den Mittwoch etwas überlegen! beschließt Juliane, denn bei steigendem Zutrauen will er bestimmt einmal wissen wollen, was ich mittwochs tue.
Herr Sillmann hat eine Visitenkarte aus Japanpapier. Julianes Domizil bei Herrn Coppelia kann er sich unschwer merken, denn Juliane ist in Sillmanns Herz und Kopf schon so weit vorgerückt, daß sie in die Bereiche des Langzeitgedächtnisses kommt.

9

Herr Coppelia ist begeistert! Er hat zeitlebens die Romanzen mehr geliebt als die Liebe. Er sitzt mit Juliane bei einem Rotwein in dem schlauchartigen Büro, das er Comptoir nennt.
Juliane ist sich ihrer Sache nicht mehr so ganz sicher. Gewiß, ein adretter Mann, der Herr Sillmann, und vermutlich auch noch ein Gentleman — aber was schon weiter und mehr?
Juliane fallen die dummen Sprüche von den alten Scheunen, die gleich lichterloh brennen, ein. Es hat doch alles seine Zeit — und es gibt für alles eine Grenze.
Da ist Herr Coppelia völlig anderer Ansicht: »Altes Mädchen — alles ist grenzenlos! Alles ist grenzenlos schön oder grenzenlos herrlich oder grenzenlos entsetzlich. Diese verdammten Normen — wenn ich den mal treffe, der das Vorurteil in die Welt gesetzt hat, daß alles seine Zeit hat und alles zu einer bestimmten Zeit geschieht, dem verpasse ich eine, daß er im Krankenhaus genug Zeit hat, über den Unsinn nachzudenken, den er in die Welt gesetzt hat!«
Die erfrischende Direktheit des Herrn Coppelia tut Juliane fast so gut wie sein Wein. Da Herrn Coppelias erfrischende Direktheit nur noch von seiner schweißtreibenden Neugier überboten wird, muß Juliane den Herrn Sillmann in allen Einzelheiten schildern — soweit ihr diese vom ersten Augenschein her bekannt sind.
»Den laden wir ein!« schlägt Herr Coppelia vor. »Dem zelebrieren wir ein Abendessen, daß er Witzigmann für den Gulaschkoch der böhmischen Reiter hält!«
Wenn das Glück wirklich Glück ist, dann braucht man Zustimmung, um daran zu glauben — und wenn das

Glück Unglück ist, dann braucht man Zuspruch, um die Wartezeit auf neues Glück zu überbrücken. Coppelia entwirft eine Speisefolge von überwältigender Küchenkreativität.

Aber Juliane beschließt: »Der bekommt Linsensuppe! Irgendwie macht er den Eindruck eines Menschen, der schon lange keine Linsensuppe mehr gegessen hat.«

»Das ist auch fürs erste entschieden preiswerter!« stimmt Herr Coppelia zu. »Wenn wir das Gefühl haben, es lohnt sich, dann investieren wir mehr.«

Juliane nippt nicht am Rotwein, sie nimmt einen herzhaften Schluck.

»Auf die Liebe«, sagt sie und lacht, »oder auf das, was wir dafür halten!«

Es ist herrlich, wenn man kurz vor Siebzig feststellt, daß man zwar alt und keineswegs schöner geworden ist — die Gefühle aber noch jung geblieben sind und die Pumpe ganz schön auf Trab bringen. Juliane fühlt sich von wunderbaren Aktivitäten durchströmt. Himmel — was könnte sie nicht alles tun! Verreisen, ein Faß aufmachen oder wieder mal nach dem Punkt suchen, den man finden muß, wenn man die Welt aus den Angeln heben will.

Herr Coppelia dämpft die Euphorie ein wenig, denn schließlich ist er es, der hinterher die Last mit einer Juliane und ihrem Liebeskummer hat. Wenn Juliane am kommenden Morgen noch so wie am Abend vorher fühlt, dann ist das schon allerhand, gemessen an den Veränderungen, die ein Tag mit sich bringen kann.

Am nächsten Tag wacht Juliane auf wie auf Wolken, sie frühstückt wie auf Wolken, und sie geht durch den Tag wie auf Wolken. Sie vergißt zunächst einmal alles — oder besser: Der Lagerhalter ihrer Gedanken schiebt die Bennis, Johannas, Elviras und Klingenreuthers etwas nach hinten. Herr Sillmann hat Vorfahrt. Und Juliane ertappt sich dabei, wie sie ganz vage in Richtung Wolke siebzehn sagt: »Entschuldige, Thomas!«

Herr Coppelia hat sozusagen das Management von Juliane übernommen. Sie steht unter seinem Schutz, und der Schutz, den Herr Coppelia einem Mitmenschen angedeihen läßt, hat auch etwas von einer Fuchtel an sich. So wimmelt er zum Beispiel Johanna ab, die sich bei Juliane entschuldigen möchte. Herr Coppelia spielt Schicksal — eine Rolle, in der er entsetzlich fehlbesetzt ist. Die Dame aus dem Krankenhaus kann er allerdings nicht abwimmeln. Die hat selber Routine im Abwimmeln, und so schafft eben ein Abwimmler den anderen.

Juliane wird ins Krankenhaus gerufen — zu einer Elvira Mommer. Juliane erinnert sich, und sie zögert keinen Augenblick. Da muß sogar Herr Sillmann warten, den sie mittlerweile Günter nennt.

Das Krankenhaus ist ein Backsteinbau aus jener Zeit, in der alle Lokalitäten, die höheren Ordnungen gewidmet waren, wie angeknabberte gotische Dome auszusehen hatten.

Elvira liegt in einem Dreibettzimmer, und sie sieht entsetzlich aus. Abgemagert, wie von innen heraus ausgehöhlt — Opfer einer ebenso schrecklichen wie geheimnisvollen Auszehrung. Das fröhliche Lachen ist versunken. Elvira kann nicht wissen, daß das, was sie für Lachen hält, lediglich das Öffnen des Mundes über einem zahnlosen Kiefer ist.

Juliane haßt Krankenhäuser. Sie muß gewaltige Kräfte freisetzen, um am Portal nicht umzukehren. Schon der Geruch legt sich ihr aufs Gemüt. Hinter jeder Tür wittert sie eine Tragödie, und auch eine halbwegs freundliche Krankenschwester kann Juliane nicht darüber hinwegtäuschen, daß es in diesen Häusern nur wenig und selten etwas zu lachen gibt.

Elvira Mommer greift nach Julianes Hand und klammert sich mit der verbleibenden Kraft des geschwächten Körpers daran fest. Sie weint ganz leise und ist wirklich untröstlich. Wenn das Leben wie Wasser aus einer geborstenen Kanne versickert, und wenn man das spürt oder sogar weiß, dann gibt es einfach keinen Trost — gegen diesen Schmerz hilft kein Heile-heile-Segen-drei-Tage-Regen-Sprüchlein. Trost verschafft lediglich eine sonderbar gnädige Natur, die den Gedanken die Klarheit und dem Vorstellungsvermögen die Schärfe nimmt.

Elvira Mommer läßt sich von Juliane die Tränen trocknen. »Hier«, sagt sie und zeigt auf eine Flasche, »trink einen Traubensaft — mehr hab ich nicht mehr anzubieten.«

Juliane möchte gerne wissen, wo der freundliche Hund abgeblieben ist.

»Ach, der war doch so alt«, sagt Elvira, »der hat sich eines Tages hingelegt, die Augen geschlossen und ist nicht mehr wach geworden!«

Soll es dir ergehen wie deinem Hund! denkt Juliane und kommt sich kein bißchen frivol oder taktlos vor.

Mit Elvira absolviert sie das übliche Krankenhausgesprächspensum. Alle Ärzte sind Kapazitäten, alle Schwestern sind lieb und freundlich, das Essen ist gut und reichlich, die Damen aus dem Zimmer sind zuvorkommend und hilfsbereit. Elvira stellt die Begriffe ›lieb‹ und ›freundlich‹ wie einen schützenden Paravent um sich und ihr Bett. Hat man sich erst einmal entschlossen, alle lieb und freundlich zu finden, dann ist auch alles lieb und freundlich — oder es wird mit der Zeit lieb und freundlich. Personal und Ärzte kennen diesen Mechanismus und kurbeln ihn immer wieder tüchtig an.

Juliane hat die üblichen Blumen mitgebracht und sucht nun nach einer Vase. Die Schwester hat keine, sie wird aber eine bringen — irgendwann. Wenn Besuchszeit ist, dann ist auch Blumen- und Vasenzeit. Der Wettlauf um die Vasen ist für routinierte Krankenbesucher schon zu einer Art Sport geworden, der das Mißbehagen am Krankenbesuch immer ein wenig ausbügelt.

Juliane möchte von der freundlichen Schwester genau wissen, was Elvira fehlt. Da will die freundliche Schwester zuerst einmal wissen, in welchem verwandtschaftlichen Verhältnis Juliane zu Elvira steht.

In keinem — »wir sind so etwas wie Freundinnen!« Dieser Grad von Verwandtschaft berechtigt nicht zu Auskünften. »Aber sie hat doch niemanden!« sagt Juliane. »Wer kümmert sich denn um sie?«

»Wir«, sagt die freundliche Schwester, und Juliane ahnt plötzlich etwas von der Kümmernis mit diesen routinierten Kümmerern.

»Dann möchte ich den zuständigen Arzt sprechen«, sagt Juliane.

»Der hat heute keine Sprechstunde mehr!« kontert die freundliche Schwester, die nichts mehr haßt als Besucher, die sich nicht fügen. Die sind genauso schlimm wie Patienten, die darauf bestehen, Fragen zu stellen und nicht nur Antworten geliefert zu bekommen. Die freundliche Schwester betrachtet den Dialog als beendet. Alte Menschen werden liebenswürdig belehrt und haben genauso liebenswürdig zu gehorchen.

Juliane rüttelt am Weltbild der Schwester. »Dann komm ich morgen wieder. Wann hat der Doktor Sprechstunde?«

Die freundliche Schwester setzt das Verdrück-dich-oder-ich-beiß-dich-Lächeln auf. »Sie haben mich nicht richtig verstanden. Genaue Auskünfte werden nur den nächsten Verwandten erteilt!«

»Und wenn Frau Mommer die nicht mehr hat?«

»Dann«, sagt die Schwester würdevoll, »tut es mir leid!«

Damit ist niemandem gedient. Um Elvira aber muß sich jemand kümmern.

Auf dem Weg zum Bus spricht Juliane mit jener oberen Leitstelle, an die sie sich immer wendet, wenn ihre Pro-

bleme zu groß werden: Warum immer ich? Kann mir vielleicht mal einer von euch verraten, warum ich immer mitten im Trubel hänge? Wie soll ich dieser armen, alten Frau helfen? Soll ich vielleicht sagen: Du wirst bald sterben, reg dich nicht auf? Warum kann ich die Jahre, die mir verbleiben, nicht in Ruhe verbringen wie andere Leute? Ich mach mich ja beinahe lächerlich, als Betriebsnudel sehe ich mich nun wirklich nicht mehr!
Da von oben keine Reaktion erfolgt, nimmt Juliane ein wenig ergrimmt an, daß sie nun mal die Betriebsnudel bleiben muß. Schließlich ist in ihrem Alter schwer eine Ablösung zu finden, zumal dann, wenn sich alles so prima eingespielt hat. Juliane gehört eben zu den Menschen, auf die sich das Leben so gerne stützt. Menschen, die einen Stoß aushalten und nicht gleich aus der Kurve getragen werden.

Am nächsten Tag sitzt Juliane im Krankenhaus vor Dr. Wendtler. Ein Bilderbucharzt mit grauem Haar, sanften Augen und Händen, die eher zu einer Stradivari passen als zu Blinddärmen und Kolikbäuchen.
»Also«, sagt Dr. Wendtler bedächtig, »Frau Mommer!« Er blättert in einer Mappe, die man in Fachkreisen Kurve nennt. »Mit Frau Mommer sieht es schlecht aus. Wir können nicht einmal operieren! Das würde die arme Frau nur quälen und kein bißchen mehr helfen. Sie verstehen?«
Natürlich versteht Juliane, und sie wird ganz still, wie immer, wenn man vor einem Tod steht, der noch nicht eingetreten ist. Die Unabdingbarkeit macht die Menschen stumm und starr — auch den Arzt.
»Sie sollten einfach nur lieb sein zu Frau Mommer, sie kann essen, was sie will, und ab und zu ein Gläschen Portwein dürfte nicht schaden!«
Juliane ist still und traurig. Dr. Wendtler kennt viele menschliche Reaktionen auf das Unfaßbare, das plötzlich faßbar sein muß. Wenn die Leute so still werden

wie Juliane, dann wird er immer zum Mitleidenden. Den großen Ausbruch kann man gelassen über sich ergehen lassen. Es ist so leicht, den Schmerz in theatralische Bereiche zu verweisen. Aber Juliane macht dem Arzt wortlos klar, daß Kummer und Leid eben Lebensbegleiter sind, die niemand auf der Welt vom Menschen trennen kann — auch ein Arzt nicht!
Als Juliane in Elviras Zimmer kommt, findet sie eine ganz ruhige und gefaßte Frau vor. »Schade«, flüstert Elvira, »schade, daß wir uns so spät kennengelernt haben. Ich hätte mein ganzes Leben lang so gerne eine gute Freundin gehabt. Und jetzt, wo ich sterben muß, kommt eine zu mir!« Elvira lächelt zaghaft und fährt fort: »Ja, doch — ich muß sterben! Man sagt es mir nicht — aber ich weiß es. Man spürt genau, wie die Uhr immer langsamer geht. Und wenn die Schmerzen kommen, dann wünscht man sich sogar, es soll ganz schnell geschehen! Ich habe alles hinter mir zurückgelassen. Du wirst meine Wohnung sehr aufgeräumt vorfinden — vielleicht ein bißchen staubig! Nimm dir, was du willst — oder nimm gleich die ganze Wohnung. Mit dem Inhaber kann man reden, eine alte Dame ist ihm lieber als eine Familie mit Kindern!«
»Leider«, sagt Juliane, die nicht verstehen kann, daß ein Mensch etwas gegen Kinder hat. Natürlich können einen die Mäuse schon ganz nett nerven — aber schließlich schenkt der liebe Gott die Kinder mit Bedacht jungen Menschen mit guten Nerven!
Elvira ist froh, daß Juliane eine Denkpause macht. Das Reden strengt sie an. Elvira hat alles geregelt — sogar die Beerdigung ist schon bezahlt. Sie braucht also nur noch zu sterben. Juliane, die den Tod immer gefürchtet, die ihn mit sinnlosem Haß verfolgt hat, wird an der stillen Elvira Mommer ganz gelassen und gefaßt. So wie die erste Liebe einen Menschen für den Rest seines Lebens prägt, so hinterläßt auch das erste bewußte Erlebnis des Todes seine Spuren.

Der Unfall war grauenhaft. Ein Wagen der Achterbahn war aus den Schienen gesprungen und auf den Autoscooter gestürzt. Thomas saß gerade am Schalter, wo die Chips verkauft wurden, und besprach mit den Männern den Arbeitsplan. Zwei Angestellte waren auf der Stelle tot. Thomas wurde zwischen dem entgleisten Wagen und dem Aggregat für den Notstrom eingeklemmt. Als Juliane ihn im Krankenhaus zum erstenmal sah, hatte man ihm den rechten Arm bereits amputiert. Ob das Bein zu retten war, konnten die Ärzte noch nicht sagen. Juliane war starr vor Entsetzen. Da lag Thomas und erkannte sie nicht einmal, denn wegen seiner inneren Verletzungen hatten die Ärzte ihn ›ruhiggestellt‹. Nie mehr würde der große und kräftige Mann zupacken können, wo Not am Mann war!
Juliane hatte bis zu seinem Tod kein Wort mit ihm sprechen können. Eine innere Blutung machte jede Hoffnung zunichte. Was waren eigentlich ihre letzten Worte gewesen? Vermutlich: ›Auf Wiedersehen!‹ Und davor vielleicht ein paar Belanglosigkeiten, die nur für die nächsten Stunden des Tages bestimmt waren. Und jetzt war alles aus! Juliane wollte nicht einsehen, daß man nicht alles im Leben mit Bedeutung und letzter Richtigkeit tun kann. Sie strangulierte sich mit Selbstvorwürfen, ohne daran zu denken, wie unmenschlich es wäre, einen Menschen so zu verabschieden: ›Auf Wiedersehen, und falls du heute stirbst — ich liebe dich!‹ Oder sonst irgend etwas Wichtiges — oder das, was man für wichtig hält. Juliane war böse und verbittert geworden. Tod auf dem Rummelplatz — nur weil ein Wagen der Achterbahn aus der Spur sprang.

Inzwischen hat Juliane sich wieder gefangen. Und auf dem Weg von Elvira zu Herrn Coppelia beschließt sie, einen wunderschönen Strauß auf den Friedhof zu bringen. Nur so — und weil ihr danach ist.
Herr Coppelia ist ungehalten. Seit zwei Stunden hält

ihn dieser Benni in Trab, alle zehn Minuten ruft er an und will Juliane sprechen. Der junge Mann muß einen Spürsinn haben, gegen den Maigret ein müder Schnüffler ist.
»Wie hat er mich gefunden?« staunt Juliane.
»Noch nie was vom Einwohnermeldeamt gehört?!«
Jetzt muß Coppelia auch gestehen, daß dieser Benni schon öfter angerufen hat, daß er ihn aber immer abgewimmelt hat. »Schließlich haben wir jetzt ein aufregendes Privatleben«, sagt er fröhlich wie immer, wenn es ihm gelingt, ein wenig mit den Menschen zu spielen.
»Wenn Benni mich sprechen will, bin ich für ihn zu sprechen!« Juliane ist ziemlich sauer darüber, daß Herr Coppelia sich Korrekturen an ihrem Leben erlaubt. Und je mehr sie darüber nachdenkt, desto empörter ist sie. »So geht das nicht — wir müssen uns mal wieder ein bißchen auseinanderdividieren!«
Herr Coppelia hat ein exaktes Gespür dafür, was er sich leisten kann und was nicht. Er kann es sich nicht leisten, Juliane zu vergraulen. Es geht nicht um die paar Handreichungen, die sie macht — Juliane hilft ihm dabei, sich im eigenen Leben nicht wie ein Fremder zu fühlen. Gäste kommen vorübergehend und werden gut bedient. Aber Juliane bleibt. Hoffentlich! Alle, die Juliane kennen, wünschen sich, daß sie bleibt. Das war schon immer so — und manchmal auch verdammt lästig! Wenn alle Leute freundlich sind, dann ist es schwer, mal auf den Tisch zu schlagen und den Putz zu lockern.
Benni ruft wieder an — und Juliane stellt fest, daß der junge Mann sturzbesoffen ist. Benni lallt nur noch.
»Wo bist du?«
Benni sagt etwas wie: »Rosa Wolke!«
Juliane schreit ins Telefon, damit Benni sie überhaupt verstehen kann: »Wie heißt die Wirtin?«
Aber dann ist der Kontakt auch schon abgebrochen. Von Coppelia will sie wissen, was er mit ›Rosa Wolke‹

anfangen würde — so kann doch keine Kneipe heißen!
Coppelia kichert besserwisserisch. »Was weißt du, Mädel, wie heute die Kneipen heißen!« Coppelia nimmt das Telefonbuch und sucht zunächst einmal unter Gaststätten. Es gibt tatsächlich eine ›Rosa Wolke‹, aber in der Lübecker Straße — und das ist eine stadtbekannte sogenannte schlechte Gegend.
»Der Junge tut sich was an!« fürchtet Juliane.
»Dein kleiner Liebling holt sich eine zünftige Alkoholvergiftung und wird seinen Kater drei Tage pflegen müssen — weiter nichts!«
»Den hol ich da raus«, beschließt Juliane. »Er hat nicht angerufen, um mir eine gute Nacht zu wünschen!«
Wenn Juliane unbedingt etwas will, dann muß schon eine Menge geschehen, damit sie es nicht will. Harmlose Dinge, wie die vermeintliche Rettung von Benni, kann man ihr überhaupt nicht ausreden — es sei denn, die Posaunen von Jericho riefen plötzlich zum Jüngsten Gericht. Herr Coppelia geht mit.
Wer sich nun unter ›Rosa Wolke‹ ein vertändeltes Etablissement vorstellt, das sich als Salon tarnt, aber um nichts besser ist als die Kneipe um die Ecke, der irrt gewaltig.
Juliane und Coppelia stehen vor einer zünftigen Säuferkneipe — aber das wissen sie noch nicht. Viele und hohe Fenster gestatten Ausblick und Einblick. Das ist für eine Säuferkneipe unabdingbare Voraussetzung. Außerdem muß eine Kneipe dieses Genres über einen Hinterausgang verfügen und innen sehr viel Platz haben. Da muß eine Box mit alten Schlagern sein, und das Plätzchen für einen kleinen Gelegenheitsschwof muß immer freigehalten werden. Juliane hat dergleichen Kneipe noch nie gesehen. Der stille oder fröhliche Zecher ahnt ja nicht im entferntesten, wie die Sauf-Profis hausen.
An der Theke lehnt Benni und hört einer Frau zu, die

mit großen Gesten etwas erzählt. Er erkennt Juliane nicht, denn sie versteckt sich ein wenig hinter Herrn Coppelia, dem auch reichlich mulmig zumute ist.
Die Menschen in diesem Raum wissen sofort, wer zu ihnen gehört und wer nicht. Dieser overdreßte Herr und die niedliche alte Dame sind ganz sicher Irrläufer. Die robuste Kellnerin will beide aus dem Lokal komplimentieren, denn ihre Kundschaft mag es nicht, wenn sie angegafft wird.
Resolut schiebt Juliane die Bedienerin zur Seite. Entschlossen geht sie auf Benni zu, Herr Coppelia bemüht sich, den Rückzug zu sichern. Ohne große Worte packt Juliane den taumelnden Benni am Ärmel und sagt: »Komm!«
Benni schaut sie an, als wäre sie eine überirdische Erscheinung. Juliane indes kommt sich verdammt weltlich vor. Die Frau, die Benni zu ihrem Gesprächspartner auserkoren hat, reagiert gleich pampig: »Verpiß dich, du alte Schnepfe, und laß den Jungen in Ruh!«
Gleich beim Eintritt ins Lokal hat Juliane gewußt, daß ihr der Ton hier nicht behagen würde; daß er ihr so sehr mißbehagen würde, das hatte sie sich im Traum nicht vorgestellt.
Benni zögert eine Weile. Wenn er die Theke losläßt und wenn die Frau, die ihn da am Ärmel faßt, nicht sehr stark ist, dann kippt er um. Juliane macht Coppelia ein Zeichen, und widerwillig schiebt er Benni eine helfende Hand unter den Arm. Benni lächelt total verblödet und gibt Herrn Coppelia ein Küßchen auf die Nase. Coppelia seinerseits steht der Sinn nicht nach plötzlichen Zärtlichkeiten. Wenn diese Juliane ihn schon mitschleppt, um einen Säufer abzuschleppen, dann ist das ein Geschäft, das man möglichst schnell hinter sich bringen muß. Oben lächelt Coppelia nachsichtig über die trunkene Torheit, aber im Bereich von Bennis Schienbein tritt er einmal mit seinen tanzgestärkten Füßen zu. Benni schreit auf, aber in seinem Suffstadium

kann man Schmerzen nur noch im großen ganzen lokalisieren. Juliane nimmt den anderen Arm, und das Trio schiebt in Richtung Ausgang ab. Der Wirt kennt derlei Szenen, immer wird mal jemand abgeholt. Mal von der Familie, mal vom Säuferwagen. Egal, wer sie holt, sie kommen immer wieder.

Juliane sieht den großen Mann nur ungern, der sich vor ihnen aufbaut. »Laß meinen Freund in Ruhe!« lallt der Große und macht Anstalten, sich auf Juliane zu stürzen, die er für den Feind hält, der am leichtesten zu überrumpeln ist.

Coppelia erkennt die Gefahr sofort. Er macht Juliane ein Zeichen, geschickt kniet er sich hinter den randalierenden Riesen. Juliane tippt dem Stänkerer leicht an die Brust. Er will ein wenig ausweichen und fällt über Herrn Coppelia, der, sichtlich angeekelt, wieder aufsteht und den Dreck von der hellen Hose klopft.

Allen Schnapsdrosseln und Bierkippern in der Säuferkneipe ist das ein ungewohntes und zugleich interessantes Schauspiel. Juliane erkennt den Moment zur Flucht. Sie zerrt an Benni — Coppelia schiebt Benni. So erreichen sie den Bürgersteig und sind in Sicherheit, denn niemand aus dem Lokal wird ihnen auf die Straße hinaus folgen. Alle werden den Zwischenfall vergessen und sich wieder auf die rosa Wolke schwingen, mit der sie unbekümmert in den Abgrund segeln.

Coppelia kann sich nicht zurückhalten. »Was fangen wir mit dem Stinktier an? Den nimmt doch kein Taxifahrer mit, und wenn er die U-Bahn vollkotzt, müssen wir Reinigungsgebühren zahlen!«

Benni möchte sich auf den Bordstein setzen. Vorher geht er auf Juliane zu, soweit man die Aneinanderreihung von unkontrollierten Bewegungen noch als Gehen bezeichnen kann, und sagt: »Du siehst aus wie meine Freundin Juliane!«

Um nicht noch mehr Aufsehen zu erregen, als sie ohnehin schon erregen, lehnt Juliane die Schnapsleiche mit

Coppelias Hilfe gegen die Wand. »Halt ihn fest!« Coppelia tut sein Bestes — aber Benni scheint zu siegen. Nun will Coppelia sich im Angesicht von Juliane keine Niederlage leisten. Soll doch der Kerl abschrammen — aber wenn Juliane es nicht will, muß man ihn am Abschrammen hindern. Mit dem Griff, den man an Ballerinen ansetzt, wenn man sie heben will, reißt er Benni unter Aufbietung aller Kräfte hoch und läßt ihn unsanft auf einem Fenstersims landen. Jetzt braucht er sich nur noch wie ein lebender Zaun davor zu stellen.
Juliane spurtet zu einer Telefonzelle und wählt. Als sie zurückkommt, ist Benni auf dem Fenstersims eingeschlafen. »Das ist gut«, stellt sie fest.
»Was machen wir mit ihm?« erkundigt sich Herr Coppelia.
»Der wird abgeholt«, verkündet Juliane.
»Von der Polizei oder von den Maltesern?« möchte Coppelia wissen.
»Viel schlimmer«, sagt Juliane und grinst. »Von einer Frau, die ihn liebt!«
Nun warten sie beide nur noch, bis Johanna kommt, die Juliane rücksichtslos im Gericht aufgestöbert hat. Benni macht ein paar ungeschickte Bewegungen, Coppelia und Juliane müssen ihn in seinem Regal halten, wenn sie ihn einigermaßen unverletzt an Johanna übergeben wollen.
Natürlich geht derlei Spektakel nicht ohne Zuschauer über die Bühne. Vorübergehende und Neugierige stellen allerhand Vermutungen an: »Die armen Eltern!« — »Warum hilft der Frau denn niemand?« — »Ist der schon tot?«
Juliane möchte wie eine Furie zwischen die Leute fahren. Warum gehen die denn nicht weiter! Auch Coppelia ist keineswegs glücklich über den Auflauf an Zuschauern, auch wenn er sich früher gerne in der Zustimmung des Publikums gesonnt hat. Stinksauer zischt er Juliane zu: »Dich müßte man abschaffen! Als

erwachsener Mann trotte ich hinter dir her und mach mich lächerlich!«
Juliane überhört die berechtigten Vorwürfe — auch sie würde jetzt gerne in den Erdboden versinken, aber gemeinerweise tut er sich nicht auf.
Dafür kommt Johanna an. Entschlossen geht sie auf das Trio zu. Mit Messerblicken piekst sie Juliane und Coppelia. Johanna haßt jede Art von Show — und das hier ist in ihren Augen eine besonders miese! Juliane schweigt, Coppelia hält den Mund, und Johanna schließt sich der allgemeinen Wortlosigkeit an. Schließlich erübrigt sich zu Bennis Zustand jeder Kommentar. Mit einer Bereitwilligkeit, die fast komisch wirkt, fassen Juliane und Coppelia mit an, mit den Zehen nach hinten schleppen sie Benni zu Johannas Wagen. Ohne ein Wort des Dankes steigt Johanna ein. Geradezu rücksichtslos fährt sie an. Benni kippt vom Sitz.
Jetzt will Coppelia wissen: »Warum haben wir den nicht bei uns ausgenüchtert?«
Juliane ist ganz still geworden. »Der Junge rennt vor sich selbst weg. Bei uns wäre er doch wieder in Sicherheit gewesen. Und diese Frohnatur hätte gleich gedacht, daß wir ihm wieder helfen, wenn er noch einmal Hilfe braucht. Diese Feiglinge sind verdammt anhänglich!«
»Aber diese Dame wird nicht gerade sanft mit ihm umgehen«, vermutet Coppelia.
Juliane setzt sich in Marsch und erklärt ihm: »Ich glaube, doch! Schließlich kann sie mitten auf der Straße nicht einem Volltrunkenen zur Begrüßung ein Küßchen auf die Wange hauchen!«
Coppelia geht neben Juliane und überlegt eine Weile, dann stellt er fest: »Du kannst ganz schön hart sein, Mädel!«
Juliane schaut Coppelia an. »Ungern — höchst ungern! Aber an diesem Benni ist eine Art von Klebstoff, den man nicht mehr entfernen kann — außerdem neigt er

zu halben und bequemen Lösungen — und das bin ich nicht!«
Coppelia will genau wissen, was sie damit sagen will.
»Menschen wie Benni muß man so hinstellen, daß sie nicht mehr umfallen. Sonst hängen sie sich an einen, und du liegst mit ihnen auf der Nase — und wem ist damit geholfen?«
»Keinem«, gibt Coppelia zu, und er überlegt sich, wo er wohl stehen würde, wenn eine wie Juliane ihn ins Leben gestellt hätte. Coppelia kommt zu keinem Resultat.

10

Günter Sillmann ist reichlich verstört und aufgeregt, als Juliane ihm mitteilt: »Wir müssen etwas tun!«
Für Günter Sillmann gibt es nicht mehr viel zu tun. Aber da ist Juliane anderer Ansicht.
»Wenn man glücklich ist«, stellt sie fest, »muß man immer etwas tun!«
Juliane sitzt auf der Couch in der kleinen Wohnung von Günter Sillmann. Sie möchte eigentlich auch hin und her gehen, aber da geht schon Günter hin und her. Vom Gummibaum mit den zwei gelben Blättern zum Fenster, das mit diesen niedlichen Kunstglasarbeiten behangen ist, mit denen Enkelkinder heutzutage ihre Großeltern zu erfreuen glauben. Juliane trägt das Wollkleid mit dem Leopardenmuster. Sie kann sich überhaupt nicht mehr erinnern, dieses Kleid jemals getragen zu haben. Schließlich kann man in einem Seniorenheim nicht rumlaufen wie zur Cocktailstunde — obgleich es keinen Grund mehr gibt, warum alte Damen sich dunkel kleiden müssen und die alten Herren angeblich gedeckt. Früher, ja früher hatte eine Frau ab Vierzig in Sack und Asche zu gehen. Sie hatte ausgedient. Die Kinder waren auf der Welt und setzten ihrerseits schon wieder zur Vermehrung an. Der Herr Gemahl war in allen Positionen gesichert, und meistens war auch der Wohlstand gemehrt worden. Jetzt konnte die Frau, die jahrelang Bauch und Buckel hingehalten hatte, sich in Schwarz, Dunkelgrau, Dunkelblau, Dunkelgrün kleiden — sie konnte überhaupt eine Menge machen: sich um Waisenkinder kümmern, caritativen Vereinen beitreten und gefallene Mädchen aufheben — nur auffallen, das durfte sie nicht.
Juliane hingegen fällt gerne auf. Es muß ja nicht gerade ein Donnerschlag an Aufmerksamkeit sein, aber so eine

kleine Breitseite schießt sie schon gerne ab, um Interesse zu finden. Ganz im Gegensatz zu Günter Sillmann, der wie Rilkes Tiger durch die Wohnung tapert.
Plötzlich fällt es Juliane ein: »Wie konnte ich das vergessen — du erwartest Besuch von deiner Tochter! Dieses herrliche und einmalige Wesen kommt, um nach dem Rechten zu sehen — und soll mich dabei natürlich nicht sehen!« Günter winkt ab, aber Juliane ist auf der richtigen Spur — und wie ein guter Jagdhund nicht eher ruht, bis er die Beute für seinen Herrn gefunden hat, so stromert auch Juliane durch das Buschwerk des menschlichen Gemüts, bis sie Gründe gefunden und Hinweise erhalten hat. Günter ist die ganze Sache peinlich.
Juliane läßt ihn ein wenig schmoren, dann stellt sie sich vor ihn hin, unterbricht die Gummibaum-Fenster-Wanderung und hält ihm vor: »Du hast also deiner geliebten Ruth noch nichts von mir erzählt. Das liebe Kind weiß nichts von mir und vermutet seinen Vater noch immer in der ehrenwerten Einsamkeit des Witwers!« Juliane möchte jetzt gerne böse werden, aber sie hat auch Mitleid.
Es geht das Gerücht allüberall im Lager der Alten, daß Töchter sich gerne zu Vormündern und Beherrschern der übriggebliebenen Väter oder Mütter aufschwingen. Sie bestimmen, was man tut, und sie entscheiden, was geschieht. Vermutlich ist es ein eingebauter Racherereflex bei Söhnen und Töchtern, daß sie Eltern so behandeln, wie sie behandelt worden sind — als Kinder. Nun meint aber auch jede Generation, daß sie mehr weiß als die vorhergehende. Daraus resultiert die ungeheure Arroganz, aus der heraus Verstehen geheuchelt wird. Denn Verständnis ist die Duftmarke des bösen Betruges am Vertrauen!
Juliane weiß schon, wie schwer es ist, sich gegen eine Tochter durchzusetzen, die mal eben ›nach Vater

schaut‹. Söhne sind da etwas phlegmatischer, werden aber von ihren Frauen gerne angehalten, den Resteltern klarzumachen, daß man jene freundliche und bequeme Loyalität erwartet, die aus Oma und Opa keinen Problemfall macht. »Vater, wie kannst du nur!« sagt Juliane und kichert. »In deinem Alter! Ich hoffe, es ist nichts Ernstes und du hast dir ganz genau überlegt, was du tust! Diese Frauen haben es meistens auf Geld abgesehen, sie suchen einen reichen Mann — oder einen begüterten, um ihre Rente ein wenig aufzubessern. Vater — ich habe für alles Verständnis, das weißt du!« Juliane brilliert in den schrillen Kadenzen der falschen Töne, die Hunde manchmal zubeißen lassen — aber wie wehrt man sich als Mensch? Man kann schließlich nicht zuschnappen wie ein Straßenköter.

Juliane schüttelt Günter Sillmann ein wenig. »Wo ist er denn hin, mein Kavalier, mein Retter in der Not? Noch bist du nicht entmündigt und kannst tun und lassen, was du willst! Begreifst du?«

Sillmann begreift nicht — er will nicht begreifen, denn wenn er begreifen würde, daß er sich nur zu wehren braucht, um ungestört und frei zu sein, dann hätte diese Tochter keine Chance mehr. Juliane ist fest entschlossen, sich nichts vorschreiben zu lassen. In ihrem Alter gibt es Dinge, die schon Vorschrift genug sind. Essen ohne Salz wegen des erhöhten Blutdrucks, nur noch ein Walzer statt drei Walzer wie früher wegen der Atemnot, keine langen Spaziergänge mehr wegen der Venen und als Schutzmaßnahme der Verzicht auf Marzipan und Nougat: das sind genug Vorschriften — und gnade ihm Gott, es kommt ein anderer und macht auch noch welche!

»Bitte geh!« stottert Herr Sillmann. »Wenn Ruth dich hier findet!«

Mehr kann Günter nicht sagen, denn Juliane faucht ihn an: »Hör mal zu, Günter, ich bin kein Osterei, das man bei dir findet. Ich setze mich hier aufs Sofa und werde gefälligst zur Kenntnis genommen! Hast du überhaupt mal daran gedacht, daß nicht nur deine Ruth etwas gegen mich, sondern ich auch etwas gegen deine Ruth haben könnte?«

Es wäre alles so leicht, wenn Juliane jetzt gehen würde. Vielleicht für eine knappe halbe Stunde in das Café gegenüber.

»Mußt du denn immer jemanden provozieren?« fragt Günter an.

Und etwas am Ton der Frage läßt Juliane stutzig werden. »Ich will nicht provozieren«, wehrt sich Juliane, »aber ich werde provoziert! Du willst mich verstecken, es soll mich nicht geben. Der gute Ruf des ehrbaren Herrn Günter Sillmann soll nicht in Gefahr gebracht werden. Nein, mein Guter, ich bin keine Geliebte, die sich verstecken läßt. Was denkst du dir überhaupt! Du findest mich sympathisch, neulich habe ich sogar was von Liebe gehört — und nur, um für deine Tochter den Anschein von standesgemäßem Lebenswandel aufrechtzuerhalten, soll ich mich unten in das Café setzen!«

Dazu jedoch kommt es nicht mehr. Es klingelt — Beethoven, tat-tat-tat-taaat! Ruth steht vor der Tür. Sillmann bekommt einen roten Kopf wie immer, wenn er sich aufregt, aber er darf sich nicht aufregen. Selbstverständlich hat Juliane die Situation nicht auf die Spitze treiben wollen. Aber nun sitzt sie eben wieder mal auf der Spitze — erneut aufgespießt von der eigenen Unduldsamkeit. Sie könnte sich jetzt schnell in den Mantel werfen und hocherhobenen Hauptes an der Tochter vorbeimarschieren.

Es klingelt dringlicher.

»Kannst du nicht so tun, als ob du auf der Toilette wärst, das kann man niemandem verdenken?« schlägt Juliane vor, die schnelle Lösungen immer etwas außerhalb der Legalität sucht.

Günter stolpert in die Diele und ruft: »Ich komme, ei-

nen Augenblick, ich komme, mein Kind!« Entschlossen, sich dem Kampf zu stellen, wankt er auf die Tür zu, er entfernt die Sicherheitskette, dreht den Schlüssel dreimal um und steht vor Ruth wie ein ertappter Dieb, der um Gnade bettelt.
Ruth nimmt gleich Witterung auf. Irgend etwas stimmt hier nicht. Der alte Herr ist total verstört. »Hallo, Vater!« sagt Ruth und drängt sich in die Diele.
Ergeben in sein Schicksal lehnt sich Günter Sillmann gegen den Türrahmen, um beim ersten Donnerschlag des ausbrechenden Unwetters wenigstens einen festen Halt zu haben.
Schon geht es los. »Wer sind Sie?« fragt Ruth mit strengem Unterton in der Stimme.
Günter Sillmann klammert sich am Türrahmen fest, er kennt jede Frage auswendig, denn Ruth hat sie von ihrer Mutter übernommen. Diese vielen kleinen Fragen, die man wie eine Ladung Schrot abschießen kann — sie töten nicht, aber sie fahren mächtig in die Knochen. Außerdem verlangen diese Fragen nicht nach einer Antwort, denn sie sind lediglich Zeichen dafür, daß der Fragesteller schon längst alles weiß.
»Ich bin die neue Zugehfrau«, hört Günter und kommt sich vor wie jemand, der peinlicherweise statt ins Drama in die Komödie geraten ist. Vorsichtig dreht er sich um.
Da steht Juliane in der Kittelschürze seiner Zugehfrau. Gott segne die Schlafmützigkeit von Frau Barth, die ihre grellen Kittel eigentlich nicht an der Flurgarderobe deponieren sollte. Geheimnisvolle Kräfte haben Juliane auch noch ein Staubtuch in die Hand gedrückt. Die ehedem geordnete Frisur hat Juliane mit zwei entschiedenen Griffen etwas ›putziger‹ hergerichtet.
»Kommt denn Frau Barth nicht mehr?« erkundigt sich Ruth bei ihrem Vater, aber der ist unfähig zu antworten.
Juliane übernimmt das auch noch.

»Gerda — ach, ich meine Frau Barth, hat mich gebeten, für sie einzuspringen — eine Erkältung, wissen Sie! Darf ich jetzt mal vorbei? Nein, wie sieht der Spiegel aus, also — ob Sie es glauben oder nicht! Meine Freundin Gerda ist zwar Zugehfrau, aber mit der Sauberkeit hat sie nicht viel im Sinn! — Schauen Sie nur!« schreit Juliane entsetzt auf. Sie hebt den Finger hoch und präsentiert eine Lage Staub, die ihre Behauptung von vorhin erhärtet.
Ruth zieht ihren Vater von der Tür weg und plaudert den tagtäglichen Lagebericht aus. Man muß — der Aberglaube scheint unausrottbar zu sein — den alten Leuten nur ganz schnell ganz viel erzählen, dann sind sie zufrieden, weil sie dann alles zu wissen glauben. Und was man ihnen nicht erzählt, geht sie auch nichts an. ›Damit wollen wir doch Vater nicht belasten!‹ — diese triftige Ausrede, die im Grunde nichts weiter besagt als: ›Das geht doch den Alten — oder die Alte — nichts an!‹
Ruth, deren diskrete Eleganz beinahe schon wieder etwas zu laut ist, berichtet von den Kindern, die Opa natürlich sehr, sehr lieb grüßen lassen. »Und Dietmar ist nach Zürich — es scheint so, als würde er den Etat von der Süd-Chemie bekommen! Wir müssen dann vergrößern!«
Juliane wischt hinter den beiden her. Sie wischt mit einer Inbrunst den Staub, als müsse er für ewig und drei Tage vernichtet werden. Die Innigkeit, mit der Juliane Jagd auf den Dreck macht, soll der Person vorgaukeln, daß die Reinerhaltung von Wohnungen und die Sauberkeit von Ecken ihre wahre Lebensaufgabe ist. Die Inbrunst soll Ruth weismachen, daß sie es hier mit einem jener kostbaren Exemplare Frau zu tun hat, die glücklich sind, wenn man ihnen eine frauengerechte Aufgabe stellt. In Wirklichkeit ist Juliane nur neugierig — außerdem will sie den feigen und unentschlossenen Günter ein wenig auf Trab halten. Weil er nämlich

fürchten muß, daß der kleine Schwindel auffliegt, ist er so herrlich nervös! Und etwas Strafe muß sein.
Ruth wendet sich an Juliane: »Würden Sie uns bitte einen Augenblick alleine lassen, ich habe mit meinem Vater etwas Persönliches zu besprechen!«
»Aber selbstverständlich!« liebedienert Juliane. »Ich muß aber schnell noch den Vorhang in Ordnung bringen!«
Nach dem Vorhang wendet sie sich den Grünpflanzen auf der kleinen Etagere zu. »Aber meine Güte — wie lange hat denn die niemand mehr gezupft?! Vertrocknete Blätter, wohin mein Blick fällt. Also, Herr Sillmann, mit meiner Freundin Gerda muß ich mal ein dringendes Wörtchen reden, so kann man Sie doch nicht verkommen lassen — die Vorhänge nicht richtig gefältelt und die Pflanzen nicht in Ordnung!«
Juliane holt tief Luft und will sich auf den Schrank stürzen, in dessen Mittelteil eine Vitrine mit Reiseandenken und Nippes beherbergt ist. »Ach ja«, klagt Juliane, »das ist doch bei allen älteren Herren gleich — sie haben sich nie um den Haushalt kümmern müssen, und wenn das Leben sie dann alleine zurückläßt, sind sie so unbeholfen wie Kinder! Statt daß sie vor die Tür gehen und sich mal umsehen, ob es da nicht vielleicht eine passable Person weiblichen Geschlechts gibt, mit der man den Kram zusammenwerfen kann. Nun schauen Sie sich das an!«
Juliane hält Tochter Ruth ein Glas-Reh aus Schongau vor die Nase. »Das Tierchen hat in Jahren kein Staubtuch mehr gesehen! Ja, ja, Herr Sillmann, lassen Sie sich das von einer erfahrenen Frau sagen — es ist purer Eigensinn, wenn man meint, alleine zu sein! Alleine kann man sich so schön verkriechen, aber da sind noch eine Menge Menschen unterwegs — auch allein —, und wenn man sich mit denen zusammentut . . .« Juliane läßt die Augen ein wenig kullern, als sei das Zusammentun die schönste Sache von der Welt.

Ruth macht den Mund auf, aber wenn Juliane einmal am Zug ist, dann kann die Umwelt nur noch den Mund schließen und zuhören.
»Herr Sillmann, Sie sollten sich eine Freundin zulegen — nicht so etwas wie mich! Nein, es gibt da noch richtig schnucklige Damen, die eine Menge Luft verdrängen. Die können vermutlich nicht so gut putzen wie ich — aber sie können ja mal mit mir reden. Der kleine Haushalt gefällt mir, den schaff ich mit links — und zwölf Mark die Stunde!«
Günter Sillmann hat sich schicksalsergeben in den Sessel gesetzt; wenn gleich die Bombe hochgeht, will er wenigstens einen kleinen Splitterschutz haben. Ruth ist verunsichert, sie fühlt sich irgendwie abgehalftert. Noch einmal versucht sie es mit einer gewissen Herablassung, die einfache Naturen in Schrecken versetzen und zum Schweigen bringen kann.
»Ach, Frau — wie heißen Sie doch gleich? — also, macht ja nichts —, über das, was Sie sagen, kann man durchaus geteilter Meinung sein. Aber es ist schon sehr erfreulich, daß Sie sich überhaupt Gedanken gemacht haben.«
Du blöde Gans, denkt Juliane, wenn ich dir mal alle meine Gedanken wie nasse Aufnehmer um die Ohren schlagen würde — du bekämst auch ohne Puder einen gesunden Teint! Ohne weiter auf ihre drastischen Gedanken zu hören, sagt Juliane: »Sprechen Sie nur ruhig mit Ihrem Vater — ich höre überhaupt nicht zu. Das ist das Schöne an mir, wenn ich mal so richtig in Schwung bin, vergesse ich die Welt um mich herum!«
Juliane geht nach draußen, rumort ein wenig auf der Diele herum und kommt dann mit dem Staubsauger ins Zimmer zurück. »Den hört man kaum, so ein Modell hab ich daheim auch — nur ein Säuseln!« Juliane drückt auf den Anlasser, und der Staubsauger heult los. Juliane ist selber erschrocken. Sofort stellt sie das entsetzliche Geräusch ein.

»Der muß wohl mal nachgesehen werden!« mahnt Juliane und geht mit dem weltbekannten Von-Frau-zu-Frau-Blick auf Ruth zu. »Vielleicht sollte Herr Sillmann doch in ein Seniorenhaus gehen. Da ist er bestens versorgt. Er ist zwar noch ganz gut beieinander, der Herr Vater — aber in dem Alter ändert sich das von einem Tag zum andern. Ich lasse mich nächste Woche bei den Schwestern vom Heiligen Kreuz auf die Warteliste setzen — schließlich bin ich ja auch nicht mehr die Jüngste! Stimmt's, Herr Sillmann?« fragt Juliane so neckisch wie möglich und gibt den Hüften jenen rotierenden Schwung, den die Monroe der Damenwelt hinterlassen hat.
Günter sinkt immer mehr in seinem Sessel zusammen.
Ruth setzt sich auf die Lehne und beugt sich zu ihrem Vater hinunter. »Die Frau — also, unrecht hat die nicht. Wenn das mit Zürich klappt, dann muß ich wieder im Geschäft mit zupacken — wir sind dann viel unterwegs, Dietmar und ich! Weißt du, Papa, wir wären so glücklich, wenn wir dich versorgt wüßten. Es geschehen ja in letzter Zeit so schreckliche Dinge mit alten Menschen, die man erst nach Jahren tot in ihren Wohnungen findet — aber auch drei Tage wären schon schlimm! Stell dir bloß mal vor — wir sind in Zürich, und dir stößt etwas zu, du kommst nicht mehr zum Telefon und auch nicht zur Tür. Nicht auszudenken!« Ruth umarmt ihren Vater, als wäre das alles schon passiert.
Juliane steht in der Tür und muß sich hüten, laut zu werden. Die schießt den Mann doch glatt sturmreif! Wehr dich, Günter! ruft sie in Gedanken, aber Günter kann sich nicht wehren, weil Ruth in der Rolle der liebenden Tochter zu Hochform aufläuft.
»Dietmar hat sich auch schon erkundigt. Es gibt ja so herrliche Häuser — wie ein Hotel, wie ein gutes Hotel. Finanziell kämst du auch ohne Schwierigkeiten über die Runden.« Ruth beugt sich über ihren Vater und gibt

ihm einen Kuß auf die Stirn. Ruth ist in diesem Augenblick vollkommen davon überzeugt, daß für ihren Vater das gut ist, was auch ihr nützt. Sie erwartet einfach Entgegenkommen, denn der alte Herr kann sich ihren Plänen nicht widersetzen, wenn dem alten Herrn daran liegt, daß seine Familie funktioniert.

»In der Soers haben sie einen zauberhaften Garten — sogar eine Hydrotherapie! Und du bist auch nicht so alleine — du hast zu jeder Tageszeit jemand, der gerne einen Plausch mit dir hält!«

Ruth hat sich innerlich schon so weit von ihrem Vater entfernt, daß sie nicht einmal mehr spürt, wie sich bei jedem ihrer Worte die Wut des alten Herrn staut. »Und überhaupt, Vater, du bekommst deine regelmäßigen Mahlzeiten, man kümmert sich um deine Wäsche, und ein Arzt hat ein Auge darauf, daß du mit deiner Gesundheit kein Schindluder treibst!«

Ruth hat die letzten Warnzeichen vor dem endgültigen Ausbruch ihres Vaters übersehen — dafür trifft sie der losbrechende Sturm mit voller Wucht.

Günter Sillmann springt aus dem Sessel und baut sich vor seiner Tochter auf, die vor Schrecken über die Lehne kippt und sich vorübergehend nicht befreien kann. »Das könnte euch so passen, den Alten abzuschieben — einfach abschieben! Ich fühle mich hier verdammt wohl, denn hier bin ich mein eigener Herr und Meister! Und sollte hier etwas mehr Staub sein — dann schau ich eben drüber weg. Wenn es sein muß, lasse ich mir Telefon in alle Ecken legen, ab sofort mach ich Kriechübungen, damit ich noch zur Tür komme, wenn mich der Schlag trifft!«

Günter muß Atem holen.

Hör jetzt nicht auf! bittet Juliane stumm und eindringlich. Hör jetzt bitte nicht auf, wenn du es jetzt nicht schaffst, wenn du dieser Gewitterhexe von Tochter nicht verkasematuckelst, daß du dein eigener Herr bist, dann bist du ab sofort verraten und verkauft!

Günter scheint die Signale zu empfangen, er zieht Ruth aus der Tiefe des Sessels hoch und sagt ganz entspannt: »Zerbrecht euch in Zukunft bitte nicht meinen Kopf. Was passiert, werden wir erst dann sehen, wenn etwas passiert ist. Und noch etwas: Wenn die Kinder nicht mitkommen wollen, dann zwinge sie nicht, mich zu besuchen. Die haben vermutlich was anderes vor. Eines Tages kommen die von alleine wieder — ungezwungen und ohne Liebesgaben für einen Opa, der ganz bestimmt so klug sein wird, die Jungens nicht mit guten Ratschlägen anzuöden!«

So hat Ruth ihren Vater noch nie erlebt, fassungslos steht sie vor ihm und fühlt sich wieder klein. Das wäre jetzt eine hervorragende Basis, das beiderseitige Verhältnis auf neue und kräftige Beine zu stellen. Aber Ruth möchte neben ihrem Vater nicht mehr klein werden. Das ist es wohl, was Enkel und Großeltern so nahe zusammenführt — die Generation dazwischen kommt sich so ekelhaft erwachsen vor.

Juliane steht im Zimmer und genießt die Ruhe. So steht man am Meer, wenn ein plötzlicher Wind die Wolken vertrieben hat — wenn alles so weit geworden ist. Juliane ist glücklich! Hat dieser liebenswerte Zögerer und Zauderer doch endlich einmal zugeschlagen. Um ein Haar hätte man ihn überrollt, und er wäre da gelandet, wo sie ausgebrochen ist: im Seniorenheim. Juliane fühlt sich wohl in der angenommenen Rolle und will sie jetzt möglichst unauffällig zu Ende führen. Mit einer fröhlichen Ergebenheit in das Schicksal, das es gegenwärtig so gut mit ihr meint, will sie den Spülkram in der kleinen Küche angehen — da kommt Günter lächelnd auf sie zu.

Juliane ahnt, was er vorhat: Er will aus dem Sieg einen Triumph machen! Verzweifelt schüttelt sie den Kopf, macht heftige abweisende Gesten — aber Günter Sillmann, Jahrgang 1905, läßt sich nicht aufhalten. Er hilft Juliane aus dem Kittel und wendet sich wieder an

seine Tochter: »Darf ich dir Juliane Winkler vorstellen!«
Ruth hat keine Gelegenheit, zu bedauern, daß sich moderne Frauen nicht in eine schützende Ohnmacht zurückziehen können. Sie muß sich einer Situation stellen, die nicht sie, sondern der alte Herr vollkommen im Griff hat, den sie vorhin noch zum endgültigen Abmarsch ins Altenheim überreden wollte. Ruth ringt nach Worten. Soweit kann der Vater doch den Scherz nicht treiben, oder dreht er durch? Das wäre schön — aber Günter Sillmann scherzt nicht, und von Durchdrehen kann nicht die Rede sein.
»Juliane — das ist meine Tochter Ruth! Eigentlich ein liebes Mädchen!«
Er duzt diese Frau also auch schon — was ist dann nicht noch alles passiert? Ruth sammelt ganz schnell alle Vorurteile zusammen, die sie ihrem Vater vor die Füße werfen möchte — aber der alte Herr läßt sich nicht beirren.
»Wenn Juliane und ich jetzt knappe vierzig Jahre jünger wären, dann wäre das die große Liebe. Es ist aber eine große Sympathie, ein Gefühl des Wohlwollens. Wir können ganz ruhig miteinander sein, denn wir müssen nichts weiter erreichen als das Glück von heute und das Glück von morgen!«
Juliane ringt nach Haltung. Sie ist mal wieder an einem jener Punkte im Leben angekommen, die das Leben so herrlich machen. Da glaubt man schon, es passiert nichts mehr, man fürchtet die leeren Tage und die schlaflosen Nächte. Und dann — statt mit einer technisch unsicheren Decke oder einem explosionsgefährdeten Schnellkochtopf kehrt man mit einem Mann ins Leben zurück! Nicht etwa an der Seite, so heimlich an den Rand gedrückt — nein, wieder mittendrin und glücklich und zuversichtlich und mit neuem Gefühl, mit der Dankbarkeit für den Beweis, daß das Leben nur Menschen kennt — keine Alten und Jungen. Juliane

nimmt Günter bei der Hand — und einen Kuß bekommt er auch.
Ruth ist plötzlich sehr verwirrt. Mit einem geordneten Weltbild besucht man seinen alten Vater, um ihn einer neuen Ordnung teilhaftig werden zu lassen. Und was tut der alte Herr? Er treibt ein übles Spiel — verkleidet seine Geliebte als Putzfrau und veralbert die eigene Tochter. Ruth hat nur noch eine Bitte: »Wenn es geht, Papa — bitte sei so diskret wie möglich, man kommt so leicht ins Gerede!«
Günter Sillmann wäre jetzt so gerne lieb und freundlich zu seiner Tochter gewesen. Nichts ist schöner, als den Rest seiner Tage in Übereinstimmung mit den Menschen zu verbringen, die man liebt. Aber wenn diese Zimtzicke, die durch Zufall seine Tochter geworden ist, nicht spurt, dann muß sie eben die Konsequenzen ziehen. »Diskret — in Spandau und Wedding laß ich es auf die Butter drucken — Günter und Juliane, und ein Herz drum — verstanden! Und wenn jemand über uns reden will, dann soll er es gefälligst tun — einen schöneren Anlaß zu Gerede als uns beide gibt es nicht!«
Jetzt findet Juliane zwar, daß er ein wenig übertreibt, aber lieber im Eifer des Gefechts ein paar Schritte zu weit nach vorne — als vor lauter Zurückhaltung auf den kleinen Fortschritt zu verzichten.
Ruth zieht den Gürtel ihres Mantels zusammen, als wollte sie sich in der Mitte durchreißen. Dann macht sie den gleichen Fehler wie alle, die eines der schönsten Versprechen zur übelsten Drohung machen: »Wir reden noch miteinander!« Und was ist schöner, als die Tatsache, daß Menschen noch miteinander reden können — aber bitte nicht so!

Beim Mittagessen im ›Lon Man‹ kommt Juliane auf ihre ursprüngliche Idee zurück. »Wir müssen etwas tun, Günter — wir müssen wirklich etwas tun!«
Als ob sie beide heute nicht schon genug getan hätten!

Aber das meint Juliane nicht.
»Es ist doch so: Die meisten Menschen haben keine Zeit — und wir haben Zeit. Also sollten die mit Zeit denen ohne Zeit helfen.« Und Juliane hat auch schon einen Einfall: »Günter, die Leute handeln mit Teppichen, mit Rauschgift, mit Mädchen und mit Waffen — warum handeln wir nicht mit Großeltern?«
Günter verschlägt es den Atem. Da hat man sich gerade entschieden, so eine Art drittes Leben anzufangen, fernab von Opawürde und Großelternseligkeit — da springt diese Frau in eine Marktlücke und will fortan mit dem handeln, was sie beide doch so vordringlich nicht sein wollen: Großeltern.

11

Elvira Mommer ist gestorben. Sie ist friedlich erloschen wie eine Kerze, die den ganzen Abend Licht gespendet hat.
Juliane übernimmt die notwendigen Besorgungen — und die Wege des Todes sind grauenhaft. Sie muß einen Sarg aussuchen, die Beerdigung arrangieren, und überall trifft sie auf jene halbfröhlichen Trauerprofis, denen es nur mühsam gelingt, die Freude über das krisenfeste Geschäft hinter der Maske der herzlichen Anteilnahme zu verstecken.
Niemand von den Hauptdarstellern aus Elviras Leben steht am Grab. Es haben sich Statisten versammelt, die Trauergemeinde spielen. Herr Coppelia ist mitgekommen, Günter hat sich überreden lassen, Juliane ist es sehr peinlich, daß keiner von ihnen mehr die notwendigsten Gebete sprechen kann. Dafür ist eine gierige Nichte zweiten Grades aus Oberhausen angereist. Alles, was in Elviras Wohnung halbwegs einen Trödelwert hat, wird verramscht. Die plötzliche Verwandte nimmt alle Sparbücher mit, und eine Abstandszahlung hat sie vom Nachmieter der Tantenwohnung auch noch kassiert. Somit wäre alles bestens geregelt: Juliane hat die Arbeit — die Nichte den Gewinn gehabt. Tod ist Tod — und trotzdem stimmt die Behauptung: Jeder Tod ist anders!
Herr Coppelia mit seinem besonderen Sinn für Situationen besteht auf einem Leichenschmaus. »Selbstverständlich wird das Fell versoffen«, beharrt er auf seinem Einfall. »Nur die Nichte zweiten Grades nehmen wir nicht mit!«
Elviras Beerdigungstag ist einer der Tage, die den Sommer zum Sommer oder später den Herbst zum Herbst machen. Da ist alles rund und griffig. Die Natur ist mit

sich selbst im Einklang und gestattet dem Menschen stille Teilhaberschaft.
Coppelia besteht auf der Seebaude. »Die haben den besten Fisch und eine Badewiese, freundliche Bedienung und rundum nette Leute!« Günter und Juliane steigen zu Coppelia in den Volkswagen, den er Mercedes nennt. »Nicht was ihr denkt — ich meine die Dame aus Carmen!« Die Seebaude aalt sich im vollen Licht der märkischen Mittagssonne. Kinder rennen kreischend ins seichte Wasser, und Mütter loben die kleinen Kreischer, die keine Angst vor dem Wasser haben. Unter bunten Schirmen sind die Tische sauber eingedeckt, und Zander gebacken ist neben Aal grün der Renner im Mittagsgeschäft.
Herr Coppelia hat sich der dunklen Jacke entledigt und die Samtschleife in die Tasche gesteckt. Für Günters Geschmack knöpft er das Hemd etwas zu weit auf — und der Talisman, der nur ein gewisser Teil Mann, das aber stramm und aufrichtig ist, findet Günters Zustimmung auch nicht. Indes, der Tag ist so schön, daß man sich weder durch eine Beerdigung noch durch Talismänner aus der Ruhe bringen lassen sollte. Juliane kommt sich in Schwarz zwar etwas overdressed vor, aber so, wie man Zweitschuhe wintertags mit ins Konzert nimmt, kann man ja nicht mit einem bunten Kleid im Netz zu einer Beerdigung gehen, weil es hinterher vielleicht doch noch lustig wird.
Herr Coppelia spendet eine Runde Aperitif. »Das kann ich mir bei meiner finanziellen Lage zwar nicht leisten«, gesteht er lachend, »aber wer nicht einmal im Jahr mehr ausgibt, als er hat — ist nicht wert, daß es ihm dereinst besser geht!«
Günter kann derlei leichtfertige Geschäftsmoral zwar nicht teilen, aber so wie er sicher ist, daß er an der Moral des Herrn Coppelia auch in Gänze nicht teilhaben möchte, steigt sein Toleranzbewußtsein, das mit zunehmenden Jahren immer kräftiger wird.

Zur Fischmahlzeit läßt Günter eine Runde Bier kommen. Juliane ist so begeistert von diesem Tag, der am Morgen noch nach Moder und Friedhof roch, daß sie die Herren zu einem Likörchen überredet. Herr Coppelia läßt einen italienischen Magenbitter folgen — Günter animiert zu Kirschwasser mit Kaffee, und Juliane eröffnet mit Cuba libre die mehreren Runden der Longdrinks, die als Getränk für den herrlichen Tag maßgeschneidert sind. Allen dreien hüpft das Herz auf die Zunge, und sie fühlen sich untereinander und miteinander so vertraut, daß es zu jenen sonderbaren Geständnissen kommt, die immer dann für unverzichtbar angesehen werden, wenn größere Aktionen von Verbrüderung an Theken und Tresen geplant sind.
Coppelia, Juliane und Günter möchten sich gegenseitig sagen, wie schön der Tag ist und wie glücklich man sein muß, weil man sich hat. Das könnte man glatt und ohne Umschweife sagen, aber wir sind bis ins hohe Alter durch Zucht und Erziehung noch so verbiestert, daß es uns schwerfällt, einem Mitmenschen bedingungslos mitzuteilen: »Du — ich mag dich!« Als Erziehungsgeschädigte in Sachen Herz klappern Juliane, Günter und Coppelia auch die Seitenstraßen ab, um das Ziel der gegenseitigen Sympathie zu erreichen. Sie erzählen sich sogenannte Zipfelgeschichten. Das sind Geschichten, mit denen man gleichzeitig ein wenig den Zipfel vor dem Loch hebt, durch das man einem anderen ins Herz schauen kann. Vertraulichkeiten, die Menschen sich gestatten, um Vertrauen zu ernten.
Juliane erzählt von der Einrichtung einer Zahnarztpraxis, die sie gegen Ende des Krieges auf einem schwäbischen Bahnhof entdeckte und die sie gewissenlos verscherbelt hat, um die schlimmen Winter in Berlin zu überstehen. Günter berichtet zögernd von einem Kongreß in Edinburgh, bei dem ihm eine junge Frau über den Weg lief, die er dann auf der Festspielbühne als Julia wiedergesehen hat: ›Adieu, mein Geliebter. Zeit und

Menschen haben uns gebrochen.‹ Herr Coppelia erzählt von der saufenden Sängerin, die während der Vorstellung von Offenbachs ›Großherzogin von Gerolstein‹ in den Orchestergraben fiel und deren Part er dann mit Wissen des Intendanten und ungeheurem Publikumserfolg übernommen hat, um dem Stadttheater den Kassenknüller zu erhalten.

Nach den mehr oder minder wichtigen Bekenntnissen aus Lebensformationen, die man schon versteinert glaubt, folgen dann die Lieder. Ermutigt durch Günter, der ein paar Wirtinnenverse rezitiert, deren Pointen man Juliane zu seinem leichten Erstaunen nicht erklären muß, steigt Herr Coppelia auf den Stuhl und singt: »Ich bin die fesche Lola!« Günter und Juliane klatschen den Takt dazu. Juliane fühlt sich auch aufgefordert und steuert eine verwilderte Strophe des Gassenhauers vom schönen Gigolo bei, daß ihre Mitmänner vor Entsetzen rot werden. »Schöner Gigolo«, singt sie etwas zittrig, aber zunehmend sicherer, »armer Gigolo, denkst du denn noch an die Zeiten, wo du als Masseur hattest das Malheur, mit dem Finger auszugleiten.«

Günter muß Herrn Coppelia daran hindern, eine Lokalrunde zu schmeißen. Dafür aber tanzt er mit Juliane um den Tisch und singt: »Es war in Schöneberg!« Herr Coppelia will nun unbedingt Rilke mit der Unterhose spielen. Günter und Juliane ahnen Furchtbares — aber sie haben nur die Aufgabe, nach jeder Gedichtzeile brav zu sagen: »In der Unterhose!« Zu Anfang des Gedichts geht es noch, doch bei der Zeile: »Denn alles, was uns anrührt, dich und mich!« wird die Replik atemloser. Als Coppelia sagt: »Nimmt uns zusammen wie ein Bogenstrich!«, da fürchtet Juliane um ihr Zwerchfell, und Günter wirft sich so lachgebeutelt über den Tisch, daß die Gläser tanzen. Bei: »Und welcher Geiger hat uns in der Hand?« droht Juliane der Hörsturz und Günter eine vorübergehende Ohnmacht.

Die Trauergesellschaft, die da so außer Rand und Band gerät, daß sie auch die Deutschlandhalle zum Kochen gebracht hätte, lockt andere Menschen an, die nicht nur nach Bier und Limo, sondern auch nach einem herzhaften Lachen und einer unverbogenen Fröhlichkeit dürsten. Als die Sonne sich in die Abendwolken kuschelt und die kleinen Wasserratten bei Mutter den Wärmeverlust des Tages ausgleichen, da singen sie: »Am Brunnen vor dem Tore!« Ein Flegel von der Badewiese ballert zwar eine Prise Hardrock dazu, aber auch das kann niemanden ernsthaft stören. Eine größere, lustigere und liebenswürdigere Beerdigungsgesellschaft hätte sich Elvira auch zu Lebzeiten nicht vorstellen können.

Am nächsten Morgen ertränkt Herr Coppelia mehrere Kater in Mineralwasser und macht sich per Bus auf den Weg nach Glienicke, um den Wagen abzuholen. Juliane schleicht mit gesenktem Blick an jedem Spiegel vorbei. In der Coppelia-Küche mischt sie Gurkensaft mit Magerquark und Zitrone zu einer Gesichtsmaske, die zwar die Jugend nicht zurückholt, aber wenigstens alte Falten nicht tiefer werden läßt.
Günter hat schon am frühen Morgen angerufen und sein bevorstehendes Ableben angekündigt. Mit Mühe kann Juliane verhindern, daß er seine Tochter um seine Einweisung ins Seniorenheim bittet, denn dem Leben fühlt er sich vorerst nicht mehr gewachsen. Bis zur nächsten Beerdigung …
Juliane verfügt über eine gewisse Penetranz. Ihr ganzes Leben lang hat sie nie die Ziele aus den Augen verloren, die ihr erstrebenswert erschienen. Und wenn auch nur je ein Zeitgenosse geglaubt hat: »Jetzt gibt sie auf!«, stand Juliane vor der Tür und verkündete: »Ich mache weiter!« Zum Erfüllen von Plänen könnten sozialistische Wirtschaftsstrategen bei Juliane Nachhilfestunden nehmen. Günter hofft inständig, daß sie den Plan mit

den vermietbaren Großeltern — einzeln oder zu zweit — aufgegeben hat. Aber das einzige, was sie wirklich aufgegeben hat, sind zwei Inserate bei Tageszeitungen mit verschiedener Leserschaft. In der Boulevardzeitung läßt sie eine Anzeige brüllen: ›Großeltern und solche, die sich dafür halten! Die Stadt ist voller Kinder, die eine Oma brauchen. Es wimmelt nur so von Familien, die einen Opa suchen. Bleibt nicht alleine, sondern meldet euch unter 302 26 11.«
Die Telefonnummer ist Günters Anschluß. Juliane kann Arbeiten delegieren: Günter sammelt die Streitkräfte, Juliane erstellt die Schlachtordnung. In der anderen Zeitung, die sich durch ein traditionelles Layout und ein umständliches Feuilleton empfiehlt, kann man lesen: ›Echte Großeltern kommen ins Haus! Nicht fürs Grobe! Aber fürs Liebe. Preis nach Aufgabenstellung. Mindestabnahme drei Stunden täglich pro Person. Näheres erfahren Sie unter 881 83 79.‹ Das ist der Anschluß von Herrn Coppelia, der von seinem Glück noch nichts weiß.
Der Erfolg gibt Juliane recht. Es melden sich zuerst mehr Leute, die eine Oma brauchen oder gerne einen Opa hätten, als Opas und Omas, die bereit wären, den Job anzunehmen.
Juliane verläßt sich auf die Mundpropaganda. Wenn eine Oma als Großmutter wieder Kurswert gewinnt, dann wird das bestimmt nicht übersehen, dann hat das den gleichen Nachhall und Auslöse-Effekt wie Verlobungsanzeigen zu Weihnachten.
Natürlich hat das Unternehmen mit erheblichen Anlaufschwierigkeiten zu kämpfen. Da gibt es die Großmütter, die ständig und inständig als liebe alte Dame gepriesen sein möchten, die alles besser wissen, aber nicht einmal beim Spülkram zupacken. Da gibt es die Wuseloma, die mit ihrem Eifer einen modernen Haushalt so nachhaltig unterminiert, daß man für Aufräumungsarbeiten eine Stunde Null ansetzen muß.

Unbeliebt sind auch die Knatter-Opas, deren spätes Lebensziel es ist, verkommene Enkelkinder auf das zu bringen, was sie Vordermann oder Zack nennen. Alte Herren dieses Genres leben überaus gefährlich, denn beim allgemeinen Schwund der Ehrfurcht vor Autorität tun sich Enkel besonders hervor — ganz ohne Rücksicht darauf, ob echter oder Leihopa. Äußerst beliebt sind die Märchenopas, die mit Goofy, Robin Hood, sämtlichen Meisterdetektiven und Perry Rhodan scheinbar aussichtslos an den Erzählstart gehen, um dann mit der Geschichte vom Zwerg Nase die Comic-Prominenz auf die Plätze zu verweisen.
Innig geliebt sind auch die Leihgroßmütter mit den Gutenachtgeschichten und den sanften Händen. Auf der Kippe zwischen Tag und Nacht beruhigen sie flatternde Kindernerven und schaffen in den kleinen Herzen Platz für neue Träume. Im Bereich Großmutter ist der Typ der Dame nicht gefragt. Reizende Pensionärinnen erleben ihr Oma-Waterloo, wenn es in den Augen der Kinder nur zur Tante reicht.
Alte Herren mit gärtnerischen oder mechanischen Fähigkeiten gehen weg wie warme Semmeln. Opas mit derlei Begabungen sind die gesuchtesten Spielkameraden und Kumpels. Wer weiß, daß man Möhren und Zwiebeln in wechselnden Reihen pflanzen muß, weil der Geruch der Möhren die Zwiebelfliege vertreibt, der ist hier in einer Welt, die oft sogar schon die Jüngsten und die Kinder ans Aussteigen denken läßt.
Der mechanisch versierte Opa ist der vielgeliebte Retter von elektrischen Eisenbahnen, die von gestreßten Vätern schon im Aufbau sehr versaut worden sind. Und dann sind da noch — so nennt Juliane sie — die Handomas. Das sind jene liebenswerten alten Damen, die nur die Hand ausstrecken, und ein Kind hält sich daran fest, weil es so einfach ist, die Welt kennenzulernen, wenn einen da wer daran hindert, gleich beim ersten Versuch auf die Nase zu fallen.

Juliane ordnet gerade mit Herrn Coppelia die Großmütter, da ruft Günter an. Coppelia geht ans Telefon. »Bei Günter«, sagt er grinsend, »muß die Welt untergehen — so verzweifelt habe ich den Mann noch nicht erlebt. Er schickt sie jedenfalls zu uns!«
»Wen?« erkundigt sich Juliane.
»Die Großmutter!« sagt Coppelia und macht sich wieder an die Registratur der Großväter. Kritisch bemerkt er: »Was wir hier betreiben, hat eine fatale Ähnlichkeit mit Menschenhandel.«
»Natürlich«, gibt Juliane zu, »einer mußte ja mal anfangen zu handeln!«
Für Coppelia sind die neuen Geschäfte eine doppelte Belastung. Er muß seine Pension so gut führen, daß er seine Stammgäste nicht verliert, er kann sich aber auch dem fordernden Eifer der Juliane nicht entziehen. Manchmal wünscht er sich von Herzen, Juliane wäre in eine andere Pension gezogen. Wäre das ein ruhiges Leben!
Derlei Träumen kann man im Windschatten der Juliane Winkler nur nachhängen, wenn man sie gefesselt, geknebelt und betäubt hat — nur in diesem Zustand besteht berechtigte Aussicht, daß sie einem die eigenen Gedanken läßt und nicht ihre Ansichten daruntermischt.
Es klingelt. Vermutlich wieder Eltern, die eine Oma suchen. Oder Kinder, die mal eben nachschauen wollen, was denn so auf Lager ist. Irrtum! Vor Coppelia steht eine Frau, um die herum die Luft dünner wird, denn alle, die ihrer ansichtig werden, ringen nach Luft.
Die Dame scheint das gewöhnt zu sein, denn nach einem Augenblick der wortlosen Anbetung, in die sogar Herr Coppelia verfällt, sagt sie mit einer Simme, die überaus modulationsfähig zwischen Abendglocken und Reibeisen angesetzt ist: »Da bin ich!«
Derlei schlichte Aussagen werden in ihrer entwaffnenden Direktheit nur noch von eindeutigen Stoppschil-

dern übertroffen. »Sie sind da!« bestätigt Herr Coppelia und berührt beinahe mit der Stirn den Boden, ohne dabei die Knie einzudrücken. Als er hochschaut, streift seine Nase ein Hauch von Nerz, und sein Geruchszentrum wird durch ein Parfum aufgescheucht, das Moschus, Sandelholz und Rosenöl zu simplen Badezimmersprays degradiert.
Juliane wundert sich, wo Coppelia bleibt. Eine Sache muß laufen — oder man läßt sie laufen, aber unterbrechen kann man sie nicht. Also schaut sie nach. Einem Mann wie Coppelia muß man nämlich immer wieder mal auf die Beine helfen, auch wenn er Tänzer gewesen ist. Juliane startet im kleinen Flur, nimmt elegant die Kurve durch das Berliner Zimmer und landet in der Diele. Sie will etwas sagen, aber sie haucht nur noch: »Oh«, dann ist sie stumm.
Der Dame wird die Anbetung allmählich langweilig. »Ich weiß, daß ich irre gut aussehe — und wenn Sie beide sich nun auch an mir satt gesehen haben, dann sagen Sie vielleicht, ob ich hier richtig beim Oma-Verein bin!«
Juliane reagiert aufs Stichwort. »Aha«, sagt sie, »Sie wollen eine Oma!«
Die Dame lächelt nachsichtig und sagt mit einem Augenaufschlag, den in dieser ungekünstelten Laszivität nicht einmal Mal West zu Lebzeiten produziert hat: »Ich *bin* die Oma!«
Hätte dieses Wesen doch wenigstens gesagt: ›Ich bin Cleopatra!‹ oder: ›Ich bin Lucrezia Borgia!‹, dann hätte man ihr vorhalten können, daß sie offensichtlich lügt. Aber sie ist die Oma — nun beweise mal einer das Gegenteil!
Coppelia zischt Juliane etwas zu.
»Nein«, sagt die Dame, die offenbar außer unübersehbaren äußeren Vorzügen auch noch über ein ausgezeichnetes Gehör verfügt, »ich will weder Sie noch die Dame verarschen — ich bin zweiundvierzig Jahre alt,

habe mit sechzehn Jahren mein erstes Kind bekommen! Mein erstes Kind wiederum überrundete die eigene Mutter um fünf Monate — somit bin ich schon seit zehn Jahren und fünf Monaten Großmutter. Und bei dem Vermehrungstempo unserer Familie habe ich alle Aussichten, Urgroßmutter zu sein, lange bevor ich fünfzig werde!« Nach dieser eindrucksvollen Familiengeschichte geht sie auf Juliane zu. »Kati Scheidtweiler«, stellt sie sich vor. »Kann ich bei euch anfangen? Der nette ältere Herr, bei dem ich mich vorstellen wollte, hat mich hierhergeschickt!«

Das, denkt Coppelia, ist eine Oma für Miami. Die würde in Manila alle Missen der Welt vom Sockel fegen. Eine Oma für Armani — an der werden selbst Aufnehmer zum Abendkleid. Allerdings keine Oma für Hollywood, denn an der würde sogar Raquel Welsh zur Großmutter!

Kati möchte ganz bescheiden und natürlich wirken. Aber an der Frau ist nun mal alles unbescheiden und so strotzend natürlich, daß man es für raffinierte Attrappe hält. Vergleichbar einem Abendrot, das in den Bergen noch zu Herzen geht, auf dem Foto aber nicht mehr als rötlicher Kitsch ist. Kati ist keineswegs glücklich über sich.

Aber Juliane sieht das anders. Resolut klettert sie aus dem Tümpel der Verblüffung und meint: »Ist doch herrlich! Omas müssen doch nicht immer Hutzelweibchen sein, nicht immer alte Damen. Man sollte mehr das ›O‹ von Oma beachten. O — ma! O-mamma-mia! Und schon ist es ein Ausdruck der Bewunderung«, philosophiert sie. »Bedenkt doch nur mal das ›Groß‹ vor Mutter — das sagt doch was!«

Kati Scheidtweiler ist zufrieden. Wenn eine schöne und eine selbstsichere Frau zusammentreffen, dann wirkt selbst die Eineiigkeit der Kesslers etwas synthetisch.

Juliane und Kati sind gleich ein Gespann. Natürlich wird diese Wunderoma nicht vermietet. Selbst im vor-

pubertären Stadium angemieteter Enkelkinder könnte Kati jenen Hormonstoß auslösen, der die Altklugen dann auch noch zu Frühreifen macht. Kati wird im Büro arbeiten. Juliane kann sich dann um Günter kümmern, der unter der Last der freiwillig übernommenen Aufgabe schier zusammenbricht.
Kati schüttelt sich aus dem Nerz, plustert den Modeschmuck auf und ist betriebsbereit. Herr Coppelia hat Stielaugen und denkt verzückt: Warum gibt es so was nicht in Mann!
Kati läßt sich das System erklären. Bei Herrn Sillmann melden sich die Großeltern. Der Menschenkenner sortiert vor, denn im Gegensatz zum Buchhandel will man sich bei den Omas keine Remittenden leisten. Hier in der Zentrale werden die Damen und Herren verteilt. Nach Anzeichen von Dringlichkeit. Geld nimmt man nur für alte Damen und Herren, die nachweislich ihre Rente aufbessern müssen! Das Unternehmen soll blühen, aber keinen Gewinn abwerfen. Katis ausgeprägter Sinn für Realitäten ist damit keineswegs einverstanden. Wenn sie immer so gedacht hätte, wäre aus dem Fensterputzer Scheidtweiler ganz sicher nicht der Groß- und Gebäudereiniger geworden, der er war, bevor der Streß ihn für immer aus dem Verkehr gezogen hat.

Der Abend in Günters Wohnung ist still. So still, wie Juliane sich manchmal einen Abend wünscht. Günter hat eine kostbare Flasche ›Braunberger Juffer‹ entkorkt. Dann hat er den Wein in die Pokale perlen lassen, als habe er ihn antiquarisch nach der Hochzeit von Kana gekauft — und dann war der Wein so kaputt, daß er mit Äpfeln, Gurken, Sahne und Zwiebeln im Verein nicht mal einen gewässerten Hering angesäuert hätte.
Günter ist enttäuscht, verbittert und grantig. Ein Mann wie er liebt es eben nicht, wenn aus der Überraschung die Überraschung wird.

Juliane versteckt ihr Lachen in sämtlichen Mundwinkeln und meint tröstlich: »Also, ein Genever wäre mir sowieso lieber gewesen!« Juliane hat vorher in den Schrank geschaut, denn das ist eine Spezialität von ihr: immer nur das zu verlangen, was der Mensch gerade bieten kann.

Günter holt den Genever und ein Bier. Er legt eine Platte auf. Irrtümlich die Vierte von Mahler! Eigentlich sollten es die deutschen Volkslieder gespielt von James Last sein — aber warum drucken die auch die Titel auf dem Label so klein!

Als dann doch James Last aufliegt, der erste Genever wärmespendend in den Bauch gekullert ist, fragt Günter mit belegter Stimme:

»Bleibst du heute hier?«

Natürlich bleibt Juliane. »Schließlich habe ich ein Nachthemd und die Zahnbürste mitgebracht!« Daß sie auch gerne einen kleinen elektrischen Zaun mitgebracht hätte, davon spricht Juliane nicht. Wenn es sein muß, kann sie sich jeden Mann vom Leib halten. Aber sie ist sich nicht sicher, ob sie das bei Günter Sillmann kann — oder vielleicht gar nicht will. Zu gerne möchte Juliane ihre Hände noch einmal in den Wind der Zärtlichkeit halten! Mit den Lippen ein Augenlid berühren und den Atem wie einen Hauch durch das Wäldchen der Augenbrauen treiben lassen, mit dem Zeigefinger der rechten Hand einer Nasenkontur nachfahren, um dann plötzlich zu sagen: ›Jetzt hab ich dich im Griff!‹

Juliane ist nicht glücklich. Wer zärtlich über ihr Kinn streicheln will, läuft Gefahr, in den Hautfalten darunter hängenzubleiben. Die Haut am Halsansatz hat etwas von feinem Sandpapier. Es müßte sich jemand für ihre Nase interessieren. Von den ersten Anlaufpunkten für liebenswürdige Tätlichkeiten ist ihre Nase weitaus der attraktivste. Die Nüstern können noch beben und ein fröhliches Lächeln in die Augenwinkel schicken.

Günter entwickelt eine perfide Fluchtstrategie. Er wird

sich derartig mit Genever beballern, daß er nicht nur nichts kann — sondern sich am nächsten Morgen auch an nichts erinnern kann! Dabei würde er so gerne seine Arme um Juliane legen, über ihrer Brust die Hände falten und ein wenig hin und her schaukeln, als säßen sie in einem Kahn, der unaufhaltsam in eine einsame Bucht gleitet. Günter möchte mit den Haaren spielen, kleine Löckchen drehen, bis es auf der Kopfhaut ziept — und sich dann mit einem Kuß auf den Halsansatz entschuldigen.

Beide genießen zusammen diese wortlose Ängstlichkeit. Es ist so schön und gut, behutsam miteinander zu sein. Plötzlich wissen sie beide, daß es zwischen ihnen nicht um alles oder nichts geht — niemand muß einen Beweis antreten, den er vielleicht unterschlagen möchte. Juliane kuschelt sich in den Sessel. Günter setzt sich auf die Lehne. James Last verabschiedet sich knackend in der Leerrille. Bei den Melodien, die jetzt aufkommen, vermissen Juliane und Günter keine Musik. Die holprigen Straßen der Erinnerungen, die sie nicht gemeinsam haben, münden auf einem spiegelblanken Tanzboden zu ihren Füßen. Der Walzer ohne Orchester gerät mächtig ins Schwingen — und die beiden überlegen, wie das Leben wohl ausgesehen haben könnte, wenn dies der Ehrentanz ihrer goldenen Hochzeit wäre. Sie wissen es nicht. Das Schöne an der Liebe ist ja, daß sie nicht mit Erinnerungen anfängt, sondern sich die Erinnerungen mit der Zeit selber schafft.

»Wir sind verrückt!« sagt Juliane, und Günter stellt fest: »Total verrückt!« Und sie sind es im wahrsten Sinn des abgedroschenen Wortes. Sie sind ein wenig verrückt! Sie haben sich neben die Wirklichkeit gestellt — sie stehen staunend in der Freizone zwischen Wunsch und Wirklichkeit, die der erste Rastplatz für jede große Liebe ist.

Juliane ist über Juliane erstaunt. Früher hat sie sich gefragt: Wird er mich glücklich machen! Heute hofft sie:

Mach ich ihn glücklich?! So ändert die Zeit die Liebe nicht — aber die Liebe ändert sich mit der Zeit.
Juliane plumpst aus dem Höhenflug ihrer Gedanken auf einen Hocker nieder, denn sie hat die Perserbrücke übersehen, die bei Günter die Auslegware veredelt. Juliane bleibt sitzen und lacht. Vorsichtig lacht Günter mit, wenn ihm auch der Anlaß zum Gelächter nicht so besonders überzeugend zu sein scheint, denn schließlich hätten sie sich beide etwas brechen können! So unterschiedlich kann man lachen: Juliane lacht, weil alles viel schlimmer hätte kommen können — Günter lacht, weil es gerade noch einmal gutgegangen ist.
Zum Glück hört man in Günters Jahren nur die eigenen Knie knirschen, so kommt er einigermaßen aufrecht neben Juliane an. Er kniet vor ihr, und Juliane zieht seinen Kopf in ihren Schoß. »Sonderbar!« sagt Juliane verunsichert. »Sonderbar — ganz plötzlich habe ich keine Erinnerungen mehr! Was war zum Beispiel heute vor siebzehn Jahren?«
Juliane möchte die sonderbare Poesie der Erinnerungslosigkeit auskosten, aber Günter richtet sich nachdenklich auf und strahlt sie dann an. »Der 24. Juni 1964!«
»Wir sind schon verrückt!« sagt Juliane und rückt sich wieder etwas zurecht — mit dem Po und im Kopf. Eine unbequeme Sitzfläche ist ein schlechtes Polster für fröhliche Gedanken.

Am nächsten Morgen wird Juliane in einem Bett wach, in das sie nicht paßt — und das ihr nicht paßt. Es riecht ein wenig nach Mottenpulver und Stärke. Die kleine Delle in der Mitte wäre ja noch zu ertragen — aber der Wind nicht. Wenn es für Morgenmuffeligkeit Auszeichnungen gäbe, dann wäre Juliane eine der ersten Preisträgerinnen. Nur der Geruch von Kaffee und der Gedanke daran, daß nach zwölf Uhr mittags die Welt ihr freundlichstes Gesicht zeigt, versöhnt sie mit der Tatsache, daß man den Morgen über sich ergehen lassen muß. Wenn aber der Morgenwind übers Bett streicht, wenn die Kühle des verhaßten Tages über die Arme stichelt, dann ist der Gipfelpunkt des Unbehagens erreicht.

Juliane rafft ihren Kreislauf zusammen, reißt die Augen auf und verliert fast den Verstand: Da steht Günter im Jogginganzug vor dem offenen Fenster und macht Gymnastik, daß die Bronchien flattern. Er strahlt Juliane an und sagt mit einer Fröhlichkeit, die sich wie ein später Reif auf dösige Gemüter legt: »Guten Morgen! Ist es nicht ein schöner Tag?« Schon schmeißt er die angewinkelten Arme so zurück, daß sich die Ellenbogen berühren. Ohne Übergang beginnt er mit Rumpfdrehungen. Dazu hechelt er so fröhlich wie ein Jagdhund, der die Ente apportiert hat.

Juliane kneift sich in den Oberarm. Aber das Bild des Grauens verschwindet nicht. »Das stimmt mich positiv für den ganzen Tag!« verkündet Günter und beugt den Rumpf, daß die Handflächen den Teppich erreichen. Ein Mann dieses Alters und dieser Gelenkigkeit kann noch zu viel nütze sein, aber man vergeudet seine Energien doch nicht bei offenem Fenster! »Mach mit!« fordert er Juliane auf.

Gleich wird er auch noch singen! vermutet Juliane. So schlimme Dinge wie ›Es tagt der Sonne Morgenstrahl‹. Bevor das passiert, springt sie lieber aus dem Bett, rennt aus dem Zimmer und stürzt sich ins Bad.

Günter geht glücklich zu schwingenden Bewegungen der Arme über, dann läuft er ein paar Minuten auf der Stelle. Als Juliane ins Zimmer kommt, ist sie fertig angezogen. Günter erkundigt sich: »Machst du uns einen Kaffee?«

»Ich mach, daß ich fortkomme«, sagt Juliane mit gefährlicher Ruhe. »Wenn du mir gestern abend gesagt hättest, was du morgens treibst, keine Sekunde länger wäre ich in deiner Wohnung geblieben.«

Günter begreift nicht — er fühlt sich zu dieser Stunde

in Maßen jung und ausreichend dynamisch. Und da man von einem gewissen Alter an die eigenen Gefühle zum Maßstab dessen macht, was andere empfinden sollen, versteht er überhaupt nicht, daß es jemanden geben kann, der ihn nicht versteht.
Natürlich hat Juliane auch eingesehen, daß man dem Mitmenschen seine Macken und Meinungen lassen muß. Sie hat auch nichts gegen Frühsport am offenen Fenster — nur darf das Fenster nicht in ihrer Nähe offenstehen.
Es gibt auch keinen Grund, den netten Günter von seiner Tätigkeit abzubringen. Aber es ist ja keine Tätigkeit — da steckt eine Art von Weltanschauung dahinter. Von allen Fanatikern waren Juliane eigentlich die Frischluftfanatiker immer am verdächtigsten, weil bei denen auf den ersten Blick alles so harmlos aussieht. Günter hat schon in der ganzen Wohnung gewütet — die Fenster aufgerissen und die Möbelpolster gelüftet. Juliane leidet an gräßlichen Wahnvorstellungen. Vermutlich wird er sie zu Bergwanderungen verschleppen, sie mit einem Jodler auf den Lippen über Geröllfelder jagen. Oder durch den Preußenpark rennen. Juliane sieht vor ihrem geistigen Auge einen Trimmpfad, wie ihn der Teufel nicht teuflischer hätte erfinden können — und hoch oben auf der Kletterstange hockt Günter und winkt ihr fröhlich zu!
Wenn man jung ist, kann diese oder jene Gewohnheit sich auswachsen oder verwachsen. Ist man aber erst in den Jahren, und die Gewohnheiten sind etabliert, dann fällt es sehr schwer, zuerst sich und dann die Gewohnheiten aneinander zu gewöhnen.
Juliane möchte wirklich gerne nachsichtig sein. Aber sie kennt ihre Reizpunkte und Ärgernisschwellen — darüber hebt keine Art von Toleranz sie hinweg. Sie sucht nach Worten. Den albernen Satz ›Aber wir bleiben Freunde!‹ möchte sie vermeiden. Sie möchte auch Günter nicht verlieren. Wie kann man einem Mann erklä-

ren, daß es so einfach halbe-halbe nicht geht? Man kann den Kram nicht einfach zusammenwerfen und hinterher auf den Trümmern hocken.
Juliane geht auf Günter zu — sagt gar nichts und gibt ihm einen Kuß. »Bis gleich!« sagt sie, und sie sagt es so endgültig, daß Günter sich daran hält und nicht die Andeutung einer Bewegung macht.

12

Herr Coppelia ist stinksauer, als Juliane in den Frühstücksraum kommt. »Ich hätte dich fast als vermißt gemeldet«, giftet er sie an. »Wenn du schon einen Lebenswandel führen willst, dann sage mir bitte Bescheid! Ich möchte nicht noch einmal eine ganze Nacht wach liegen und mir ausmalen, wie der Strolch aussieht, dem du in die Finger gefallen bist.«

Juliane ist verwirrt. Schließlich ist sie eine erwachsene Frau, sie kann doch tun — und vor allem lassen —, was sie will!

Herr Coppelia reißt Juliane in die Arme und flüstert ihr ins Ohr: »Ich hab dich so lieb! Wenn du da bist, sieht alles so leicht aus, ich schaffe es dann ja auch. Neben dir fühle ich mich so komplett. Bitte, tu so etwas nie wieder! Ich bin eine dämliche Quatsche, mein Mädchen — du tust, was du willst, nur sag es dem Coppelia vorher!«

Juliane ist verwirrt und ratlos. Jetzt ist der richtige Augenblick gekommen, um sich mal auszuheulen! Das tut sie dann auch, und Herr Coppelia zaubert so geschickt ein sauberes Taschentuch aus der Hose, daß Juliane an der Ausschwemmung von Seelenkummer und Herzeleid nicht gehindert wird.

Den schönsten Tränenstrom stoppt das Leben gerne durch so ekelhafte Signale wie Klingeln, Lachen, Klospülungen und pfeifende Wasserkessel. Juliane wird durch Klingeln gestoppt.

Coppelia geht zur Tür — stößt einen schrillen Schrei aus und will die Tür sofort zuschlagen. Das aber läßt der Möbelträger nicht zu, der mit drei anderen Kollegen Büromöbel schnittigster Bauart auf den Etagenabsatz vor der Pension gestapelt hat. »Möbel für Kati Scheidtweiler — unterschreiben Sie mal!«

Coppelia zögert. Wenn er die Hängeregistraturen, Aktenschränke und den Schreibtisch einläßt, dann kann er die Pension schließen.
»Ich habe es geahnt!« sagt er und baut sich vor Juliane auf. »Einer Kati Scheidtweiler ist niemand gewachsen, ein Weib wie ein Orkan, wer sich ihr in den Weg stellt, wird weggefegt!«
Juliane rafft sich auf. »Das wollen wir doch mal sehen!« Sie wendet sich an den Träger und sagt ebenso freundlich wie bestimmt: »Das ist zwar kein Irrtum, meine Herren, aber Sie nehmen die Sachen bitte wieder mit. Ich komme für anfallende Transportkosten auf. Es ist meine Schuld, wenn der Liefertermin mit Frau Scheidtweiler nicht exakt abgestimmt wurde!« Aus der Handtasche zaubert Juliane einen Fünfzigmarkschein in die Hand des Oberträgers und wünscht ihm samt seinen Mitträgern noch einen guten Tag.
Herr Coppelia nimmt liebend gerne Ärgernis. Wenn es nach ihm ginge, könnte er sich jetzt mindestens eine ganze Woche über die Impertinenz dieser Frau aufregen. Was seiner Stimmung sehr zuträglich wäre.
Juliane zieht ihn in sein kleines Büro und kommt zur Sache. »Natürlich hat diese Frau recht — die ganze Sache mit den Großeltern muß man professioneller angehen. Aber dann ist es schon wieder ein Job, ein Geschäft. Und das will ich nicht!« Juliane kritzelt Strichmännchen auf die Rückseite eines Rechnungsblocks. Dann hat sie die Erleuchtung: »Wir werden dieser Super-Oma unseren Einfall verkaufen. Sie übernimmt meine Idee sozusagen in Lizenz!«
Herr Coppelia staunt Juliane an — im entscheidenden Augenblick findet sie immer die beste Lösung. »Und wenn sie nicht will?« gibt er zu bedenken.
»Ach was!« muntert Juliane ihn auf. »Die will um jeden Preis. Die liebe Kati Scheidtweiler will noch einmal etwas Neues beginnen. Vermutlich braucht sie sich um den Reinigungsbetrieb nicht mehr zu kümmern.

Warum auch nicht — den Gewinn teilen wir durch drei!«
Coppelia schaut etwas verwirrt.
»Natürlich bekommt Günter auch was — schließlich hat er kräftig mitgeholfen!«
»Und von dem Zaster der blonden Kati erfüllen wir uns einen Wunsch!« jubelt Coppelia, der seit Julianes Eintritt in sein Leben anscheinend vergessen hat, daß er Otto Dübbers heißt.
»Ganz richtig!« Juliane grinst. »Ich wünsche, daß du den Laden hier renovierst und auf neuesten technischen Stand bringst — auch die Hiltons müssen von Zeit zu Zeit investieren!«
»Ade Malediven, ade Rio und New Orleans!« klagt Coppelia. »So werden Träume zerstört — aus der Nacht an der Copa Cabana werden zwei Kühlschränke, statt Mardigrass neue Waschbecken, und in die Superküche hänge ich eine Ansichtskarte von den Malediven!« jubelt Coppelia. »Juliane, du bist Spitze. Wenn der liebe Gott die Welt noch mal erschaffen will, dann nimmt er dich bestimmt als Assistentin!«
Juliane kennt das wunderbare Gefühl der Erleichterung, wenn man plötzlich ganz sicher ist, eine richtige Entscheidung getroffen zu haben. Kati wird das Geschäft mit den Großeltern auf gesunde finanzielle Grundlagen stellen. Unkommerziell wäre das alles zwar wesentlich edler und der Würde des Alters angepaßt. Lieber etwas weniger Würde, denkt Juliane, und dafür eine Fuhre Leben mehr!
Auch in bezug auf Günter hat sie eine richtige Entscheidung getroffen. Es wäre weitaus bequemer gewesen, das offene Fenster zu übersehen und den Wind wehen zu lassen, aber Kompromisse, die man aus Eigennutz eingeht, sind genauso schauderhaft wie eine Vernunftehe, die sich als Liebesheirat tarnt.
Jetzt hat Juliane endlich den Rücken frei. Der Ausstieg hat sich gelohnt! Was wäre ihr Leben denn ohne Herrn

Coppelia, den sie als den ersten wirklich besten Freund in ihrem Leben empfindet. Und dieser liebreizende Günter! Dieser gutgekleidete zweibeinige Konjunktiv, der noch nichts ausschließt — auch wenn man in einem gewissen Alter manches für abgeschlossen hält.
Innerlich legt sich Juliane die Hand aufs Haupt und reißt sie entsetzt wieder weg, als Coppelia in aller Harmlosigkeit fragt: »Sag mal — was ist eigentlich aus diesem reizenden Trunkenbold geworden, den wir seiner Richterin übergeben haben?«
Juliane weiß, daß man einen Menschen nicht zur Seite legen kann wie einen getragenen Hut oder ein schmutziges Handtuch.
Aber sie hat es getan.
»Ich fange an«, beklagt sie sich bei Coppelia, »mich wichtig zu nehmen.«
Coppelia lacht und versichert: »Wenn du am Spiegel vorbeigehst, hab ich immer gedacht — gleich begrüßt sie sich mit einem Hofknicks!«
Juliane und Coppelia haben etwas Fabelhaftes entdeckt — sie können zusammen lachen. Und was das Wichtigste am Lachen ist — sie lachen lauthals über sich selber.
»Du kommst mit«, bestimmt Juliane.
Aber Coppelia reagiert ausgesprochen lustlos bis bokkig: »Bring dein zerrüttetes Leben gefälligst selber in Ordnung, nimm dir nicht immer das eigene Publikum mit, wenn du einen bemerkenswerten Auftritt erwartest!«
Derlei Töne sind neu bei Coppelia, der seinerseits auch gerne Arrangements trifft, die ihm das Leben erleichtern.
»Was ist denn in dich gefahren?« will Juliane wissen.
»Wenn ich eines hasse, dann sind es Menschen, die ihre Moral zu einem Zeitpunkt entdecken, der schon jenseits der Moral liegt.« So ernst meint Coppelia das nicht — ein wenig ernst meint er es allerdings schon.

»Wenn du nicht wie ein Restbestand der Hunnen in dieses friedliche Haus eingefallen wärst«, sagt er und lacht Juliane an, »dann wäre hier alles beim alten geblieben!«
Juliane entdeckt sofort ihre Chance und zielt auf den Punkt. »Dann danke mir auf Knien, daß du noch eine Chance bekommen hast! Aber tu mir einen Gefallen: Regle dein Leben, wenn das überhaupt noch möglich ist, und bessere meines bitte nicht so nebenher aus. Ich weiß, was ich will!«
Juliane nimmt den gesteppten Popelinmantel von der Garderobe. Um den Kopf herum fühlt sie sich ein wenig nackt.
Coppelia nimmt einen alten lettischen Schal, der zur Dekoration herumbaumelt, und drapiert ihn geschickt um Julianes Kopf. »Damit wirst du Aufsehen erregen«, stellt er fest. »Schlicht ist Mode!«
»Das merke dir bitte«, belehrt ihn Juliane und tippt mit dem Finger auf das grellgelbe Hemd mit den Palmen und der Aufschrift ›Bahama's Best Boy‹.

Juliane geht also zu Benni.
Sie staunt über die Eile der Zeit. Benni ist schon so etwas wie ein Stück Vergangenheit. Wann ist sie denn ausgebrochen, wann hat sie sich freigemacht? Juliane ist glücklich, daß sie plötzlich wieder Stauraum für Erinnerungen hat, die gerade eben noch Gegenwart waren.
Juliane möchte jetzt gerne herzlich lachen, den Menschen fröhlich zuwinken und ab und zu einen Wechselschritt einlegen. Aber eine alte Dame, die lacht, winkt und tänzelt, ist zumindest eine höchst sonderbare alte Dame. Man traut ihr keinen Grund für Freude mehr zu. Vielleicht ist sie auch nur ein wenig verrückt, das entschuldigt alles.
Diese verdammten Entschuldigungen. Juliane will mal wieder so richtig schuldig sein, sie möchte aufreizen,

ärgern und unsicher machen! Aber wie macht man das, wenn man sieben Jahrzehnte Leben auf dem Buckel hat und die junge Welt alle Schienen in Richtung Abstellbahnhof mit angeschlossener Endstation stellt?
Dem jungen Mann, der auf einem Plakat mit einer ebenso jungen Dame frischwärts rennt, streckt Juliane ganz schnell die Zunge raus. Und im Schaufenster des Modehauses betrachtet sie mit genüßlicher Besserwisserei die junge Mode, die so schnell alt wird.
Und da ist dann endlich das Plakat mit der Oma! Natürlich ist die alte Dame schlohweiß, zierlich, Gutmütigkeit umgibt sie, Heiterkeit strahlt sie aus — und alles nur, weil sie endlich eine Kaffeemühle gefunden hat, die das Aroma schützt und bewahrt.
Juliane schaut sich um, niemand beobachtet sie — also greift sie in die Tasche, nimmt den Filzstift heraus und malt der Superoma ein paar Haare auf die Zähne, und in Blockbuchstaben schreibt sie auf das weiße Jabot ›Paß auf, Alter‹.
Juliane ist so glücklich wie ein Schuljunge, der auf dem Heimweg auf mindestens hundertzwanzig Klingeln gedrückt hat. Natürlich hat sie nicht präzise genug formuliert. Juliane meint mit ›Alter‹ nicht den Alten, sondern das Alter, so wie man Jugend sagt und meint.
Die Jugend hat — so befindet Juliane — entschieden mehr einprägsame Sprüche. Da gibt es so herrliche Forderungen wie ›Keine Macht für niemand‹ oder die Behauptung ›Gott sei Punk‹, gar nicht erst zu reden von ›Your home is my castle‹. Juliane sieht ein, daß dem Alter sogar die zugkräftigen Sprüche fehlen. Vielleicht liegt es daran, daß die Sprüchemacher jüngeren Generationen angehören.
Unter Abdenken derartiger Gedanken ist Juliane in der Xantener Straße 15 gelandet.
Auf dem stummen Portier im großen Treppenhaus kann sie Bennis Namen nicht entdecken. Daher wagt sie sich an die Portiersfrau. Derlei Schritte wagt man

nur, wenn man sicher ist, daß man sich seiner Sache nicht sicher ist, denn nichts hassen Portiersfrauen, die sich heute Hauswart nennen, mehr als Fragen, die sie beantworten können. Kommt nämlich jemand mit einer Frage, die nicht zu beantworten ist, dann schwingt sich die Hauswartsfrau oder der Hauswart zu ungeahnten Höhen empor — man kann sich in Möglichkeiten ergehen und der staunenden Umwelt beweisen, daß man es sich beileibe nicht leichtmacht, nichts zu wissen.

Juliane gerät an eine Hauswartsfrau, die jung, freundlich und höflich ist.

»Der Herr Lahrmann wohnt nicht mehr hier!«

Die Frau hofft nun dringlich, daß Juliane sich mit dieser Auskunft nicht zufriedengibt, denn sie weiß noch mehr.

Juliane macht das Bitte-reden-Sie-weiter-Gesicht.

»Er ist umgezogen — warten Sie mal, die Adresse hab ich irgendwo in meinem schlauen Buch!«

Die Frau verschwindet in der Wohnung und kommt mit einem kleinen Adreßbuch zurück. »Hier!« sagt sie und blättert im Büchlein notwendigen Hauswartwissens. »Bogotastraße fünf — er ist«, und jetzt schließt die Hauswartsfrau das Büchlein wie ein kostbares Evangeliar, »zu seiner Freundin gezogen, er will sie heiraten — hat er mal gesagt. Aber wenn Sie mich fragen . . .!«

Juliane fragt nicht. Sie hat sich die Adresse gemerkt und sagt: »Danke.«

Dabei hätte die Hauswartsfrau noch so gerne von der Suppenschüssel erzählt, die eines Tages durch das geschlossene Fenster auf den Hof geflogen ist. Ohne sich zu zieren, hätte sie auch erzählt, daß der Herr Lahrmann mal hinter den Mülltonnen geschlafen hat — nicht weil er müde, sondern weil er besoffen war.

Das sind Geschichten — aber was sind das schon für Geschichten, die man nicht weitererzählen kann!

Juliane macht sich noch mehr Vorwürfe, als sie sich ursprünglich machen wollte. Vermutlich hat dieser hinreißend haltlose Benni einen schlimmen Fehler gemacht — er hat sich in Abhängigkeit begeben. Natürlich ist Benni eines dieser Kinder, denen es gelingt, sich ein Leben lang als Mann zu tarnen. Aber deswegen muß man ja nicht gleich zu Johanna ziehen.

Wie ein Wolf auf der Wildfährte schnürt Juliane auf Benni zu. In Gedanken sagt sie so schlimme Dinge wie ›Mein Benni‹ und ›Die Johanna‹.

Juliane merkt mal wieder nicht, daß sie nach dem Aschenbrödelprinzip vereinnahmt: die Guten ins Töpfchen, die Schlechten für die Müllabfuhr.

Und so landet die arme Johanna, ohne es zu ahnen oder zu wissen, auf Julianes Abraumhalde des Lebens. Das ist jener finstere Ort, an dem jeder Mensch seine dämlichen Vorurteile, seine gehässigen Gedanken und widerwärtigen Vermutungen auf Abruf deponiert hat.

Juliane weiß, was Benni braucht. Benni braucht nicht nur eine starke Hand, er braucht auch ein gewisses Maß an Ordnung und seine tägliche Ration von Streicheleinheiten, die angesichts seiner blühenden Jugend gerne in amouröse Handgreiflichkeiten ausarten dürfen. Natürlich nicht bei Juliane — aber bitte auch nicht bei und mit Johanna.

Das alte Haus in der Bogotastraße sieht aus wie ein toskanisches Landhaus, das sich nach Zehlendorf verirrt hat. Ein gemütliches Dach ruht im stumpfen Winkel über gelblichem Mauerwerk, dem die Zeit arg zugesetzt hat. Von außen ahnt man das, was die Architekten Lebensqualität nennen, und der verwilderte Garten ringsum läßt darauf schließen, daß die Bewohner entweder sehr alternativ oder nur faul sind.

Juliane klingelt, aber es öffnet niemand. Sie geht über den Rasen, umrundet eine Erdbeerpflanzeninsel, die so heimtückisch auftaucht wie die Klippen von Cornwall,

und landet auf einer Terrasse, in die sich zwei große Sessel und ein klappriger Tisch teilen.
Ein paar Blumenkästen beleidigen das gärtnerische Auge der Juliane, aber wer nimmt sich heute schon Zeit für die Aufzucht von Blumen wie von Kindern.
Dieser Gedanke kommt in seiner Abwegigkeit zustande, weil eines dieser Wesen plötzlich vor Juliane steht. Juliane ist daran gewöhnt, sich im Zweifelsfall nach dem Geschlecht des Wesens zu erkundigen, das vermutlich in Jeans und Sweat-shirt auf die Welt gekommen ist.
Das, so denkt Juliane ganz schnell und richtig, muß jenes Wesen sein, dem der Vater den germanistischen Namen Genoveva hinterlassen hat.
Angesichts der elterlichen Verrücktheiten in bezug auf die Namensgebung der Kinder würde es Juliane nicht im geringsten verblüffen, wenn ein Pilot seine Tochter Boeing oder einen Sohn Fokker nennen würde.
»Ich bin Vevi!« sagt Vevi.
»Und ich bin Juliane!« sagt Juliane.
Wenn Erwachsene wüßten, wie leicht Herz und Vertrauen eines Kindes zu gewinnen sind, wenn man richtig antwortet, dann würde sich leider auch nicht viel ändern, denn Erwachsene sind nun einmal bösartig unbelehrbar und kindlicher Herzlichkeit überhaupt nicht gewachsen.
Juliane ist eine Ausnahme.
Vevi wirft sich in einen der Sessel und richtet sich darin ein wie ein Hund, der den idealen Schlafplatz gefunden hat.
Im Vertrauen darauf, daß die Federn nicht gerade jetzt den Wunsch haben, sich einmal auszustrecken, setzt Juliane sich vorsichtig in den anderen Sessel.
»Mehr nach hinten«, sagt Vevi, »und die Beine hoch!«
Juliane folgt dem Rat. Dabei kann sie den Rock nicht schnell genug wieder über die Knie ziehen, um Vevi an der Feststellung: »Zellulitis« zu hindern. Das Mädchen

nickt mitleidsvoll und tröstet Juliane: »Meine Mama hat das auch!« Und um die Tröstung zu vollenden, fügt sie noch hinzu: »Wenn ich mal alt werde, krieg ich das auch!«
Du solltest aber nicht alt werden, wünscht sich Juliane ganz inständig. Warum kann man nicht ganz lange jung bleiben — wenn man schon sterben muß, spielt es doch keine Rolle, ob man jung oder alt stirbt.
Vevi betrachtet Juliane und fragt unumwunden: »Findest du mich auch zum Kotzen?«
»Nein«, sagt Juliane überrascht und sehr überzeugend, »kein bißchen!«
»Aber Frau Willerding findet mich zum Kotzen!« Wer immer diese Frau Willerding sein mag — Juliane kann ihr auch nicht im entferntesten zustimmen. »Ich hab ihr gesagt, daß ich ihre verdammte Erdkunde zum Kotzen finde!«
»Aha«, nickt Juliane, »dann beruht das also auf Gegenseitigkeit.«
Vevi sieht das anders — aber verletzt ist sie trotzdem. Juliane harkt nicht auf dem Thema herum, was von Vevi mit stummem Dank quittiert wird, denn gerade in diesem Augenblick hat sie sich dazu entschlossen, die ganze verkotzte Sache beknackt zu finden.
»Was willst du hier?« erkundigt sich Vevi.
Juliane gesteht dem Kind ein Recht auf Information zu, aber sie will auch nicht gleich erklären, warum, weshalb und wieso.
»Ich suche Herrn Lahrmann.«
»Benni ist auf einer Tagung in Hitzacker«, gibt Vevi Auskunft.
»Und deine Mutter?«
»Die ist beim TÜV«, berichtet Vevi, »Lokaltermin oder so was — Mama macht das immer so. Bevor sie im Gericht was sagt, schaut sie sich mal gründlich um, sagt sie.«
Ein Erwachsener, der auf einer stillen Veranda in ei-

nem gemütlichen Sessel einem erfreulichen Kind ausgesetzt ist, versagt nach einiger Zeit vollkommen, denn er spricht dann mit diesem Kind wie mit einem Kind oder wie mit einem Erwachsenen, und beides können Kinder nicht ausstehen. Juliane macht den Fehler auch. Mit jener tantenhaft belegten Stimme, die Einvernehmen und Vertraulichkeit signalisieren soll, sagt sie: »Du hast eine kluge Mama.«

Vevi ist da vollkommen anderer Ansicht. In anderen Familien kann sie Ordnung schaffen, aber in der eigenen Familie ist sie ein totaler Versager.

Juliane weiß plötzlich ganz sicher, daß Benni eine Menge mit den Schwierigkeiten von Vevi und Johanna zu tun hat. »Und Benni?« rutscht es ihr heraus.

»Benni«, wiederholt Vevi, »Benni ist ein irrer Typ, aber er will mein Vater werden, und das ist absolut null!«

»Wieso?« gibt Juliane zu bedenken. »So was wie einen Vater kann man doch hin und wieder ganz gut gebrauchen.« Juliane muß jetzt höllisch aufpassen, sonst entzieht ihr Vevi auf der Stelle das Vertrauen, denn ein Erwachsener, der solche Schoten losläßt, ist die Aufmerksamkeit nicht wert, die man ihm vorübergehend widmet.

Daher klärt Vevi ein für allemal auf: »Ich will einen richtigen Vater. Und wenn ich keinen richtigen Vater haben kann — dann will ich überhaupt keinen Vater!«

Irgend etwas an dieser Logik überzeugt Juliane. Sie schweigt und hört Vevi zu. Kinder, denen man zuhört, sind glückliche Kinder, denn sie leben noch in der wunderweichen Illusion, daß ein Mensch, der zuhört, auch versteht, was man meint, wenn man etwas sagt.

»Benni ist so eine Art Freund. Ich finde, das reicht. Aber Mama sagt auch immer, Ordnung muß sein. Aber findest du es ordentlich, wenn man einen Vater haben soll, der nicht der richtige Vater ist?«

Juliane versteht dieses kleine Herz, das seine Liebe und Zuneigung richtig verteilen will. Juliane begreift mit ei-

nemmal, daß wahrscheinlich echte Väter ein anderes Recht auf eine eigene Art von Liebe haben als zum Beispiel gute Freunde und erträgliche Tanten.
Plötzlich springt Vevi auf, sprintet in die Wohnung und kommt mit einer angebrochenen Flasche Faßbrause zurück. »Ich muß mal wieder welche besorgen«, sagt Vevi in einem Ton, der darauf schließen läßt, daß in diesem Haushalt nur deshalb noch nicht alles zusammengebrochen ist, weil Vevi sich um die Faßbrause kümmert.
Juliane nimmt einen Schluck aus der Flasche — die Plörre ist lau, süß und klebrig. Dennoch gelingt es Juliane, nach dem Schluck so zustimmend zu schmatzen, als habe man ihr soeben eine der erlesensten Kreszenzen aus dem Geheimkeller der Rothschilds dargereicht.
Vevi stellt fest: »Schmeckt scheußlich!«
Und Juliane fragt mal schnell bei sich selber nach, warum Erwachsene sogar mit dem Gesicht lügen können. Zugleich aber tröstet sich Juliane: Die Wahrheit der Kinder ist eine andere Wahrheit, sie orientiert sich anders. Im Fall Faßbrause ist es wichtig, daß man sie trinken kann — ob sie auch noch schmeckt, steht auf einem anderen Blatt.
Juliane weiß nicht, was sie mit Vevi noch reden soll. Ohne den geringsten Unterton von Drohung stellt sie in Aussicht: »Ich komme wieder, wenn die anderen da sind.«
»Und was ist mit mir?« fragt Vevi gradheraus.
»Dich«, verspricht Juliane, »dich komme ich extra besuchen — das ist doch eine ganz andere Sache!«
Vevi steht so phlegmatisch auf, als habe das Jammertal dieses Lebens schon lange keinen Reiz mehr für sie. Das ist eine Spezialität von Vevi und Konsorten — sie tarnen Neugierde als pure Interesselosigkeit. Und die Erwachsenen fallen zur Freude aller Vevis auch prompt darauf herein.

Vevi geht an Juliane vorbei und sagt: «Schönes Haar hast du.« Im Klartext bedeutet das: Auf Wiedersehen, es war nett, dich kennenzulernen, und du bist gar nicht so öde, wie es auf den ersten Blick scheint.
Vevi geht ins Haus, schließt die Tür hinter sich und winkt noch einmal durch die Scheibe.

13

Der Tag ist schön, die Beine haben gute Laune, und es atmet sich etwas leichter — also geht Juliane zu Fuß. Wenn sie bis Krumme Lanke kommt, ist es gut, reicht die Puste bis Oskar-Helene-Heim, dann ist es sehr gut.

An der Plakatsäule am Altkanzlerweg fällt Julianes Blick auf ein grelles Plakat: ›Seniorenparlament‹.

Interessiert geht Juliane näher, und lesend erfährt sie, daß sich das Bezirksamt einen Seniorenbeirat zulegen will, um über die Probleme alter Menschen ohne Umwege unterrichtet zu werden.

Wer Lust hat, der soll sich melden. Juliane hat Lust. Aber melden wird sie sich erst morgen. So lange hat man sich um die Alten nicht gekümmert, daß es jetzt auch nicht mehr darauf ankommt, sich zu beeilen, wenn einer etwas von den Alten will.

Juliane wuchtet sich in den Bus und freut sich auf das Dämmerstündchen bei ihrem Herrn Coppelia.

Da gibt es immer eine kleine Überraschung: Marzipankonfekt, ein Häppchen mit echtem Lachs oder eine exotische Frucht, die gerade neu auf dem Markt erschienen ist.

Heute gibt es Crème fraîche mit Holunderkonfitüre, die Herr Coppelia alljährlich von seinem Besuch bei Emma in Dünsbach mitbringt. Wenn Emma ihre Küchentür einmal für immer hinter sich schließt, dann ist auch das Rezept für diese Köstlichkeit verloren — es sei denn, Coppelia kann die alte Dame überreden, ihm die Rezeptur zu überliefern.

Juliane erzählt von Vevi und von Vevis Problemen.

»Armes Kind«, sagt Coppelia. »Kinder, die sich zu früh Sorgen machen müssen, laufen Gefahr, als Kümmerer zu enden.« Kümmerer sind für Coppelia nach Lügnern

und Verleumdern die schlimmste Sorte unter den Menschen. »Das sind die«, schimpft er los, »die sich um alles und um jeden kümmern — und die sich überhaupt nicht darum kümmern, ob es einer überhaupt will, daß man sich um ihn kümmert!«
Juliane ist für ihn ein schwieriger Grenzfall der Kümmerei. Weil Herr Coppelia diese Juliane Winkler so herzlich gerne mag, hofft er immer und inständig, daß sie sich nicht als Kümmerin herausstellen wird.
Aber an diesem Abend sammelt Juliane keine Pluspunkte bei Coppelia. Sie entwirft den Plan zur gemeinsamen Rettung von Vevi, Benni und Johanna durch Juliane. Mit steigendem Ingrimm hört Coppelia zu. Plötzlich donnert er los: »Laß um Himmels willen die Menschen in Ruhe! Juliane, du bist aufdringlich, nervtötend und himmelschreiend selbstgefällig!« Herr Coppelia übertreibt gerne. Es ist seine Taktik, hinterher immer ein wenig vom Behaupteten abzustreichen — das ebnet auf das angenehmste den Weg zur Versöhnung, ohne die Herr Coppelia nicht leben kann.
Bei Juliane wird er aber diesmal keine Abstriche machen. »Kümmer dich lieber um uns!« faucht er sie an. »Der wunderbare Benni kann seine Probleme mit seiner wunderbaren Johanna lösen — aber ich zum Beispiel . . .«, sagt Coppelia und hält ein wenig den Atem an, wie ein Kind, bevor es losweint.
Sofort spricht Juliane in die unvorhergesehene Pause: »Wenn ich das richtig verstehe, sind unsere Probleme deine Probleme oder umgekehrt — egal, Coppelia, du bist eifersüchtig!«
Wenn Juliane schon den Hammer schwingt, dann trifft sie auch den Nagel.
Coppelia gibt sich geschlagen. »Ich bin bei dir doch nur zweite Besetzung, ein Mensch fürs Grobe!«
Juliane hört die Untertöne, versteht den Vorwurf und gibt zu bedenken: »Du bist mehr als andere Menschen, die sich liebhaben — du bist mein Freund!«

Coppelia renkt sein angeknackstes Selbstbewußtsein mit einer der großen Gesten ein, wie er sie beim Ballett gelernt hat, legt sich auf den Teppich und macht eine Kerze, bis sein Gesicht rot anläuft.
Juliane schaut ihn von oben herunter an und lobt ihn: »Das ist das Schöne an dir, Coppelia — du hast Rückgrat!«
Coppelia ist plötzlich wieder rundherum glücklich, das ist er selten, aber wenn er es ist, dann malt er eine Reihe Ausrufezeichen in sein Notizbuch. Aber über diese Glücksmarkierungen hinaus will er an diesem Abend ausgehen — ganz groß und mit Juliane.

Juliane hat sich in das kleine Schwarze gezwängt. Immer wenn sie mit Coppelia ausgeht, gibt sie sich betont schlicht, denn in Sachen Schmuck kann Herr Coppelia zeitweilig keine fremden Götter neben sich dulden. Über den Cocktailpulli mit dem Lurexeffekt hat er die Kette mit dem Anhänger aus Granat gelegt. Den Anhänger hat Coppelia vor vielen Jahren während einer Tournee in Amsterdam erträdelt. Zusammen mit der Kette wurde er zum Erbstück umfunktioniert. Dann wäre auch noch ein Ring zu erwähnen, der vom Mittelfinger aus noch Zeige- und Ringfinger überdeckt. Coppelia kann ihn betrachten und traumverloren feststellen: »Macht 'ne Menge Lärm, findest du nicht?« Juliane nennt das Schmuckstück zuweilen abwertend einen Lakritzring, und Coppelia droht dann: »Noch ein Wort, und ich greife noch tiefer in die Wundertüte!« Davor fürchtet sich Juliane wirklich, denn Coppelia hat die Reste des ehemaligen Glanzes in zwei Koffer gepreßt, die auf dem Hängeboden stehen. Einmal hat Coppelia sie einen Blick auf seine Herrlichkeiten werfen lassen, die Juliane ausgesprochen dämlich fand.
Jetzt sitzen sie an der Bar in der ›Lützower Lampe‹. Diese ehemalige Kneipe ist heute ein mattes Mittelding zwischen Etablissement und Bar. Der vergoldete Stuck

ist in Wirklichkeit Kunststoff mit Ofenlack überkleistert. Aber im neppigen Dunkel wirkt das Arrangement im Zusammenklang mit den Portieren aus altrosa Jacquard so angenehm puffig.
Hinter der Bar wirkt Tante Lenchen mit freundlicher Strenge dem angealberten Treiben der drei Damen entgegen, die tagsüber Konrad, Lutz und Friedhelm heißen und als Männer vorübergehend in den Angestelltenmassen der Bundesanstalt für Versicherung untertauchen.
Star des Unternehmens und jedweden Abends ist Camilla. Diese Camilla gilt als Geheimtip unter den Brüdern und Schwestern der langen Nächte. Alle paar Wochen empfängt man in diesen Kreisen die unheimliche Botschaft: ›Camilla hat das Repertoire geändert!‹
Eine Premiere bei Gobert oder eine Vernissage bei Bassenge können nicht so dringend erwartet werden wie Camillas Auftritt.
Camilla hat alles, was ein Mann als Frau nicht haben sollte — eine ungeheuer lange Nase, einen verbissenen Mund, etwas bösartig schimmernde Schlitzaugen und einen Hals, der an einen Schildkrötenhals erinnert. Das alles läßt sich durch die Wunderwaffen derer von Rubinstein und Lauder noch einigermaßen kaschieren.
Aber Camilla hat eine Figur, die jede Bohne zum schnellen Wachsen und Winden veranlassen würde.
Über diese Ungeheuerlichkeit stülpt sie Roben von einsamer Geschmacklosigkeit. Dann singt Camilla. Nicht etwa wie weiland Zarah oder die Mathieu, Camilla grölt auch nicht wie die Garland oder die Minelli — Camilla liebt den schönen Gesang — oder was sie dafür hält.
Coppelia und Juliane lauschen der Arie ›Mein Herr Marquis‹ und danken Gott bei jedem Atemzug auf das innigste, daß er sie vermutlich für die nächsten Sekunden vor einem Lachanfall schützt. Camilla singt mit echter Stimme und falschen Gesten.

Es soll schon vorgekommen sein, daß die Künstlerin unbotmäßigen Gästen während des Gesangs eine oder mehrere Flaschen über die Köpfe gezogen hat.
Es ist also still in der nächtlichen Runde. Wenn Camilla nicht singen würde, könnte man vermutlich eine Stecknadel zu Boden fallen hören. Aber wer hört schon auf Stecknadeln, wenn Camilla singt.
Nach dem Auftritt drängt sie sich zwischen Juliane und Coppelia. »Wie war ich — ich war hinreißend!« Nun kann vermutlich niemand das Wörtchen ›hinreißend‹ so abendfüllend aussprechen wie Camilla — sie überschrillt das ›i‹ ein wenig, dann ruht sie sich auf dem ›n‹ ein Weilchen aus, das ›r‹ läßt sie wie eine Lawine anrollen, um die restlichen Buchstaben in schönem Verbund erklingen zu lassen. Camilla greift nach einem Bier und läßt es über den Adamsapfel zischen, der in Camillas langem Hals eine Menge Hüpffreiheit hat.
Juliane ist nach derlei Darbietungen immer ein wenig peinlich berührt. Sie begreift die Doppellebigkeit von Camilla nicht, der an der Salat-Theke im Kadewe schlichtweg Arnold heißt.
Herr Coppelia zeigt sich in diesem speziellen Fall auch nicht sonderlich auskunftsfreudig.
»Alles Scheiße«, sagt Camilla unvermittelt und weint. Ganz leise, damit es niemand merkt, und sehr vorsichtig, damit das Augen-Make-up für den nächsten Auftritt nicht allzusehr leidet.
Arnold-Camilla drängt sich ein wenig an Juliane. Juliane legt den Arm um den sonderbaren Künstler und bemüht sich, die toupierte Zweitfrisur zu schonen, denn Camilla trägt Leander-Rot, was ihr nun wirklich überhaupt nicht zu Gesicht steht.
Juliane fürchtet sich vor dem wortlosen Weinen. Es ist das schlimmste und unheilbarste Leid, das sich nicht erlösend hinwegweinen läßt. Es hat keinen Zweck, diese Camilla zu trösten, denn sie liebt es, untröstlich zu sein. In diesem Zustand kann man so gut alle für alles ver-

antwortlich machen und sich selbst aus der Partie lassen. Juliane kennt die Feigheit jeglicher Tarnung. Fast ihr ganzes Leben hat sie — unter anderem — damit zugebracht, die Tarnnetze und Camouflagen um sich herum zu zerstören.

Hin und wieder aber hat Juliane sich auch getarnt, als Nichtwisserin, als Nichtkönnerin, wenn es darum ging, etwas zu tun, was sie nicht tun wollte. Einmal ist sie sogar als Mann verkleidet worden. Das war in den ersten Tagen nach dem Krieg, als die französischen Soldaten im Schatten ihrer Kultur fast ungestört das trieben, was man den Russen als Verbrechen anrechnete.

Im Gegensatz zu Camilla im Fummel fühlte sich Juliane in Rock und Hose sehr unwohl.

Camillas allabendlicher Anfall von Selbstmitleid geht vorüber — mit fahrigen Gesten klappert sie zurück aufs Parkett und singt was aus der ›Gräfin Mariza‹.

Herr Coppelia fühlt sich wohl und kippt schon die dritte Kokottenbrühe in sich hinein — so nennt er bei seinen seltenen nächtlichen Ausflügen das schäumende Gemisch aus Sekt und dunklem englischem Bier.

An solchen Abenden fragt sich Juliane, warum man wohl früher die sogenannte Halbwelt so ausdauernd verurteilt hat. Zwischen Tag und Nacht und zwischen all den sonderbaren menschlichen Zwischenlösungen, die in diesem Lokal angeboten werden, fühlt sie sich sehr wohl — so angenehm zwischenmenschlich.

Coppelia möchte ein Haus weiterziehen. Er kennt da noch ein kleines Lokal, das bis in den frühen Morgen ein paar köstliche Süppchen und andere Schnurrpfeifereien feilhält. Coppelia und Juliane sind glücklich und zufrieden: Herr Coppelia ist glücklich, weil er wieder mal rundherum zufrieden ist — und Juliane ist zufrieden, weil sie endlich weiß, wie man ohne großen Aufwand glücklich sein kann.

Nur eines bedauert sie sehr: daß man alt werden muß, um zu dieser Erkenntnis zu gelangen.

Die Pensionsgäste — dynamisches Jungvolk aus dem Untergestell der Ingenieurshierarchie — wundern sich über die verschlafene Bedienung zwischen den Frühstückstischen.
Coppelia und Juliane tragen Tee und Kaffeekannen wie Gralsschalen umher. Wenn eine Tasse an den Teller schlägt, fährt Coppelia zusammen, als habe man ihm eine Ladung Schrot in den Hintern geschossen.
Juliane stellt wütend fest: »Auch ein Kater wird schlimmer, wenn man alt ist.«
Die jungen Männer gehen in ihr Seminar, und für Coppelia beginnt die übliche Tagesarbeit, die er in den Morgenstunden erledigen muß, denn über Mittag kehren schon die ersten Gäste zurück.
Juliane ist unruhig. Sie weiß genau, daß sie sich für heute etwas vorgenommen hat. Sie weiß genau, daß es am Karfreitag 1939 geregnet hat — aber was sie heute erledigen will, das fällt ihr nicht ein.
Coppelia zieht sich da geschickt aus der Affäre: er schreibt alles auf. Ja, das war es — Seniorenparlament!
Juliane fühlt sich vom eigenen Gehirn veralbert. Es ist so, als kurvte ein alberner Scherzbold durch die Ganglien und Zellen: Ich weiß noch was — ich weiß noch was! Aber woher soll Juliane immer wissen, was er weiß?

Das Rathaus sieht aus wie die Wartburg. Der Pförtner weiß nichts von einem Seniorenparlament oder so einem Quatsch. Und was er nicht weiß, das findet in diesem Haus auch nicht statt.
Der Mann hat nicht mit Juliane Winkler gerechnet. Wie ein Gewitter kommt sie über den, der ihr etwas vorenthalten will. Außerdem — aber das wissen zu Julianes Glück die Pförtner nicht — haßt Juliane alle Pförtner. Es gibt in der Tat selten und wenige Zeitgenossen, die sich in ihrer offensichtlichen Unwichtigkeit so wichtig nehmen wie Pförtner. Vermutlich leiten sie ihre Ab-

stammung von dem Engel mit dem Flammenschwert ab, den der erboste Gottvater nach dem Sündenfall vor das Paradies stellte.

Juliane will wissen, wer in diesem Haus für das Seniorenparlament zuständig ist. Man kann nicht etwas wie Margarine oder Zigaretten anpreisen, um es dann im kommunalen Gemischtwarenladen nicht vorrätig zu haben.

Der Pförtner will Juliane abwimmeln und dabei entfährt ihm das Wörtchen ›Oma‹.

Das zündet bei Juliane den Treibsatz der Empörung. »Ich bin keine Oma, erst recht nicht Ihre Oma und überhaupt für niemanden eine Oma!«

Der Pförtner, der die plumpe Vertraulichkeit für die letzte Kontaktmöglichkeit zu Juliane gehalten hat, hält sich die Hände schützend vor das Gesicht, als müsse er aufgebrachte Hornissen am Stechen hindern.

Der Kraftstoff der Empörung treibt Juliane meilenweit. Jetzt will sie den Bürgermeister sprechen. Als Hausherr hat er dafür zu sorgen, daß in seinem Haus niemand beleidigt wird — und das man auch zu einer Oma nicht Oma sagt!

Normalerweise vermehren sich auch Pförtner auf die hergebrachte Art.

In Rathäusern indessen muß es von dieser Spezies kleine Reservetruppen geben — oder es gibt so eine Art von Pförtnerischer Jungfernzeugung. Plötzlich ist die Halle voller inkompetenter Wichtigtuer, die angeblich alle etwas zu sagen haben.

Juliane hat sich gefaßt und ist ganz Dame. Vorsichtshalber hält sie zwar den Schirm mit der Krücke nach unten, um im entscheidenden Moment unerwartet präzise zuschlagen zu können, aber sonst ist sie die Contenance in Person.

Mehrere Männer jeglichen Alters reden auf sie ein. Der Bürgermeister hat schließlich Wichtigeres zu tun, als sich die Klagen einer schrulligen Alten anzuhören. Das

Wörtchen ›alt‹ überhört Juliane ab und zu — aber ›schrullig‹, das überhört sie nicht.
Ganz ruhig geht sie auf die Statue der Justitia zu, die das Rathausfoyer mehr füllt als ziert, und setzt sich zu der Göttin auf den Sockel. »Hier bleibe ich«, erklärt sie feierlich, »bis der Bürgermeister kommt — oder er mich zu sich bittet!« In einem langen Leben hat Juliane gelernt, daß man der Forderung den Kompromiß beimischen muß. So kann sowohl der Herausforderer als auch der Herausgeforderte sein Gesicht wahren.
Juliane ist sehr verblüfft über Juliane. Setzt sich das Wesen doch einfach hin und erwartet den Bürgermeister zwischen den steinernen Rockfalten der blinden Göttin.
»Hallo, Mädel!« zischt Juliane der Statue zu. »Riskier mal einen Blick, hier ist verdammt was los.« Die Göttin schweigt natürlich, aber das hindert Juliane nicht daran, sich ein wenig wie das berühmte Zünglein an der Waage zu fühlen.
Der Bezirksbürgermeister ist noch jung in seinem Amt und begrüßt insgeheim die Möglichkeit, sich wieder einmal bürgernah präsentieren zu können. Zum Schutz und als Zeugen hat er den persönlichen Referenten mitgebracht. Möglicherweise reicht es für eine Pressenotiz unter der Rubrik ›Leute heute‹.
Die Pförtner, Aufpasser und Aktenfahrer, die Zuschauer, Mitläufer und Krawallüsternen haben sich um Juliane versammelt.
So ein Schauspiel bietet sich nicht alle Tage, auch wenn die Bediensteten dieses Schauspiel äußerst abstoßend finden.
Man umgeht einen Pförtner nicht ungestraft. Erst recht keinen Pförtner in Uniform. Wer zu sprechen ist, bestimmt er. Der Betrieb würde zusammenbrechen, wenn die Zerberusse einfach jeden zu jedem lassen würden.
Bürgermeister von Courts — der dadurch berühmt wurde, daß er eine berühmte Plastik aus einem öffentli-

chen Park entfernen lassen wollte, weil sie seinem Weltbild nicht entsprach — kommt mit eben jenen Schritten den Gang herunter, die man als federnd und energiegeladen bezeichnet. Er trägt grauen Flanell wie die Macher aus Wirtschaft und Politik. Hemd, Krawatte und Socken passen sich dem Stil an — es ist im besten Sinn alles Jacke wie Hose.
»Mein Herr!« sagt Juliane, »würden Sie mir bitte helfen.« Juliane sagt zwar bitte — aber sie bittet nicht.
Der Bürgermeister reicht ihr seine Hand, graziös klettert Juliane vom Sockel.
»Juliane Winkler«, stellt sie sich vor und macht eine bedeutsame Pause.
»Henning von Courts«, murmelt der Bürgermeister und errötet wie ein Kind, das der Tante nicht das schöne Händchen gegeben hat.
»Was kann ich für Sie tun?« erkundigt sich Herr von Courts und schaut mit jenem intensiven Blick über die Brille, der sich schon auf den Wahlplakaten als Frauenstimmen fangend herausgestellt hatte.
»Dieser Herr«, sagt Juliane ruhig und deutlich, »dieser Herr hat zu mir Oma gesagt! Das ist aber nicht weiter wichtig, wenn man bedenkt, daß er nicht wußte, wer in diesem Haus für das Seniorenparlament zuständig ist. Er wollte mich abwimmeln — einfach abwimmeln! Können Sie das verstehen?«
Natürlich kann der Bürgermeister das verstehen. Natürlich muß er jetzt so tun, als würde er es nicht verstehen.
Vorerst sagt er nur zögernd: »Aber!« Große und kleine, bedeutende und unbedeutende Politiker sagen gerne: »Aber!« Das kleine Wort schafft genau die Pause, die man braucht, um an etwas zu denken, woran man bisher noch nie gedacht hatte.
Juliane geht auf den Bürgermeister zu. Sie ist ja nicht unversöhnlich, und ein wenig Angst vor dem eigenen Mut hat sie auch. »Die Idee mit dem Seniorenparla-

ment finde ich hervorragend, aber ich möchte so gerne etwas Genaueres wissen.«
Der persönliche Referent signalisiert dem Bürgermeister Zurückhaltung, er muß seinerseits zuerst herumtelefonieren, bis er den Referenten gefunden hat, der etwas über die ganze Geschichte weiß.
Bürgermeister von Courts breitet die Arme aus, als wolle er Juliane liebevoll umfassen, dazu sagt er mit dem Tremolo der Höflichkeit: »Verehrte gnädige Frau!«
Juliane fühlt sich wohl. Offensichtlich ein begabter junger Mann mit guten Manieren, der zu schönen Hoffnungen berechtigt. Juliane ist zufrieden. Ein Bürgermeister! Das ist entschieden mehr, als sie erhofft hatte. Allenfalls einen überbeschäftigten Stadtrat, schlimmstenfalls eine vergnatzte Tippse, die sich für eine Sekretärin hält — aber alles nicht. Der Juliane Winkler präsentiert sich der Bürgermeister, wenn auch nur Bezirksbürgermeister, und das ist weitaus mehr, als man erwarten darf, wenn man aus schierer Neugierde aufs Rathaus geht, um zu erfahren, was es mit dem Seniorenparlament auf sich hat.
Insgeheim preist sich Juliane wegen ihrer Neugierde. Nur wer den Deckel aufhebt, sieht, was im Topf ist.
»Moment mal«, sagt Juliane, »finden Sie nicht, daß *der* sich bei mir entschuldigen sollte?« Mit *der* meint sie den Pförtner, der Oma gesagt hatte. Der Juliane-Beleidiger schaut sich hilfesuchend um, aber ihm wird keine Hilfe, denn jetzt ist aus dem Zwischenfall so etwas wie eine Geschichte geworden, deren Folgen man noch nicht absehen kann.
Der gescholtene Pförtner geht auf Juliane zu. »Entschuldigen Sie!« sagt er.
Juliane sagt in die Stille hinein klar und unüberhörbar: »Nein.«
Der Bürgermeister meistert sein aufsteigendes Entsetzen vor dieser Frau ganz schnell, der Referent schaut

total verbiestert hinter seinem Chef hervor — und die Angestellten stehen starr herum.
Was ist das? Eine Entschuldigung, die nicht angenommen wird. Man sollte dieser eingebildeten alten Schnepfe Hausverbot geben. Jeder im Rathausflur denkt sich eine andere Strafe für Juliane aus.
Juliane geht lachend auf den Bürgermeister zu. »Man kann eben nicht immer alles entschuldigen — und wenn Sie genau hingehört haben — so wie der Mann da Entschuldigung gesagt hat, hätte er viel lieber wieder Oma gesagt!«
Der Bürgermeister ist da nicht ganz so sicher, aber er schließt sich Julianes Meinung schon deswegen an, weil er die unvorhergesehene Rathausversammlung so schnell wie möglich auflösen will.
Juliane wendet sich ihrem Beleidiger zu. »Machen Sie sich nichts daraus — Sie können mich vermutlich nicht leiden, und sonderlich sympathisch sind Sie mir auch nicht — also bleiben wir Feinde. Das ist doch wenigstens was!«
Der Pförtner könnte jetzt auf Juliane losgehen — aber er bleibt stehen, und seine Augen signalisieren: Wenn du mir noch mal über den Weg läufst!
Der Bürgermeister hat inzwischen seinen Referenten zum Stadtrat für Soziales gejagt — er muß über die Seniorenaktion informiert sein, bevor diese kämpferische alte Dame ihm ein Loch in den Bauch fragt.
Herr von Courts bittet Juliane in sein Amtszimmer.
Interessiert blickt sich Juliane um. »Nett haben Sie's hier!« Juliane setzt sich in einen der schweren Ledersessel und schaut den Bürgermeister an. »Nun«, sagt sie, »ich höre!«
Der Bürgermeister kann jetzt nicht zugeben, daß Juliane gerade bei ihm eine Informationslücke entdeckt hat. Herr von Courts legt seinen gebündelten Charme Juliane zu Füßen und paraphrasiert über ein Thema, das Juliane nicht interessiert: die Probleme eines Bür-

germeisters, der sich nicht um die Bürger kümmern kann, weil die Verwaltung ihn auffrißt.
Juliane aber kommt gleich auf den Punkt. »Was Sie mir da erzählen, das mag ja ganz interessant sein, aber mich interessiert eigentlich nur die Sache mit dem Seniorenparlament!«
Der Bürgermeister rettet sich in einen Hustenanfall, er schaut hilfesuchend zur Türe — aber der rettende Referent erscheint nicht.
Juliane steht aus dem Sessel auf, tippt dem Politmacher auf die Schulter und sagt recht kühl: »Mein Herr, Sie sind schlecht informiert!«
Herr von Courts hätte jetzt noch eine Chance bei Juliane — er müßte klipp und klar ja sagen. Das tut er leider nicht. Er will sich herausreden, aber damit fällt er bei Juliane hintenüber. »Sehen Sie, meine Dame, ich kann einfach nicht alles wissen, ich habe meinen Referenten und die Stadträte, die mir zuarbeiten — außerdem gestatte ich meinen Verwaltungen hin und wieder politisch kreative Alleingänge. Die Idee mit dem Seniorenparlament finde ich sehr gut, ich kann mir vorstellen, daß unsere alten und älteren Mitbürger . . .!«
Juliane verliert die Geduld. »Wenn Sie nichts wissen, dann tun Sie doch nicht so, als ob sie etwas wüßten — außerdem werde ich den Verdacht nicht los, daß es sich bei der Sache mit dem Seniorenparlament um ein Windei handelt. Ich kenne den Trick, mein Herr — ich habe jahrelang auf dem Rummel gearbeitet. Wenn man den Leuten lange genug etwas vorschwätzt, dann glauben sie es eines Tages auch! Und hier will wohl wieder mal jemand den Alten — Verzeihung, den Senioren — was zu kauen hinwerfen. Bis die alten Leute merken, daß nichts geschieht — haben sie aber immerhin gedacht, daß etwas geschieht!«
Bürgermeister von Courts ringt nach Worten. Wie kann man ihm und seiner Verwaltung unterstellen, ein Windei auszubrüten.

Juliane hat sich in ehrliche Wut geredet und räumt die Mördergrube auf. »Wenn euch jemand eine Lösung vorschlüge, wie man die Alten auf ehrenwerte Art und Weise los wird — ihr würdet ihm ganz genau zuhören! Alte Menschen sind lästig, sie schaffen es bei Grün nicht, die ganze Straße zu überqueren, sie gehen langsamer und halten die Schnelleren auf, sie vergessen leicht und erkundigen sich mehr als dreimal nach der gleichen Sache. Aber was sind wir? ›Unsere lieben Senioren‹ werden wir genannt — und wenn es nur ginge, würde man die ganze Sippschaft der Alten und Gebrechlichen abschaffen. Bedenken Sie nur, was da an Renten und Zuschüssen gespart würde! Ich habe es satt, daß man uns mit sanftem Druck in die Ecke schiebt. Dieses Seniorenparlament — das ist doch Augenwischerei, eine Beschäftigungstherapie, eine Art von Bürstenbinden für Typen, mit denen niemand mehr etwas anfangen will! Wer von den Alten hat denn noch soviel Stimme, daß man ihn in so einem Plapperparlament hören kann? Eröffnet lieber Parlamente für Kinder und junge Menschen, bringt ihnen bei, was Demokratie ist — aber laßt uns Alten das, was wir von Zeit zu Zeit so gerne haben: unsere Ruhe!«
Juliane, die den Regenschirm noch immer mit der Krücke nach unten hält, fuchtelt dem Bürgermeister damit vor der Nase herum. Durch einen dummen Zufall reißt sie ein Rauchservice vom Glastisch, es scheppert mächtig. Die Sekretärin kommt ins Zimmer und muß zu Recht annehmen, daß ihr Chef an eine Furie geraten ist, die ihm nach dem Leben trachtet. Nun erkundigt sie sich nicht nach den wahren Zusammenhängen, sie verläßt sich auf den An- und Augenschein, ruft um Hilfe und zugleich auch noch die Polizei. Juliane hält sich am Bürgermeisterschreibtisch fest und schnappt nach Luft. Herr von Courts öffnet sich den Hemdkragen ein wenig und tupft sich mit dem Taschentuch die Stirne ab, auf der sich kleine Schweißper-

len bilden — ein Hauch von Pino silvestre verbreitet sich im Raum.
Es ist genau die schöne Ruhe nach dem Sturm, in der man an Verstehen und Versöhnung denkt.
Juliane sagt zu Juliane, daß sie wohl ein wenig zu weit gegangen ist. Das wiederum will Juliane gleich dem Bürgermeister sagen — aber dazu kommt sie nicht mehr.
Drei Polizisten stürzen ins Zimmer.
»Da, da — die da!« schreit die Sekretärin, und bevor der Bürgermeister eine Erklärung abgeben kann, wird Juliane aus dem Raum gezerrt.
Juliane ist so verblüfft, daß sie sich nicht wehrt. Daran tut sie auch gut, denn Polizisten retten sich nach erfolglosen Einsätzen gerne in die Behauptung vom Widerstand gegen die Staatsgewalt, um eben diesen sinnlosen Einsatz zu rechtfertigen.
Im Eilschritt gehen die Beamten über den Flur und ziehen Juliane förmlich hinter sich her.
Natürlich strömen wieder die Neugierigen herbei, erste Gerüchte werden laut: eine Bombe im Zimmer des Bürgermeisters, rotes Spray soll den Anzug des Bezirksfürsten verdorben haben.
Einer der Beobachter stellt fest: »Alt ist schon schlimm — aber alt und Anarchistin, das ist zuviel!«
Juliane möchte etwas sagen, aber sie macht nur stumm den Mund auf und zu. Sie ist den Organen des Schutzes in die Hände gefallen. Und was die in Händen haben, das geben sie so schnell und ganz sicher nicht freiwillig wieder her.
Aber Juliane kann noch denken. Der Bürgermeister wird die ganze Sache aufklären! Aber Herr von Courts ist von Mitarbeitern und Journalisten umringt.
Juliane fühlt sich wie eine Verbrecherin. So ist das nun mal — im Handumdrehen steht man auf der anderen, der falschen Seite. Da werden dann kleine Augen sofort flink, aggressiv und listig. Falten um den Mund

verraten nicht gelebtes Leben und gelachtes Lachen, sondern Zynismus. Und weil man bei uns die Delinquenten nicht gerade zart anfaßt, ist die Kleidung ein wenig ramponiert! Daraus läßt sich vortrefflich eine Schlampe machen.

Juliane kennt das: Da sieht man eine alte Dame, die alle Welt nett und reizend, gepflegt und propper nennt. Wenn die alte Dame dann stirbt und die Wohnung ist nicht so sorgfältig aufgeräumt, wie man das von einer adretten und reizenden Dame erwarten kann — dann ist sie im eigenen Dreck verkommen. Es kommt eben immer und überall darauf an, auf welcher Seite man steht und mit was für Augen man hinschaut. Juliane steht gegenwärtig offensichtlich auf der falschen Seite — und je mehr sie auch hinschaut; an ihrer Situation findet sie nichts, was sie auch nur ein wenig belustigen könnte.

Die Polizei unterhält im Bezirksrathaus eine Dienststelle. Und natürlich gibt es auch einen Dienststellenleiter. Juliane sitzt vor ihm und ist so empört, daß sie vorerst kein Wort rausbringt. Der Dienststellenleiter macht sich darauf gleich seinen Reim: Die Person ist nicht nur renitent, sondern auch noch verstockt.

Der eifrige Diener des Staates will gerade das Ritual der Abfragungen beginnen, das man bei Behörden gemeinhin über sich ergehen lassen muß — da stürzen auch schon zwei Journalisten ins Zimmer und blenden Juliane mit einer Salve von Blitzlichtern.

Auch Herr von Courts erscheint — natürlich ist das alles ein Versehen. »Entschuldigen Sie bitte«, sagt er zu Juliane.

Und Juliane sagt zum zweitenmal an diesem Tag unüberhörbar: »Nein.«

14

Coppelia ist begeistert. Was er als Tänzer nie in seinem Leben geschafft hat — Juliane schafft es mit links und noch im Alter: die ist auf der Titelseite der Zeitung. Was heißt das schon — Juliane nimmt die Titelseite ein, ein empörtes Gesicht in der Nachfolge der Sorayas, Liz Taylors und gewöhnlicher Verbrecher, denen man gemeinhin die Titelblätter freihält.
Sieht Juliane auf dem Bild schon aus, als sei es nach dem dritten Polizistenmord aufgenommen worden — die balkendicken Buchstaben über dem Bild verraten der staunenden Leserschaft auch, mit wem sie es heute zu tun hat: Skandal-Oma! Da steht schlicht und stumm auf dem geduldigen Papier: ›Skandal-Oma‹.
Wenn Juliane jetzt nicht so hundsgemein wütend wäre, würde sie auf der Stelle losheulen. Vorerst aber muß Herr Coppelia um seine Tassen fürchten, die sie auf die Teller knallt, als müsse sie in Rekordzeit das Inventar der Pension vernichten.
Als sie vor einer Stunde die Schrippen holte und die Zeitung noch nicht gesehen hatte, war es ihr sehr peinlich gewesen, wie die Bäckersfrau und die frühen Kunden sie angestarrt hatten.
Juliane hat schnell die Kleidung inspiziert, aber da war kein Zeichen von Unordnung zwischen Hals und Fuß.
»Wo kann ich mich denn noch sehen lassen?« faucht Juliane. Mittelalterliche Henkersknechte würden postum noch erbleichen, wenn sie hören könnten, was Juliane sich für Martern und Prozeduren ausdenkt.
Sie will und muß sich wehren!
Aber da weiß Herr Coppelia wieder etwas besser: »Nichts ist so langweilig wie die Zeitung von gestern.«
Juliane braucht also nur bis morgen zu warten.
Juliane ist nicht nur empört — sie ist verletzt. Sie hat

viel erlebt im Leben: einen Mann, die Existenz und vieles andere verloren — aber ihre Würde noch nie. Und verloren wäre ja noch nicht einmal so schlimm, das kann jedem passieren. Die Würde wurde ihr genommen!
Auch wenn man sie ihr jetzt wieder aufpappen will wie eine Briefmarke.
Coppelia rät, wie immer, zu Mäßigung.
Aber Juliane will sich nicht mäßigen!
Coppelia rettet die Kaffeekanne vor dem Wurf auf den Steinfußboden.
Wie ein unerwartetes Donnerwetter wird Juliane an diesem Tag über alle hereinbrechen, die ihr das angetan haben. Diese Herrschaften können machen was sie wollen — aber gefälligst nicht mit Juliane Winkler.
Ingrimm und Wut, Enttäuschung und Rage sind schlechte Ratgeber.
Juliane marschiert mit der Kaffeekanne ins Frühstückszimmer, als fände hier die Generalprobe für die geplanten Exekutionen statt.

Nie hat Juliane gewußt, daß Blicke förmlich auf der Haut brennen können. Sie fühlt sich beobachtet und beäugt, von neugierigen Augen verfolgt. Verwirrt und verzweifelt sucht Juliane in einer Toreinfahrt Schutz.
Da kommt ein Schuljunge, baut sich vor ihr auf, betrachtet sie genau, um dann befriedigt festzustellen: »Du bist es!«
Juliane dreht sich um, der lästige Junge aber dreht sich mit. »Sie sind prima!« sagt er.
Das hat Juliane in diesem Zusammenhang noch niemand gesagt. Erstaunt schaut sie auf das Kind hinunter.
»Oma hat das gesagt!« erklärt der Junge. »Das ist mal ganz richtig, daß eine denen mal den Marsch bläst, hat sie gesagt. Sind Sie von den Bullen verprügelt worden?«

Und Juliane hört sich zu dem Jungen sagen: »Erstens sind das keine Bullen, sondern Polizisten, und geschlagen haben sie mich natürlich auch nicht!«
Der Junge ist sichtlich enttäuscht — ein wenig dramatischer hätte es nun doch zugehen können, wenn ausgerechnet er mal ein Titelbild auf zwei Beinen trifft.
Der Junge geht — und Juliane geht auch. Aber sie geht zurück zu Herrn Coppelia.
Ziemlich kleinlaut kommt sie in der Pension an, und Herr Coppelia genießt den Anblick einer verstörten Juliane, als hätte sich Königin Elisabeth in seine Leihherberge verirrt.
»Mein Gott«, jubelt er, »was ist nur passiert — du bist restlos verstört, zeigt mir den Menschen, der das geschafft hat, und ich werde ihn mit Blumen umkränzen!«
Coppelia kann sich nicht genug tun, bis Juliane ihn anblafft: »Halt's Maul!« Juliane geht zum kleinen Schränkchen mit den aufmunternden Getränken und nimmt sich einen großen Wodka, den sie wie ein Fuhrknecht über den Knorpel zischen läßt. Sie hält Coppelia die Flasche auch hin.
»Morgens nie!« zwitschert Coppelia in jenem hinreißend falschen Ton, den alle behalten, die auch nur einmal ein Theater durch den Künstlereingang betreten haben.
Juliane schaut aus dem Fenster auf die Straße, sie überlegt laut, und Coppelia hört zu.
»Da ist mir ein kleiner Junge über den Weg gelaufen. Erkannt hat er mich! Dabei seh ich auf dem Bild wie eine Mischung aus Kotelett und Feuermelder aus — und eben der Junge hat eine Oma, die findet das gut!«
»Was?« fragt Coppelia und stellt sich neben Juliane.
»Das alles!« antwortet Juliane und wendet sich dem Mann zu, von dem sie plötzlich genau weiß, daß sie in ihrem ganzen Leben keinen besseren Freund hatte als ihn. »Aber wenn es die Leute schon zufrieden macht,

nur weil einer mal auf den Putz haut, wenn sie sich freuen, daß einer mal was tut — auch wenn er es eigentlich nicht tun will!«

»Vielleicht ist es das — das Was-Tun! Wer kann denn noch was tun, wer traut sich, was zu tun? Ich meine, wenn man erst mal fünfundvierzig oder mehr Jahre Leben gestapelt hat. Junge Leute heben einen Stein auf und fürchten sich auch nicht, ihn zu werfen. Sie wehren sich gegen das, was ihnen nicht paßt! Und was tun wir? Was uns nicht paßt, das wird passend gemacht! Damit sind wir dann Mitglieder in der großen schrecklichen Familie der Angepaßten.«

Juliane schaut Coppelia an. »Ich habe immer gedacht — der Kerl denkt nicht, der lebt nur diagonal mit. Herr Coppelia, du steckst voller Überraschungen!«

Juliane gibt ihm einen Kuß auf die Nase.

Coppelia nimmt Juliane in die Arme und sagt ganz leise:

»Ach, du!«

Juliane genießt diese sonderbare Übereinstimmung mit einem Mann, den sie nur zeitweilig ernst genommen hat. Coppelia braucht ab und zu einen Restaurator, einen, der die falschen Schnörkel, die grellen Farben und den falschen Marmor verschwinden läßt, um eine grundsolide ehrliche Wand zu zeigen, gegen die man sich lehnen kann — ohne umzufallen.

Juliane will zur Tagesordnung übergehen. Aber da sind zwei Menschen in der Stadt, die das verhindern werden. Da ist Fanny Holt, die bei einer Frauenzeitschrift arbeitet und unbedingt ein Interview mit dieser sonderbaren Frau machen will. Und da ist Benni, der Juliane noch am gleichen Tag besuchen will, da er den Bericht mit äußerstem Wohlbehagen gelesen hat. Das ist eine Frau — verkantet dem Bürgermeister das Image, läßt die Polizei mit dem Kopf gegen die Pumpe laufen. Juliane ist eine Winkelried-Natur, sie kniet sich hin, breitet die Arme aus und bittet um die Pfeile. Wenn es dieses Weibsexemplar in jung oder wenigstens jünger geben würde — Johanna und Vevi würden zu einer prächtigen Hochzeit eingeladen!

Fanny Holt hat Julianes Adresse über eine Freundin herausgefunden, die bei der Konkurrenz arbeitet.
Fanny ruft bei Coppelia an und will mit Juliane einen Treff ausmachen. Coppelia managt das sehr souverän. Ohne Juliane groß zu fragen, verabredet er mit Fanny Holt ein Date im ›Altwasser‹.
Juliane ist zunächst mal wieder fuchtig, weil der Kerl über ihren Kopf hinweg entschieden hat. Aber dann sagte sie sich: Warum nicht? Diese beiden Worte flüstert, brüllt, lacht, schmeichelt und weint sich Juliane schon ein ganzes Leben zu — eine Art von Initialzündung, die nie versagt hat.
Das ›Altwasser‹ sollte eigentlich ›Kaltwasser‹ heißen. Aber bei der Montage der Buchstaben verunglückte das ›K‹ — und so blieb es bei ›Altwasser‹. Eine Kneipe wie ein Wohnzimmer bei Nachbars! Man kommt herein und findet es gemütlich. Die Leute sind freundlich und nehmen es nicht übel, wenn man sich zu ihnen an den Tisch setzt. Nur Schweiger sind nicht sonderlich beliebt, im ›Altwasser‹ will man quatschen und reden — über alles von Atom bis Zionismus.
Juliane hat Coppelia mitgenommen. Beide haben das sonderbare Gefühl, Irrläufer zu sein, Geisterfahrer in der falschen Tresenrichtung.
»Mein Gott!« zischt Coppelia und bereitet den Rückzug vor. Dabei weist er auf eine Frau, die sich ihnen nähert.
Es ist in der Tat jene Fanny Holt, mit der Juliane verabredet ist. Um Fanny schlabbert und schlunzt ein Kleid, das nur eine Mühe kennt: zu verstecken, daß darin eine Frau steckt. Aus der oberen Öffnung drängen sich Kopf und Gesicht. Kein Make-up, aber ein ungeheuer sinnlicher Mund. Die blonden Haare haben Ähnlich-

keit mit Schnittlauch. Das alles aber vergißt man sofort, wenn man die Augen der Fanny Holt betrachtet. Die dunklen Gucker signalisieren Witz, Herzlichkeit, Klugheit und eben jene Neugier, die den Augen so gut bekommt, im Gegensatz zu den menschlichen Gucklöchern, die sehen und doch nicht sehen.

»Ich bin Fanny Holt, Sie müssen Juliane Winkler sein. Und wer ist das?« fragt sie etwas atemlos und zeigt auf Coppelia.

»Das«, sagt Juliane lachend, »weiß ich nie ganz genau — mal ist er Aufpasser, dann Antreiber, hin und wieder Beichtvater, Kumpel, elender Zickendraht oder Maître de plaisir — auf jeden Fall aber mein Freund!«

Für Frauen wie Fanny sind derlei Dinge begreifbarer und selbstverständlicher, denn sie denken nicht in festgezurrten Kategorien und pappigen Klischees.

Juliane und Coppelia setzen sich zu Fanny.

Also Fanny hat Pläne. Junge Frauen lassen sich heute leicht motivieren, wenn es darum geht, überkommenes Verhalten neu zu überdenken. »Aber die Alten«, sagt Fanny, »oder auch schon die Älteren, die gefallen sich als die schweigende Mehrheit! Manchmal hab ich den Verdacht, daß die Männer uns besser verstehen als die eigenen Geschlechtsgenossinnen. Also . . .«, Fanny redet sich in Eifer, »also hab ich gedacht — mit Ihrer Hilfe aktivieren wir auch noch die, denen der nötige Durchblick fehlt, die emanzipationsmäßig noch nichts drauf haben! Wenn erst mal eine da ist, wenn man eine Frau vorzeigen kann, dann kommen die anderen auch!«

Juliane will wissen: »Was wollen Sie denn mit denen?«

Juliane kann noch richtig Fragen stellen, sie ist neugierig ohne jenen überheblich-rüden Ton von Besserwisserei, die die Antwort schon während der Frage in Frage stellt.

»Es gibt noch viel zuviel Frauen«, sagt Fanny Holt ganz ruhig, »die sich ausnutzen lassen, die alles tun, nur weil

man es tut — und dadurch in eine Rolle geschlüpft sind, in der sie sich selber nicht wohl fühlen!«
Coppelia nickt zustimmend. Das mit den Rollen, in denen man sich nicht wohl fühlt, ist für ihn keine Neuigkeit.
Für Juliane eigentlich auch nicht, aber sie gibt zu bedenken: »Warum gebt ihr euch nicht zufrieden mit dem, was ihr habt — nach euch kommen noch viele Frauen, die Hilfe brauchen. Dreht euch mal um und wendet euch an die, die allmählich erwachsen werden! Das ist doch eure Kundschaft! Wir alten Weiber bringen doch nichts. Außerdem: Es soll Sklaven in Amerika gegeben haben, die todunglücklich waren, als sie keine Sklaven mehr sein sollten.«
Fanny möchte jetzt zu einer größeren Rede ansetzen, aber Juliane unterbricht sie freundlich: »Eigentlich möchte ich auch gerne etwas trinken!«
Fanny lacht und winkt den kleinen Kellner herbei, der so aussieht, als würde er zwischen Cola-Schleppen und Zwiebelsuppe-Verteilen kleine lyrische Gedichte schreiben.
Juliane ist freundlich gestimmt. Es gibt im Leben so Tage, da stellt man sich vor den Spiegel und sagt hochentzückt: Jawohl — das bist du! Man genießt den Einklang mit sich selber — und alle, die einem an solch einem Glückstag begegnen, bekommen ein Stückchen Selbstvertrauen zugeworfen, um damit die eigene Persönlichkeit zu untermauern.
»Ihr habt es gut!« meint Juliane. »Wenn ihr auch noch nicht viel erreicht habt — aber man hört euch wenigstens zu. Und wenn wer über euch lacht, dann doch wohl nur, weil er verbergen will, wie sehr er betroffen ist. Aber mich laßt da bitte aus dem Spiel. Ich bin keine spätemanzipierte Renommier-Oma — und auch nicht der Speck, mit dem man Mäuse fängt! Nein, liebe Fanny Holt, ich kann es nicht ertragen, wenn andere Menschen in meinem Alter etwas tun würden — nur

weil ich es tue! Ein Vorschlag: Ändert doch die Welt, in der wir leben müssen, dann ändern sich die Frauen auch. Die Jungen — wie die Alten.«
Juliane stürzt sich nach dieser Rede auf das Bier, das der Tresenlyriker inzwischen gebracht hat.
Fanny Holt hat zugehört und ist offensichtlich unzufrieden.
»Wenn nun alle so denken würden?«
Das kümmert Juliane nicht. »Ich denke so, und für mich nehme ich in Anspruch, zu denken, was ich will! Das ist eine der letzten und wirklichen Freiheiten. Eines Tages kann ich nicht mehr gehen, wie ich will, nicht mehr essen, was ich will — vermutlich nicht mehr leben, wie ich will. Aber ich bitte zu Gott, daß er mich dann wenigstens noch denken läßt!«
Coppelia hält sich zurück.
Fanny Holt ist eine von den Frauen, mit denen das Leben weitergeht. Eine wie Fanny bewegt — und das ist angesichts der Legion von Sturen und Starren eine hinreißende menschliche Eigenschaft.
Fanny kann verlieren. »So habe ich das nicht gesehen! Glauben Sie mir, Juliane — wir sind manchmal auch betriebsblind, da sieht alles so maßlos verlockend aus, aber es ist eben nicht mehr als ein Fliegenpilz unter Morcheln.«
»Auf die Morcheln!« sagt Juliane und trinkt Fanny Holt zu. Sie lehnt sich ein wenig im Sessel zurück und schließt die Augen.
Fanny begrüßt einen Freund, Coppelia betrachtet die alten Bilder an der Wand.
Niemand bemerkt, daß Juliane die Augen ein wenig zu lange geschlossen hält.
Coppelia zuckt zusammen, als Juliane ihn schwach anrührt. »Herr Coppelia, ich hab grüne, rote und gelbe Ringe vor meinen Augen tanzen sehen — und dabei hatte ich das Gefühl, ich falle in ein tiefes violettes Loch. Was ist das?«

Coppelia beugt sich zu Juliane. »Ein Zeichen zum Aufbruch!«
Juliane verabschiedet sich von Fanny Holt. Juliane kann sich zusammenreißen, nur Coppelia spürt, wie unsicher Juliane ist, wie unwohl sie sich fühlt.
Im Taxi sagt Juliane: »Gott sei Dank — ich dachte, ich fall um!«

Die Pension ist über das Wochenende immer leer. Die Gäste kommen am Sonntagabend und bleiben bis Freitag.
Daher sitzen Juliane und Coppelia zusammen im Frühstückszimmer, das Coppelia wie ein Wohnzimmer hergerichtet hat. Vor Juliane steht ein Glas Rotwein mit Ei.
»Warum«, erkundigt sich Juliane, »mußt du zwei so schöne Dinge wie ein Ei und einen roten Wein zu diesem Pamps vermischen?«
»Das hat meine Mutter auch schon gemacht«, erinnert sich Coppelia.
»Ja, ja!« grinst Juliane. »Was die Mütter so alles anrichten!«
Aber sie trinkt trotzdem.
Bevor sie zu Bett geht, meint Juliane noch: »Es war wohl alles etwas zuviel in der letzten Zeit!«
»Okay«, sagt Coppelia, »ab morgen dann eben halblang!«

15

So hat sich Juliane Winkler das gedacht! Zuerst bringt sie das Karussell in Schwung, dann will sie abspringen. Da sei Benni vor.

Eben jener Benedikt Lahrmann, den Juliane kennenlernte, als er mit den Bierbrauern und sie in eigener Sache unterwegs waren.

Benni steht mit einem Strauß vor der Tür, der den ganzen Sommer umfaßt.

Coppelia sieht zunächst nur Blumen — dann erst ein Gesicht. Coppelia will dem Boten schon ein Trinkgeld in die Hand drücken, da klärt Benni das kleine Mißverständnis auf: »Ohne mich kann man die Blumen leider nicht bei Frau Juliane Winkler abgeben!« Benni lacht ein wenig unverschämt und schiebt sich in die Diele.

»Der Benni!« sagt Coppelia ganz langsam.

Den Unterton des Mißfallens überhört Benni. Hauptsache, ihm gefällt das, was er gerade tut.

Juliane kommt aus ihrem Zimmer und weiß vor Freude nicht, was sie zuerst nehmen soll — den Strauß oder Benni. Sie entscheidet sich für beides. Dadurch werden ein paar Feuerlilien geknickt, aber die alte Herzlichkeit geht wenigstens nicht zu Bruch.

Wenn das Treffen zwischen Juliane und Benni zu einem Erfolg werden soll, dann müssen Juliane und Benni schleunigst verschwinden, denn in einem sind der Herrgott und Coppelia sich einig: sie dulden keine fremden Götter neben sich.

»Ist auch besser!« sagt Coppelia, als Juliane ihm mitteilt, daß sie mit Benni irgendwohin gehen wird. Leicht gehässig zischt er ihr noch ins Ohr: »Und laß dich nicht von dem Trunkenbold verführen — wir können keine neuen Laster gebrauchen!«

Auf der Straße überlegen Juliane und Benni, wo sie

denn wohl hingehen könnten. Das Wetter ist nicht so einladend, daß man draußen bleiben könnte, Benni zieht nichts in ein Caféhaus, und Juliane mag am frühen Morgen noch keine Kneipen.
Während sie noch überlegen, spürt Juliane etwas ganz sonderbar Schmerzendes, etwas, das einem den Atem verschlagen kann — eine sonderbare Art von Heimatlosigkeit.
Juliane weiß, was sie stört — sie lebt dazwischen. Sie hat sich zwischen den Stühlen eingerichtet. Bei Coppelia ist sie Gast — da ist weit und breit keine eigene Tür, die man hinter sich schließen kann, ohne irgendwem zu begründen, warum man gerade jetzt allein sein möchte.
Benni hat eine verrückte Idee. Er sagt nur: »Komm« und winkt ein Taxi herbei. Zum Fahrer sagt er: »Palace bitte!«
Und Juliane sagt: »Benni, du bist verrückt!«
Bennis Plan ist in der Tat verrückt und näher betrachtet sogar idiotisch. Am Vormittag ist auch das palastigste Palasthotel nichts weiter als eine Bahnhofsdependance oder eine vorverlegte Abflughalle.
Und erst die Bar. Bei Tageslicht hat sie Ähnlichkeit mit einer unaufgeräumten Apotheke. Auf dem Glas liegt kein Glanz, ohne das Klirren der Gläser und das beruhigende Zelt der Musik ist die Milchbar am Busbahnhof erheblich attraktiver, weil da wenigstens Menschen sind.
Benni und Juliane schauen sich an. Hier sind sie nie gewesen, das kann unmöglich der Ort sein, an dem sie sich kennengelernt haben.
Juliane weiß, daß es richtig ist, wenn man den Erinnerungen mißtraut. Nichts auf dieser Welt läßt sich auch nur annähernd so schön nachholen wie das, was man einmal erlebt hat.
»Ist wohl nichts!« knurrt Benni und denkt ganz schnell hinter einer neuen Lösung her. Juliane weiß, daß sie

jetzt nicht von Pontius zu Pilatus rennen können, nur um ein Plätzchen zu finden, an dem man ungestört quatschen kann.
Sie geht zur Rezeption und trägt ihr Problem vor. Da wäre zum Beispiel der Dachgarten sehr empfehlenswert.
Also gehen Benni und Juliane auf den Dachgarten. Ein Ort, wie geschaffen für ein wichtiges Gespräch unter Freunden: ringsum Menschen, die mit sich selbst beschäftigt sind, und rundum Großstadt wie ein klippenreiches Meer im Dunst. Sonnenschirme und Hollywoodschaukeln erhalten die Illusion des derzeit fehlenden Sommers.
Juliane schaut zum Himmel und weiß genau: »Das wird heute noch schön!«
Benni will wissen, woher Juliane das weiß.
»Wenn bis zwölf Uhr soviel blauer Himmel zu sehen ist, daß man eine Hose daraus nähen könnte — dann wird es schön!«
»Und woher willst du wissen, ob das Stück ausreicht?« fragt Benni.
»Da hab ich einen Blick für!« sagt Juliane und wendet sich dem Studium der Morgenkarte zu. Juliane ist nach einem Piccolo mit Orangensaft.
Benni bestellt Mineralwasser. Er wendet sich an Juliane und flüstert ihr ins Ohr: »Ich bin nämlich Alkoholiker!« Ohne ihn eines Blickes zu würdigen, flüstert Juliane zurück: »Bist du endlich dahintergekommen?«
»Damit läßt sich's leben«, erklärt Benni, »wie mit Gicht oder Plattfüßen!«
Noch bevor der Ober die Bestellung aufnehmen kann, sprudelt es aus Benni heraus: Seinen Job als Wirtschaftsingenieur hat er aufgegeben — er will etwas ganz Neues anfangen, aber diesmal zugleich auch etwas Richtiges. Johanna gibt es noch immer und Vevi auch.
»Aber die kennst du ja«, grient Benni und greift miß-

mutig nach seinem Glas. »Das«, sagt er zu Juliane, »ist eben der Unterschied — mein Wasser sprudelt, und dein Sekt perlt!«

Juliane mischt die Getränke und schweigt. Sie muß schweigen, denn wenn sie redet, hat Benni hinterher vor sich selbst die Ausrede, daß er einfach nicht zu Wort gekommen ist.

Benni hält bei sich selber Hausputz und läßt keine Ecke aus. Er hat sich zu schnell und zu früh arrangiert. Gedankenlos hat er sich in den mörderischen Volkslauf nach Karriere und Erfolg eingereiht.

Jetzt ist er an einem sogenannten Ziel — aber er fühlt sich wie jemand, der nach Hamburg wollte, doch nun in Bremen auf dem Bahnsteig steht.

»Und das mit Johanna«, gibt Benni zögernd zu, »ist wohl auch nicht mehr ganz das Wahre. Weißt du, wir tun nur noch so. Aus Bequemlichkeit — man ist nicht allein, man hat ein Mindestmaß an Versorgung, und es ist immer noch besser, mit jemandem zusammenzusitzen, der schweigt, als einsame Selbstgespräche zu führen.«

Benni kippt sein Wasser mit der Endgültigkeit der Geste, die da sagt: Es ist alles gesagt! Benni schaut Juliane erwartungsvoll an.

Aber Juliane will weder Erwartungen wecken noch verstärken. Sie möchte Benni auch nicht enttäuschen. Juliane ist müde, innerlich müde. Die roten, gelben und grünen Kreise haben zwar nicht mehr vor ihren geschlossenen Augen getanzt — aber die Kräfte laufen davon. Tiere, denkt Juliane, haben einen besonderen Instinkt — sie laufen fort, wenn eine Gefahr droht! Vielleicht ist das auch mit den Kräften so — sie wollen einfach nicht mit dem Körper alt werden.

»Warum sagst du nichts?« schleicht sich Benni in das Schweigen zwischen ihnen.

»Weil ich nichts sagen will!« sagt Juliane und schaut Benni geradeheraus an. Nun soll einer mal was sagen.

Benni weiß, wann er schweigen muß. Schließlich erlöst Juliane ihn: »Ich bin keine Briefkastentante, Benni. Ab und zu kann man zwar einem Menschen helfen — aber wer hilft mir? Alle wollen Rat oder Hilfe. Vielleicht weil sie denken, daß man in meinem Alter mehr weiß, mehr Übersicht hat! Aber das täuscht, Benni — das täuscht ungeheuer. Niemand ist weise, weil er alt ist! Es sieht nur so aus, weil man gelernt hat, seine Erfahrungen besser auszuwerten! Selbst wenn ich jetzt wüßte, was du tun solltest — ich würde es dir nicht sagen! Das wär nämlich schon eine der Erfahrungen weniger, die du später mal ausknautschen kannst.«
»Mann!« sagt Benni zu der alten Frau. »Typisch Juliane — tut fast nichts und schafft einen trotzdem!«
Juliane lacht ein wenig. In diesem Augenblick hat sie Sehnsucht nach einem Gelächter, nach einem unbändigen Gelächter, einem, das einen von Grund auf erschüttert. Derlei Gelächter hat besondere Anlässe — und vermutlich wird das Gelächter mit den fehlenden Anlässen seltener.
»Benni«, hört Juliane sich reichlich wider ihren Willen sagen, »Benni, ich möchte etwas vollkommen Verrücktes tun.«
»Etwas vollkommen Verrücktes«, klärt Benni sie auf, »gibt es nicht, denn wenn etwas vollkommen ist, dann ist es vollkommen — auch das Verrückte!«
»Also was halbwegs Verrücktes«, wirft Juliane ein.
Benni will sehen, was sich machen läßt. Vorher aber muß Juliane noch zahlen, denn Benni ist total pleite.
Als sie auf der Straße vor dem Hotel stehen, sagt Juliane: »Sprich mich mal an!«
Benni versteht nicht.
Juliane wird deutlicher: »Mach mich mal an — so heißt das doch heute? —, erzähl mir irgendeinen Blödsinn — mach dich an mich heran!«
Benni hat begriffen. Benni gehört zu den glücklichen Naturen, die alles tun und sich nichts verbieten, bis sie

genau wissen, daß das, was sie gerade tun, verboten ist.

»Schönes Wetter heute!«

»O Gott«, stöhnt Juliane in komischer Verzweiflung, »fällt den Kerlen denn immer noch nichts Besseres ein?«

Benni nimmt einen erneuten Anlauf: »Mann — sind Sie Klasse!«

»Schon besser!« lobt Juliane. »Nur weiter! Feuriger, einfallsreicher — irgendwie sensationeller!«

Benni möchte das Spiel gerne abbrechen, denn Juliane spricht und lamentiert so laut, daß die Leute auf dem Bürgersteig sich schon umdrehen. Vereinzelte bleiben sogar stehen. Benni gibt sich einen erheblichen Stoß und taucht ein in den Spaß mit Juliane. »Sagen Sie mir Ihren Namen, und ich werde ihn Tag und Nacht flüstern — lassen Sie mich wissen, wo Sie wohnen, und ich werde vor Ihrem Haus warten, bis nur ein winziger Blick mich streift!« Benni hat das Schwungrad der Alberei angeworfen. »Madame, Sie sind Helena und Gretchen, etwas Bovary und eine Prise Justine!«

Plötzlich sagt Juliane ganz laut: »Sie sind ein Ferkel, junger Mann!«

Die lieben Mitmenschen, die nicht alles verstehen konnten, denen aber wohl klar war, daß da etwas passierte, was eigentlich nicht passieren sollte, sind zum Eingreifen bereit.

Juliane setzt einen hilfesuchenden Blick auf — und schon hat Benni auf dem Bürgersteig eine Menge Feinde. Und Benni ist ein idealer Feind! Keiner kennt ihn, er läßt sich willenlos mit Vorurteilen überhäufen, und alle Schandtaten sind im zuzutrauen. Als erstes ertönt natürlich der Ruf nach der Polizei, ältere Herren sagen etwas von Arbeitsdienst, und einige wittern in Benni auch den Strolch — genauer: den Sittenstrolch. Eben diese Spezies Mann wird angeblich verachtet und verurteilt, aber es gibt nur wenige Frauen, die unum-

wunden zugeben, daß Männer mit einem Hauch von Strolch nur halb so langweilig wie die Seriösen und doppelt so amüsant wie die Ehrenwerten sind.
Für Benni wird die Situation brenzlig. Da geht Juliane auf ihn zu und gibt ihm einen Kuß, gegen den der filmhistorische Dauerbrenner zwischen Ingrid Bergman und Cary Grant nur ein Tischfeuerwerk ist.
Niemand sieht, daß Juliane ihren rechten Daumen vor ihre und Bennis Lippen gelegt hat. Ein alter Theatertrick, um eine Schauspielsaison ohne Schnupfen oder andere Wehwehchen zu überstehen.
Da quellen Augen aus den Köpfen — Münder erstarren in zahnbleckender Offenheit — Hände greifen nach etwas, was es nicht gibt! Kurz, alle Zeichen der Empörung sind erkennbar.
Und jetzt kippt die Stimmung um. Juliane wird zur öffentlichen Sünderin. »Nein, so was!«
»Die sollte sich schämen — in dem Alter!«
»Würdelos!«
»Empörend!«
»Schandbar!«
Juliane vernimmt die Urteile und entläßt Benni aus dem Kußclinch.
»Ach bitte, meine Damen und Herren«, sagt Juliane, »schauen Sie sich doch nur mal das Pärchen da drüben an!«
Alle betrachten den Jungen und das Mädchen. Zwischen den beiden knistert es mächtig, rundherum ist die Welt mit mehr aufgeladen als dem Wunsch nach einem Kuß.
»Wenn die sich jetzt küssen würden? Na, was würden Sie sagen? Jugend! Ich mag diesen jungen Mann sehr. Warum soll ich ihm da nicht einen Kuß geben, wenn er sich von mir einen geben läßt! Das hat mit dem Alter nichts zu tun! Wer hat denn den Unsinn in die Welt gesetzt, daß Liebe und Zuneigung im Alter einfach nicht mehr stattzufinden haben?«

Juliane lacht fröhlich und hängt sich bei Benni ein. »War das verrückt genug?« will sie wissen.
Benni nickt. »Bestimmt — mein Bedarf an Verrücktheiten ist auf Wochen hinaus gedeckt!«
»Und dabei«, schmunzelt Juliane, »war das doch nur eine kleine Verrücktheit!«
Benni bittet lachend: »Dann bewahre mich vor den großen!«
»Hast du ein Glück«, sagt Juliane. »Die ganz großen Dummheiten habe ich nämlich schon hinter mir.«
Juliane möchte diesen Morgen mit Benni einfach über den Mittag hinaus verlängern, vielleicht das Glück dieses Tages noch ein wenig in den Nachmittag hineinschummeln, um dann dem Abend noch ein paar Viertelstunden mit Benni abzuknapsen.
Benni ist unruhig. Auch er ist gerne mit Juliane zusammen. Aber er hat um vierzehn Uhr einen Termin, eine Marketingfirma — beziehungsweise deren Boß — hat Benni zur Besichtigung gebeten.
Juliane spürt die Unruhe natürlich auch. »Was ist los?«
Benni druckst rum.
Juliane sagt ganz ruhig: »Ach, ich weiß — junge Menschen planen anders — du hast was vor! Entschuldige, Benni, ich dummes Huhn hab gedacht, daß wir einen ganzen Tag für uns haben!«
Benni nimmt Juliane behutsam in den Arm. »Das geht leider nicht. Du nimmst dir ein Taxi und fährst in die Pension zurück. Ich melde mich bestimmt wieder!«
Juliane weiß nicht, was sie überkommt — und sie will jetzt auch einfach, das sie etwas überkommt. Juliane verliert die Fassung, sie weint und schlägt gleichzeitig mit den Fäusten gegen Bennis Brust. »Abschieben willst du mich! Einfach abschieben. Wo soll ich denn hin? Auf den Friedhof kann ich gehen, mich zwischen die Gräber hocken und warten, bis meins ausgehoben wird! Die Tage sind so lang, daß man sich darin verlau-

fen kann. Die Nächte sind so endlos, daß man schon glaubt, die Sonne kommt nicht mehr wieder. Und dann die Angst, Benni — die Angst vor der Hilflosigkeit, und am schlimmsten ist die Angst vor der Angst! Wo gehör ich denn wirklich hin?«

Wie immer, wenn mitten im Leben etwas Wichtiges und Wesentliches passiert, bemerkt es kein Mensch. Alle gehen schnell und zügig an Benni und Juliane vorbei.

Benni sagt nur: »Komm!«

Und Juliane geht mit ihm.

16

Das Haus in der Bogotastraße ist groß genug. Johanna hat nichts gegen Juliane, und Vevi freut sich sogar. Aber alles nicht ohne Eigennutz. Johanna sieht in Juliane die Hilfe, auf die man in Massen rechnen kann. Vevi verspricht sich eine Menge Abwechslung für die einsamen Tage, und Benni schätzt sich glücklich, Juliane als Prellbock für die verrosteten Schienen zwischen sich und Johanna gesetzt zu haben. Unter diesen Umständen sollte Juliane keine Stunde länger bei Benni und Johanna bleiben! Aber Juliane wäre nicht Juliane, wenn sie nicht zunächst einmal das Neuland unter ihren Füßen beackern würde.

Juliane macht sich nützlich. Nach besten Kräften und nach bestem Willen. Aber wenn der Wille mehr erreichen will, als die Kräfte zulassen, dann birgt diese Situation Konflikte von erheblichem Ausmaß.

Benni bekommt die Stelle nicht. Daher gammelt er rum und läßt die Luft restlos aus dem Ballon seines Ehrgeizes.

Johanna ist die vorläufige Siegerin. Juliane schafft die Küche und die Betten. Abends wird für den nächsten Tag vorgekocht.

Für Vevi ist Juliane Großmutter, Nachhilfelehrerin, Spielpartner und Punchingball schnell wechselnder Mädchenlaunen.

Juliane macht das Neue, wie sie in ihrem Leben bisher alles gemacht hat: gründlich.

Juliane fühlt sich wohl, weil sie gefordert wird. Sie ist hier nicht die Oma, der man vorgaukelt, daß es ohne sie nicht klappt — hier in dieser fröhlichen Chaotenburg ist man ohne Juliane restlos aufgeschmissen.

Trotzdem vermißt Juliane etwas. Sie denkt darüber nach — und plötzlich weiß sie, was ihr fehlt: Freunde!

Johanna und Benni sind auch ihre Freunde, aber auf eine andere Art. Die beiden sind lieb, aber manchmal auch gönnerhaft. Juliane braucht Menschen, die völlig nutzlos nichts weiter sind als ein Freund.
Juliane denkt sogar einmal an Günter Sillmann, an diesen liebenswerten Mann mit dem Frischluft-Tick und dem Ordnungsfimmel. Wenn man nicht gerade eine Nacht mit ihm verbringen wollte, dann war er — davon eben abgesehen — ein erfreulicher Zeit- und Lebensgenosse.

Juliane will die alte Beziehung ganz vorsichtig wieder ankochen.
Sillmann ist auch erfreut, als er Julianes Stimme am Telefon hört. Aber er möchte doch lieber nicht. Man soll Gewesenes tunlichst nicht wieder aufrühren.
Juliane versichert, daß sie weder etwas aufrühren noch etwas anrühren will — sie stellt es sich einfach nur schön vor, wenn man sich ab und zu einmal sieht, etwas miteinander unternimmt. »Ich bin jetzt viel bei meiner Tochter«, sagt Sillmann entschuldigend — aber das heißt auch soviel wie: Häng ein und gib Ruhe!
So läßt sich Juliane nicht abhängen. Gewohnt, den Dingen auf den Grund zu gehen, fährt sie zu Sillmann. Wenn er sie nicht mehr sehen will, dann soll er ihr das gefälligst von Angesicht zu Angesicht sagen.
Juliane muß oft klingeln. Sie will schon enttäuscht gehen. Da öffnet sich die Tür einen Spalt.
»Wer ist denn da?« fragt Sillmann.
Erfreut dreht Juliane sich auf dem Treppenabsatz um und geht auf Sillmann zu. Aber das ist nicht der Sillmann, den sie kannte, das ist überhaupt nicht Sillmann. Aber auf der Klingel steht Sillmann.
»Komm rein, wenn du nun mal da bist!« sagt Sillmann und geht vor ins Wohnzimmer. Er geht nicht, er schleicht und zieht das rechte Bein nach. Er dreht sich zu Juliane um und bietet einen Stuhl an.

Juliane muß sich zusammenreißen, um nicht aufzuschreien. Die rechte Gesichtshälfte ist gelähmt!
»Schlaganfall«, sagt Sillmann, »der Arzt meint, das wird wieder.«
Jetzt weiß Juliane, warum Sillmann sie abwimmeln wollte. Sie setzt sich zu ihm und versucht krampfhaft, den Blick auf die linke Gesichtshälfte zu konzentrieren.
Sillmann hat sich in seinen Sessel gesetzt. Er hat jetzt erhebliche Schwierigkeiten mit dem Sprechen. Wie entschuldigend hält er die Hand vor den Mund.
Aber da ist auch etwas in den Augen. Der Blick greift nicht mehr, er taumelt gegen Gesichter und Gegenstände wie ein Falter, der sich dem Licht opfern will.
Auch die Hände bewegen sich seltsam unkontrolliert. Sillmann sieht, daß Juliane das sieht. Er legt die Hände in den Schoß und hält sie krampfhaft fest. »Ruth hat aus Sydney geschrieben. Sie kommen mich morgen am Flughafen abholen. Sie haben ein ganzes Zimmer für mich hergerichtet. Ruths Mann ist ein hohes Tier bei einem Hotelkonzern, die können sich eine Menge leisten. Aber den Flug bezahle ich selber. Es soll in Australien einen roten Berg geben. Der ist verrostet, weil er aus Eisen ist! Ein Berg aus Eisen, kannst du dir das vorstellen?«
Juliane kann sich das nicht vorstellen. Sie sieht auch fast nichts mehr, denn ihre Augen haben sich mit Tränen gefüllt. Sie steht auf, streichelt Günter Sillmann über die Stirn und flüstert ihm zu: »Schreib mir eine Karte, wenn du in Australien bist. Ich freue mich ja so für dich — vergiß den Eisenberg nicht! Leb wohl, mein Lieber. Gute Reise!«
Sillmann hat den Kopf zurückgelegt und die Augen geschlossen. Jetzt ist er in Australien! denkt Juliane und wischt sich die Tränen aus den Augen, denn sie muß ja schließlich die Türklinke wiederfinden.

Juliane ist in einer ganz sonderbaren Stimmung. Sie ist so angenehm traurig, sie gestattet sich eine sanfte Wehleidigkeit und hüllt sich in Resignation.
Sie fährt zum Waldfriedhof. Juliane haßt Friedhöfe, und sie kann die Frauen nicht verstehen, die Tag für Tag hingehen. Frauen, die Gräber pflegen, an denen nichts zu pflegen ist, weil es ihnen in jahrelangem Kampf gelungen ist, das Unkraut zu verjagen. Frauen, die Umfassungssteine mit der Wurzelbürste säubern, als gäbe der liebe Verblichene eine Gartenparty und die Gäste sollten nicht schmutzig werden, wenn sie sich mal eine Weile hinsetzen.
Juliane vermutet sogar, daß es Gräber gibt, die bis auf die Sohle voll Wasser gelaufen sind, denn nichts tun die Witwengeschwader lieber als Blumen auf Gräbern zu gießen. Vielleicht als Ersatz für Tränen, die allmählich versiegt sind.
Juliane geht zum Grab ihres Mannes. Da steht in kupfernen Buchstaben rechts auf dem Findling ›Thomas Winkler‹. Und links wird in absehbarer Zeit zu lesen sein ›Juliane Winkler‹.
Das Grab ist gepflegt, aber nicht so gehegt wie andere Gräber ringsum. Über Monate hat sie nichts zu diesem Grab gezogen. Heute steht sie davor und fragt sich: Thomas, warum bin ich eigentlich nicht öfter mal vorbeigekommen? Der Friedhof verschenkt wirklich Frieden, und die Birke schüttelt sich erste kleine gelbe Blätter aus dem grünen Laub.
Juliane betrachtet den ganzen Gottesacker. Bei hundert Gräbern ist ein Grab nicht mehr bemerkenswert — das Ganze ist ein Garten der Vergänglichkeit. »Thomas«, sagt Juliane, »mußt mir bitte nicht böse sein, aber ich hatte in letzter Zeit irrsinnig viel zu tun. Aber was erzähle ich dir da — setz dich auf Wolke siebzehn und schau zu! Es wär schön, wenn du noch bei mir wärst, aber ich weiß nicht, wie du bei mir wärst. Es ist schön, wenn man gemeinsam jung ist — aber zusammen alt

werden ... Ach Thomas, ich glaube, das ist auch nicht das Gelbe vom Ei!«

Es gibt Menschen, die an Gräbern beten. Juliane findet, daß die Lebenden viel mehr Grund haben, für die Lebenden zu beten als für die Toten.

»Tschüs, Thomas!« sagt sie. »Ich schau bald mal wieder vorbei. Es dauert nicht mehr so lange wie letztes Mal.«

Juliane geht. Kurz vor der Kreuzung des Seitenweges mit dem Hauptweg dreht sie sich noch einmal um und schaut nach dem Grab. Endstation, weiß Juliane genau, und sie weiß plötzlich auch, warum die Lebenden den Toten wünschen, daß ihnen die Erde leicht sei.

Als Juliane nach Hause kommt, herrscht riesengroße Aufregung. Johanna und Benni stehen mit den Nachbarn zusammen — es ist schon Abend, und Vevi ist verschwunden!

Johanna war schon bei der Polizei, aber wenn die alle Mädchen suchen müßten, die verschwunden sind oder mal eben verschwinden — dieses Jammertal wäre für kleine und große Gauner ein Paradies.

Johanna macht sich Vorwürfe, Benni macht sich Vorwürfe, Johanna und Benni machen sich gegenseitig Vorwürfe. Juliane kann nichts tun. Sie geht in ihr Zimmer. Nach so einem entsetzlichen Tag kann man sich nur ins Bett werfen und mit der Decke so sehr zudekken, daß man sich selber nicht mehr wiederfindet.

Juliane steht vor dem Spiegel und kleistert sich Make-up-Entferner ins Gesicht.

Plötzlich zuckt sie zusammen. Mit dieser Urgewalt müssen die Versuchungen über den heiligen Hieronymus hereingebrochen sein.

Juliane kann nicht schreien, nicht einmal wenn sie es wollte, denn Vevi hält ihr den Mund zu.

Juliane faßt sich schnell und fragt scharf: »Wo warst du?«

»Unter deinem Bett!« gluckst Vevi vor Vergnügen. »Unter deinem Bett würden sie bestimmt nicht suchen.«
»Und warum das ganze Theater?« Juliane reibt sich den Schönheitskleister aus dem Gesicht.
»Ich wäre wirklich abgehauen«, erklärt Vevi. »Das hält hier doch kein Schwein mehr aus! Mama kümmert sich fortwährend um andere Familien, statt hier mal Ordnung zu machen. Benni gammelt rum und hofft, das was passiert. Da dreht man ja noch mal durch — aber ich kann doch Finchen nicht alleine lassen!«
Juliane hätte sich bald an dem schallenden Gelächter verschluckt, daß in ihr aufsteigt. »Finchen?« wiederholt Juliane. »Sagtest du Finchen?«
Vevi nickt ganz ernsthaft.
Natürlich weiß Juliane, daß man in Gegenwart eines Kindes, das gerade abhauen wollte, die Pläne aber vorübergehend aufgeschoben hat, weil sonst niemand der Kaninchendame Finchen beisteht, nicht lachen darf.
Wenn Juliane das genau überlegt, dann kann das Jungsein wohl auch nicht so super sein, wie man es allenthalben behauptet.
Die Alten läßt man leichten Herzens zurück. Aber man bleibt für ein Kaninchen. Juliane dankt dem Erfinder der Kaninchen und stellt sich vor Vevi:
»Was jetzt?«
»Jetzt klettere ich aus dem Fenster und komme durch die Tür wieder rein!«
»Dann«, sagt Juliane »bekommst du eine anständige Tracht Prügel, wie alle, die so spät nach Hause kommen!«
Vevi denkt nach. »Ich kann doch nicht . . .«
»Doch!« sagt Juliane. »Du bleibst einfach bis morgen bei mir, im Laufe des Tages richten wir es dann so ein, daß du gefunden wirst, und niemand wird auch nur daran denken, daß du eigentlich doch eine Tracht Prügel verdient hast!«

Lachend will Vevi wieder unters Bett kriechen.
»Oben rein!« befiehlt Juliane.
»Prima!« sagt Vevi. »Dann kuschelst du mich ein und erzählst mir eine Geschichte.«
Die kannst du haben, mein Kind! denkt Juliane. Aber die Geschichte, die ich den beiden erzählen werde, die dich beinahe in die Flucht getrieben haben, wird denen in den Ohren klingen wie die Posaunen von Jericho! Und Finchen bekommt eine Möhre. Was sage ich — einen ganzen Beutel Möhren bekommt Finchen.
Als Juliane und Vevi die gegenseitige Prozedur des Einkuschelns beendet haben, fragt Vevi: »Wie war das, als du dich verliebt hast?«
Juliane zuckt etwas zusammen. »Warum willst du denn das wissen?«
»Ach«, sagt Vevi ganz beiläufig, »der Stephan hat mich geküßt und gesagt, daß Liebe schön ist!«
»Na, und«, fragt Juliane vorsichtig weiter, »war es schön?«
Vevi dreht sich zur Wand und sagt schon im Halbschlaf: »Er hat mich doch geküßt!«
Juliane ist froh, daß Vevi eingeschlafen ist. Was so ein Gör alles fragen kann — wie war das, als du dich verliebt hast! Schön war es — immer wieder schön, denn erstaunt und erfreut stellt Juliane fest, daß sie sich in ihrem Leben nicht nur einmal verliebt hat. Was für ein Glück bei einer so tollen Sache. Erste und einzige Liebe! denkt Juliane. Und von der zweiten, dritten und vierten sagen Sie gar nichts?
An diesem Abend schläft sie sehr zufrieden ein. Ganz im Gegensatz zu Benni und Johanna.

Der nächste Morgen schlendert ganz gemütlich durch die Vorortgärten. Es ist alles hübsch idyllisch und vollkommen undramatisch. Aber ausgerechnet an diesem Morgen plant Juliane den großen Auftritt. Sie hat die ganze Nacht überlegt, aber dann ist es ihr wie Schup-

pen von den Augen gefallen — hier muß endlich einmal Ordnung geschaffen werden.
Und seit fünf Uhr früh weiß Juliane auch ganz genau, was das für sie und ihr weiteres Leben bedeutet.
Schließlich kann man nicht das Leben suchen und dann abhauen, wenn das Leben sich mal von einer dunklen Seite zeigt.
Vevi schläft noch und beansprucht das halbe Bett für sich. Juliane steht auf und lauscht an der Tür.
Im Badezimmer röchelt sich Benni der Morgenmuffel die Nacht aus Mund und Nase. In der Küche klappert Geschirr — also ist Johanna auch schon auf. Juliane möchte den beiden eigentlich noch eine Pause gönnen, aber das geht jetzt nicht mehr. Juliane hat sich entschlossen. Und es gibt Entschlüsse, die man nicht verschieben darf, denn es besteht die Gefahr, daß man sie nicht ausführt.
Juliane weckt Vevi. Das Mädchen platzt regelrecht in den Morgen. Vevi öffnet die Augen, reckt und streckt sich — und ist vollkommen da. Beneidenswerte Jugend, die am Morgen nicht mit der Matratze kämpfen muß, die nicht erst nachsehen muß, ob sich das Bein noch bewegen läßt und ob man sich über Nacht nicht vielleicht den Ischiasnerv verklemmt hat.
Juliane hat ihren dunkelblauen Morgenmantel angezogen, der durch die weiße Paspelierung etwas Feierliches erhält. Sie nimmt Vevi bei der Hand und geht ins Wohnzimmer.
Benni liest die Zeitung, Johanna kämpft mit der harten Butter, die sie wieder mal zu spät aus dem Kühlschrank geholt hat. »Guten Morgen«, sagt Juliane.
»Guten Morgen«, nuscheln Benni und Johanna.
»Guten Morgen«, sagt auch Vevi.
Johanna und Benni springen restlos verblüfft und verwirrt auf. Irgendwie müssen sie das Problem mit Vevi mit Schlaf übertüncht haben. Aber jetzt steht es wieder vor ihnen.

Johanna stellt jene dumme Frage, die Kinder absolut nicht verstehen. Sie sagt: »Wo warst du?«
Das kann doch völlig gleichgültig sein, Hauptsache, man ist da! Aber nein, der Ärger fängt immer wieder damit an, daß man seinen sinnlosen Rechenschaftsbericht daherleiern muß. Kluge Eltern stellen die blödsinnige Fragerei sehr schnell ein. Warum soll man sich zuerst Lügen auftischen lassen, wenn die Wahrheit hinterher doch herauskommt.
Benni springt auf und will das Richtige tun. Er will Vevi in die Arme nehmen, aber das will Vevi nicht.
Johanna, der klarsichtigen Familienrichterin, fällt es zuerst auf. »Wieso bist du im Schlafanzug?«
»Weil ich bei Juliane geschlafen habe«, sagt Vevi und schaut die beiden genau an, um die möglichen Reaktionen auf ihren Gesichtern abzulesen.
Das ist ein Komplott. Johanna weiß es plötzlich ganz genau. Sie hat es immer geahnt, diese Juliane kämpft gegen sie. Warum hat sie die lästige Alte überhaupt aufgenommen? Warum schon — weil Benni darum gebeten hat. Und in letzter Zeit hat Johanna ihm schon soviel abschlagen müssen, daß sie sich hat breitschlagen lassen.
Johanna reißt Vevi an sich. Vevi ist ihr Kind! Die kluge Johanna, die coole Johanna, die einsichtige Johanna — plötzlich ist sie nichts weiter als ein Mensch, der von seinem Recht, Fehler zu machen, verdammt ausgiebig Gebrauch macht.
Vevi reißt sich los und setzt sich auf die Fensterbank. Das ist eine vorzügliche Loge, um die sonderbaren Szenen der Erwachsenen zu beobachten. Juliane nutzt die kleine Pause für sich: »Erst mal eine gute Nachricht — ich packe meine Sachen und gehe!«
Juliane wird im Grad der Verblüffung bei Johanna noch übertroffen, als Benni sagt: »Ich gehe auch!«
Juliane rüttelt sich am Ohr. Hat sie vielleicht nicht richtig gehört? Sie hat, denn Benni sagt weiter: »Das hätte

ich schon viel früher machen sollen! Es wäre uns allen gut bekommen. Johanna, das zwischen uns ist doch nicht mehr als eine Interessengemeinschaft gegen aufkommendes Alleinsein. Du hast dich gequält — ich hab mich gequält, und wir beide zusammen haben Vevi gequält. Das ist es auch, was mich so gelähmt hat! Wie kann man andere Menschen davon überzeugen, was man kann, wie tüchtig man ist — wenn es einem nicht gelingt, mit Hilfe dieser idiotischen Tüchtigkeit das eigene Leben wenigstens halbwegs zu ordnen!«

Benni hat sich rapide verwandelt. Da steht nicht mehr der fröhliche Träumer, der liebenswürdige Spinner, der leicht angepaßte Faulpelz und vertrottelte Wirtschaftsingenieur. Benni fühlt sich an diesem Morgen, als wäre er zum erstenmal seit langer Zeit wieder richtig aufgestanden. Er duckt sich nicht mehr vor der Last der Stunden, die der Tag auf ihn zu bewegt — er steht einfach da und läßt die Dinge, einschließlich Johanna, Vevi und Juliane, auf sich zukommen.

Juliane ist allen überirdischen Zuständigkeiten dankbar, die es verhindert haben, daß sie sagen mußte, was sie eigentlich sagen wollte. Da ist von ihr etwas auf Benni übergesprungen.

Benni geht auf Johanna zu und nimmt sie in den Arm. »Wir legen beide einen sauberen Konkurs hin. Die Truhe mit der schmutzigen Wäsche bleibt zu, und das Konto der gegenseitigen Vorwürfe ist ausgeglichen.«

Johanna lacht Benni ein wenig zu. »Das ist wie beim Doktor — man fürchtet sich vor den Folgen der Diagnose!« Benni erweitert: »Und wenn's nichts ist, dann fragt man sich, warum so was nicht schon eher erledigt werden konnte!«

»Feigheit«, sagt Juliane.

Sie schauen sich an und schweigen.

Vevi rutscht unbehaglich auf der Fensterbank hin und her. Schließlich springt sie auf und sagt: »Das hab ich doch nicht gewollt!«

Benni kniet sich vor Vevi auf den Flohmarktperser und sagt: »Doch, mein Mädchen, genau das hast du gewollt — du hast es nur nicht gewußt! Vielleicht wär vieles anders gekommen, wenn wir dich früher gefragt hätten.«
Vevi legt ihre Arme um Bennis Hals und flüstert ihm zu: »Benni, ich liebe dich mehr als Stephan!«
Benni ist etwas verwirrt. »Und wer ist das?«
»Einer aus meiner Klasse«, gesteht Vevi. »Aber so wichtig ist das nicht!«
»Gott sei Dank!« sagt Benni, richtet sich auf und geht mit einer tiefen Verbeugung rückwärts aus dem Zimmer. Er wird mit seinem hochgereckten Hintern mit Sicherheit an den Türrahmen stoßen, aber weder Johanna noch Juliane warnen ihn. Ein Mann, der endlich völlig selbständig werden will, muß seinen Instinkt für Gefahren ohne fremde Hilfe trainieren.
Johanna geht auf Juliane zu. »Tut mir leid, daß alles so gekommen ist — aber du kannst gerne bleiben. Jetzt, wo sich alles verändert hat!«
Auch Vevi verspricht sich von diesem Vorschlag eine Menge Attraktion, aber Juliane sagt: »Nein!« Sie will sich endlich einen sicheren Platz im Halbschatten des Lebens suchen — so eine Art Plattform, von der aus man zusehen kann, ohne gleich mitmachen zu wollen.
Vevi holt für Juliane die Koffer vom Hängeboden. Der alte Schrankkoffer ist so groß, daß Vevi darin bequem über den Schlachtensee schippern könnte. Vevi bekommt vor Aufregung rote Backen, als sie den doppelten Boden entdeckt. Bloß findet sie in dem Geheimfach leider nur eine verknautschte Tüte mit alten Fotos. Hart konturierte Schwarzweißbilder mit gezacktem Rand und natürlich Hochglanz.
Juliane ist verblüfft über den Fund. Die Bilder zeigen Juliane und Thomas vor einem wunderschönen Haus — Juliane und Thomas an der See — Juliane und Thomas an einem der mecklenburgischen Seen. »Das

Haus«, erklärt Juliane, »wollten wir mal kaufen. Aber da sagte mein Mann, daß Eigentum unbeweglich macht. Man muß immer nachsehen, ob die Wände noch halten, ob die Fenster dicht sind und kein Mauerbock im Keller ist. Statt dessen sind wir verreist. Und das war schön! Jetzt kann ich mich mitten in Wilmersdorf an einen kleinen Ort gleichen Namens erinnern. Am Rand eines großen Buchenwaldes war der kleine Bahnhof, und manchmal stand der Roggen so hoch, daß er uns geradewegs in den Mund hineinwuchs.«
Vevi ist an Erinnerungen nicht sonderlich interessiert. Aber für Juliane sind die Erinnerungen plötzlich wieder da. Doch die waren in Wirklichkeit nicht weg. Julianes heftiges neues Leben hat die Bilder von früher verblassen lassen. Eigentlich ist Juliane froh, daß sie Erinnerungen hat. Der Mensch kann mit Erinnerungen sehr gut leben — wenn er sich aber in seine Erinnerungen einwickelt und der Wirklichkeit den Zutritt verbietet, dann wird dieser Mensch von innen und außen, von oben bis unten so muffig wie ein alter Kleiderschrank, der lange nicht mehr geöffnet wurde.
Jetzt sitzt Juliane wieder mal auf ihren Koffern. Gewiß — Besitz macht unbeweglich, aber ein bißchen mehr Besitz könnte es doch schon sein. Es gibt Menschen, die hinterlassen Spuren mit dem, was sie hatten und weitergegeben haben. Auf diese Art wurden Vermögen gebaut und langanhaltender Wohlstand fundamentiert. Und welche Spur hinterläßt eine wie Juliane? Eine Radspur von der Friedhofskapelle bis zum Grab!
Juliane hat einen ihrer Minustage. So nennt sie alle vierundzwanzig Stunden, in denen sie sich selbst zur Last gefallen ist, so nennt sie Tage, an denen sie in bösen und dummen Gedanken herumstolpert, ohne den Ausweg der Vernunft zu finden. Das ist die Zeit, in der man plötzlich versteht, warum sich ein Mensch vor die U-Bahn wirft oder einfach durchs Fenster auf den Hof springt. Vor allem aber ist dieser Minustag mit Selbst-

mitleid durchtränkt: Man sitzt mit sich zusammen und bejammert sich. Juliane spürt genau, daß dieser Tag, der so aufregend anfing, sich zu eben jenem furchtbaren Minus neigt, das man hinterher so schwer aus den Knochen kriegt.
Juliane läßt die gepackten Koffer vorerst noch in der Bogotastraße.
Vevi rennt zur Schule und verabschiedet sich knapp. Jetzt, wo alles passiert ist, muß das Mädchen dringend nachschauen, wo wieder etwas passiert. Die alten Akteure werden in den Ruhestand versetzt.
Johanna möchte Juliane mitnehmen. Aber Juliane weiß noch nicht genau, wo sie hin will. Aber das sagt sie Johanna nicht — schließlich hat jeder seine Art von Stolz.
Benni stapelt seine Bücher. Als sich Juliane von ihm verabschieden will, lacht er sie an. »So was ist auch wirklich keine gute Partie — keine Hemden, aber massenweise Bücher!« Plötzlich wird Benni ganz ernst. »Juliane, was wird denn jetzt? Schließlich bin ich an alldem nicht ganz unschuldig!«
Juliane ist selber erstaunt, daß sie Benni so kraß anmotzt: »Du bist an nichts schuld — was geschehen ist, ist geschehen, weil ich es so oder ähnlich gewollt habe. Wenn man sich in meinen Jahren noch einmal zum Leben entschließt, dann kann man keine Bedingungen mehr stellen, dann gibt es auch keine Schonung, dann muß man nehmen, was kommt. Ob das nun ein Benni ist, der mit dem Erwachsenwerden Schwierigkeiten hat — oder ein armer Mann, den der Schlag trifft!«
Juliane macht eine Pause und schaut sich diesen Benni an, diesen jungen Mann, der ihr einmal von seinem Mut abgegeben hat, der ihr mattes Selbstvertrauen aufgemöbelt hat und der auf seine Art Schwung in den ganzen Schlabber gebracht hat, der bis dahin ihr Leben war.
»Kann ich was für dich tun?« fragt Juliane.

»Ja«, sagt Benni, »laß uns jetzt ohne große Pläne und Versprechungen auseinandergehen. Wir sind ja beide nicht aus der Welt. Ich werde mich lange an dich erinnern. Aber ich hoffe sehr, daß ich dich eines Tages vergesse. Du bist dann ein Teil der Kraft geworden, mit der ich hoffentlich leben kann!«
Die kleine Abschiedsfeier zwischen Juliane und Benni endet wie ein gutes kleines Konzert. Die Menschen sind innerlich ruhig geworden, ihre Herzen sind heiter, weil alle Falten und Runzeln des Gemüts ausgebügelt wurden.

17

»Sie möchten also wieder zu uns zurückkehren!« stellt Herr Klingenreuther sachlich fest. Aber in seiner Sachlichkeit vibriert dennoch dieses kleine rachelüsterne Warum-bist-du-erst-fortgelaufen. Im Grunde seines Herzens findet Herr Klingenreuther diese Juliane Winkler herzerfrischend und aufregend. Aber so etwas muß die Ausnahme bleiben. Wo kämen wir hin, wenn sich die Menschen plötzlich alle entscheiden würden, endlich das zu tun, was sie schon längst tun wollten?
Herr Klingenreuther leistet sich die kleine Meditation, denn er weiß, wie ermüdend eine Pause wirkt, nach der man auf eine wichtige Entscheidung wartet. Herr Klingenreuther weiß, daß es die wirkliche Freiheit des Menschen nicht gibt. Da sind die Zwänge vom Start weg. Im Grunde fängt das ganze Dilemma doch schon damit an, daß man gezwungen ist, bei diesen oder jenen Eltern zu bleiben. Hat man diese Phase frühen Zwangs überstanden, dann ist man gezwungen, sich im Leben einzurichten. In dieser Zeit stapeln sich die Zwänge. Etliche kommen nie über diesen Berg, ein paar Glückliche unterwandern ihn. Aber die wirklich Ausgebufften sind die, die sämtliche Zwänge zu neuen Freiheiten machen.
Herr Klingenreuther schaut Juliane mit jenem abwesenden Blick an, der Unvoreingenommene so leicht denken läßt, daß der Blicker denkt.
Wirklich frei von Zwängen könnte man im Alter sein. Aber im Leben der Menschen drängeln sich die Zwänge jederzeit vor oder zwischen die gewonnenen Freiheiten. Da ist der Zwang, zum Arzt zu gehen, der Zwang, kein Salz essen zu dürfen, der Zwang, zu warten, bis die Fußpflegerin kommt, der Zwang zu essen, was einem vorgesetzt wird, der Zwang zu warten, bis man ge-

rufen wird, und der Zwang, bis zum bitteren Ende dankbar zu sein, daß man in diesem Leben noch ein kleines Plätzchen haben darf.
Wenn Juliane in das Seniorenhaus zurückkehrt, dann möchte sie ein paar Veränderungen erreichen.
Im Sinne jeglicher Haus- und Heimordnung sind Änderungen aber schon erste Anzeichen von Anarchie. Schließlich ist es schwer, einem Menschen zu vertrauen, der den Sinn einer Ordnung nicht einsieht.
Herr Klingenreuther läßt sich nicht einmal in ein Gespräch über Veränderungen ein. Was diese Juliane Winkler will, ist eine Zumutung: Der Speisesaal soll in lauter kleine Läden umgewandelt werden, eine richtige Kneipe, eine Schutzhütte für Skatspieler und so etwas wie ein gemütliches kleines Café müßten auch sein.
»Schon wenn man den Speisesaal betritt«, erklärt sich Juliane, »vergeht einem der Appetit, fehlt nur noch, daß da einer steht und befiehlt, alle Löffel in die Suppe — an den Mund — in die Suppe — an den Mund!«
Klingenreuther weiß, daß der Speisesaal eine ungemütliche Abfütterungshalle ist, aber weil die Tische in Reihen stehen, kann man so wunderschön schnell und so kräftesparend effektiv die Verpflegung vornehmen.
Aber Juliane stellt noch andere Bedingungen. Herren müssen Damen und Damen müssen Herren besuchen dürfen, ohne sich wie ertappte Schulkinder maßregeln zu lassen, ein Arzt für das ganze Haus ist zu wenig, und die Übergabe der Schlüssel bedeutet, daß jeder wirklich kommen und gehen kann, wann es ihm Spaß macht.
Und jeder Mitarbeiter, der zu einer alten Dame oder zu einem alten Herrn sagt: ›Wollen wir denn nicht aufstehen‹ oder ähnlichen Blödsinn, der muß fünf Mark in eine Kasse einzahlen, die zur Karnevalszeit geknackt wird.
Herr Klingenreuther sagt zu all diesen Vorschlägen: »Nein!«
Herr Klingenreuther kann zu den Vorschlägen nichts

anderes sagen. Herr Klingenreuther ist nämlich seinerseits auch Zwängen ausgeliefert — ein Mindestmaß an Menschlichkeit und ein Maximum an Effektivität, dazu personaleinsparende Maßnahmen und kostensenkende Regelungen. Ein Mann, der das wirklich schafft, darf sich vermutlich bei den Sozialministern der Länder die goldene Nase in Bronze abholen, weil er einen Riecher dafür hat, wie man Unmögliches möglich macht.

Julianes Bequemlichkeit rät: Nimm an, mit der Zeit erschleichst du dir ein paar Vergünstigungen — was gehen dich die anderen an! Juliane schüttelt den Kopf. Wenn sich nichts ändert, wenn sie nicht in der Lage ist, etwas zu ändern, warum ist sie dann überhaupt abgehauen?

Julianes Trotz, die unnachgiebige Bündelung aus Eigensinn, Stolz und Selbstsicherheit, liegt ihr im Ohr: Verschwinde von hier — laß dich nicht einlullen. Wenn du nämlich zurückkehrst, dann ist das für alle anderen ein Zeichen, daß sich Veränderungen nicht mehr lohnen! Juliane kann sich schon vorstellen, wie Herr Klingenreuther mit ihr durch den langen Flur geht und den Mitbewohnern sagt: ›Das ist die böse, böse Frau Winkler, die nicht mehr bei uns leben mochte! Aber jetzt ist sie wieder lieb — ganz lieb!‹

Juliane sagt zu Herrn Klingenreuther: »Man wird ja noch mal fragen dürfen!«

»Natürlich!« sagt Herr Klingenreuther. »Aber, wäre es nicht vielleicht doch besser . . .?«

Natürlich wäre es besser, zu bleiben und zu resignieren. Aber das Bessere ist eben nicht das Beste.

Juliane ist jetzt müde, abgestumpft und kraftlos. Um ein wenig Luft zu schnappen, geht sie durch den Preußenpark. Angegriffen von den ungeheuren Aktivitäten dieses entscheidenden Tages für vier Menschen, setzt sie sich auf eine Bank. Neben ihr sitzt eine alte Dame,

die eine scharfe Brille trägt und sehr schnell und konzentriert strickt. Juliane schaut zu.
»Das wird ein Pullover«, sagt die Beisitzerin auf der Parkbank. »Meine Enkelin erwartet ein Baby!«
»Wie schön«, sagt Juliane.
»Überhaupt nicht schön!« kontert die unbekannte Strickerin. »Die beiden studieren noch, müssen jobben, um zu leben, hausen in einer entsetzlichen Bruchbude am Leuschnerdamm, und wissen Sie, was das Verrückteste ist?«
Da muß Juliane nein sagen, denn ihr Einfühlungsvermögen in anderer Leute Verrücktheiten hat in letzter Zeit ein paar blaue Flecke bekommen.
»Die beiden freuen sich auf das Kind«, trumpft die strickende Oma auf.
Wenn nur examinierte, beruflich gesicherte Menschen mit einem vorzeigbaren Eigenheim Kinder bekämen, dann sähe es in dieser kinderfeindlichen Welt noch trüber aus.
»Aber«, sagt die Großmutter, die den Ehrentitel bald mit der Silbe ›Ur‹ veredeln darf, »ein Kind, auf das man sich freut, macht hinterher auch mehr Freude. Haben Sie auch Kinder?«
»Nein«, sagt Juliane, »leider nicht!«
Die freundliche Pulloverherstellerin hat nur einen mitleidigen Blick für Juliane.
»Kommen Sie öfter hierher?« erkundigt sich die Unbekannte und klappert mit den Nadeln.
»Nein«, sagt Juliane.
Es ist ein echter Minustag, sie muß andauernd nein sagen. Juliane hat plötzlich Sehnsucht nach einem Ja — nach Zustimmung, nach Aufmunterung, nach Lob und einem Hauch von Zärtlichkeit.
»Ich wohne drüben in der Düsseldorfer Straße siebenundfünfzig«, sagt die Dame, »und ich heiße Elfriede Harder!«
»Juliane Winkler«, stellt sich Juliane vor, die im Grund

auch immer gerne weiß, mit wem sie es zu tun hat.
»Wir waren drei alte Damen im Haus«, erzählt Frau Harder und läßt die Hände vom Stricken ausruhen. »Das ist in vielen Häusern so — in den dreißiger Jahren zogen junge Leute ein, aus den jungen Leuten wurden Familien — und wir drei sind nun der Rest. Jede von uns hatte eine Wohnung, in der man sich beinahe verlaufen konnte. Da haben wir die drei Wohnungen miteinander verglichen und sind zusammen in die beste gezogen!«
Juliane hört interessiert zu.
»Jetzt hat jede von uns ihr Reich, die Küche benutzen wir gemeinsam, und wo früher die Mädchenkammern waren, haben wir noch ein Bad und ein Gästezimmer eingerichtet. Wir kommen auch finanziell einigermaßen über die Runden — es gibt doch nichts Unrentableres, als für eine Person zu kochen. Jetzt achten wir auf Sonderangebote und treiben Vorratswirtschaft in der Tiefkühltruhe.«
»Sie sind eine Ausnahme«, sagt Juliane, »aber es ist schön zu hören, daß auch mal was klappt. Und Sie vertragen sich gut?«
Da muß Frau Harder lachen. »Manchmal fliegen bei uns die Fetzen. Aber hinterher fühlen wir uns so wohl wie nach einem Gewitter.«
»Das ist richtig«, sagt Juliane.
»Und Sie?« bohrt Frau Harder das neue Auskunftsreservoir an. »Fehlt nur noch, daß ich Ihnen sage, wann ich gegen Scharlach geimpft worden bin . . . Sie sollten mir mal was von sich erzählen — ich bin entsetzlich neugierig!«
»Ich bin gerade auf dem Weg, mich einzurichten. Wenn ich weiß, wie alles kommt und wie es weitergeht, dann komme ich Sie mal besuchen. Sie erfahren alles — Ehrenwort, und wenn ich uns krumm und dusselig quatsche!«
Juliane steht auf, es drängt sie etwas. Sie weiß jetzt ge-

nau, was sie will. Juliane betreibt eine Politik des Machbaren in eigener Sache.
»Viel Glück — für alle!«
Frau Harder nickt dankend, schlingt den Faden um den rechten Zeigefinger und strickt weiter.

»Hau ab!« schreit Coppelia und knallt Juliane die Tür vor der Nase zu. »Laß mich in Ruh, ich will dich niemals mehr wiedersehen!«
»Komm rein!« brüllt Coppelia, reißt die Tür wieder auf und Juliane in seine Arme. Juliane hört nur Worte ohne Sinn, und Herr Coppelia stellt plötzlich fest, daß sein Hemd in Brusthöhe feucht wird. Er schiebt Juliane etwas zurück und betrachtet sie ausgiebig. »Das hab ich gerne — erst abhauen, wochenlang nichts von sich hören lassen, aber heulen! Damit erreichst du bei mir überhaupt nichts.«
Coppelia drückt Juliane in den Sessel. Dann geht er zum Schränkchen mit den Trösterchen und Prösterchen. »Als Kind hab ich nie begriffen, warum man um den verlorenen Sohn soviel Gewese machte. Alles, was der Anständige tut, ist selbstverständlich. Aber das Selbstverständliche ist auf Dauer langweilig. So ein richtiger Ausbruch! Du knallst mit dem Knie in den Schotter, aber du rennst weiter.« Er nimmt den ganz edlen Birnengeist und sagt zu Juliane: »Willkommen daheim!«
Juliane fühlt sich so wohl wie unter einer angenehm temperierten Dusche. Das ist es nun: Willkommen daheim!
Das sagt einer, der es nicht zu sagen brauchte. Und das Schönste an der Sache: er sagt es so herrlich grundlos. Er hat Juliane gegenüber keine Verpflichtung — weder verwandtschaftlich, noch moralisch oder sonst etwas aus diesem Vorrat der Erpressungen, mit denen man sich das Leben gegenseitig total versaubeuteln kann.
Juliane lehnt sich im alten Sessel zurück. »Vielen Dank,

Otto!« Coppelia fährt herum: »Wer ist denn das schon wieder?« Er faßt sich an den Kopf und lacht über sich selber: »Otto Dübbers! Das bin ja ich! Otto Dübbers! Kannst du dir das vorstellen — Margot Fonteyn und Otto Dübbers auf einem Plakat überall in der Welt? Ach, Julchen — es gibt tatsächlich Namen, die allein schon eine Fessel sind!«
Juliane findet ›Herr Coppelia‹ auch viel lustiger als Otto.
Coppelia schlürft den Geist der Birne in sich hinein, schnuppert innerlich dem Aroma etwas nach und sagt: »Na, dann müssen wir uns mal was einfallen lassen!«
»Was denn?« will Juliane wissen.
»Na, Mädchen — wie's mit uns beiden weitergeht.«
Das weiß Juliane noch nicht. Coppelia ist großzügig genug, sich und Juliane erst einmal eine lange Nacht zu gönnen, um das Problem wenigstens überschlafen zu können — bevor es womöglich zerredet wird.
Juliane liegt im Bett der ehemaligen Mädchenkammer und schaut einem gelben Mond zu, der die einzige Hoffnung aller Korpulenten sein sollte, denn er nimmt aus eigener Kraft ab.

Der Zauberer im blauen Mantel trug eine Weste, die über und über mit kleinen silbernen Sichelmonden bestickt war. Aus leeren Krügen ließ er Wein rinnen, aus dem Sägemehlboden der Arena machte er im Handumdrehen einen Blumengarten. Das war schön!
Viel schöner aber, irrsinnig aufregend und maßlos begeisternd war jene Dame, die sich Salome nannte und tanzte!
Im blauen Licht, das allmählich in tragisches Rot wechselte und dann zu warmem Gelb wurde, bewegte sich die Frau immer in genau dem entscheidenden Maß über den Boden, den normale Sterbliche betrampeln müssen, der aus dem Tanz den Traum macht.
Und das Mädchen Juliane saß rutschend auf den Holz-

bänken. Das war eine neue Welt. Glanz, Schönheit und eine tiefe Flucht von Träumen, die man durchtanzen konnte — immer ein Traum schöner als der andere. Solche Träume werden kleinen Mädchen durch die Anwesenheit vernünftiger Mütter meistens gründlich versaut. Auch Julianes Mutter sagte: ›Rutsch nicht immer hin und her, du reißt dir einen Splitter in den Hintern!‹ Splitter hin — Splitter her: Ein Leiden dieser banalen Art hätte die Träume ja nur noch veredelt und überhöht.

Salome ließ ein paar Schleier in die Manege fallen. Da der Rahmen des Schicklichen in den frühen zwanziger Jahren in der Provinz sehr eng gesteckt war — wobei in Berlin der Unterschied zwischen Josephine Baker und einer späteren Dame aus der Peep Show nur im Drapieren von Bananen zu suchen war —, trennte sich die Salome von Sarrasani auch nur von den Geweben, auf die sie bei züchtiger Gesamtbekleidung ohnehin verzichtet hätte.

Derlei Zusammenhänge zwischen Moral und Körperfülle konnte Juliane noch nicht erkennen.

Juliane hatte sich in den tanzenden Traum aus Tüll verliebt. Sie war fortan dazu berufen, die Welt mit tülligen Tänzen zu beglücken. Dieser Aufbruch in das langersehnte neue Leben war selbstverständlich mit der sofortigen Aufgabe von Elternhaus und Schule zu verbinden. Was wiederum ein Verzicht ist, der in einem gewissen Alter weder damals noch heute schwerfällt.

Aber in Begleitung einer Mutter, die tänzelnde Ponys und grobschlächtige Elefanten für den Gipfelpunkt zirzensischer Offenbarungen hält, lassen sich derlei Träume nicht aus dem Stand verwirklichen. Doch diese Rabenmutter wird schon noch bittere Tränen weinen, wenn sie feststellt, daß ihr Kind verschwunden ist!

Juliane suhlt sich in Melancholie — während Salome über die Manegenbande trabt.

Oh, ist das schön! Diese spießigen Eltern mal richtig

leiden zu sehen! Erst Jahre später werden sie begreifen, daß man ein Genie des zirzensischen Tanztheaters nicht mit Mathematik, Haushaltskunde und Geschichte in den Niederungen der Bürgerlichkeit anketten konnte.

Juliane seufzte genußvoll — bis es soweit ist, werden noch schwere Jahre ins Land ziehen.

Für Vater und Mutter selbstverständlich. Sie, Juliane, tanzte sich indessen die Füße zwischen Hervest-Dorsten und Coesfeld wund, um dem großen Idol entgegenzuwachsen.

Daheim in der Deliusstraße schlief Juliane mit den beiden Schwestern in einer großen Dachkammer. Nach dem Abendbrot sagte man Vater und Mutter gute Nacht und begab sich nach oben.

Juliane fiel es nicht sonderlich schwer, nach unten zu kommen. Als die Schwestern eingeschlafen waren, brach sie auf, um die Welt zu erobern.

Adieu, Deliusstraße — die Welt wartet auf Juliane.

Der Zirkus stand auf dem kleinen Platz neben der Schokoladenfabrik in Süsterfeld. Da flackerten keine Lichter mehr, als Juliane ankam, und selbst die Phantasiefahnen schlafften lustlos an den Masten herum.

In einzelnen Wagen brannten Petroleumlampen. Aus den Zelten der Tiere drangen sonderbare Laute.

Juliane war nicht mehr ganz so sicher, daß sie jetzt an dem Ort war, an dem man sie mit offenen Armen erwartete. Es war nämlich weit und breit niemand zu sehen. Und der Mut eines kleinen Mädchens, das von daheim ausreißt, ist meistens am Ziel der Wünsche schon so abgemagert, daß er nicht mehr dazu reicht, sich die Wünsche zu erfüllen.

Das große Zelt wirkt in der Nacht — ganz bestimmt aber in einer Vollmondnacht — wie ein geheimnisvoller Tempel, das Allerheiligste einer Gottheit, die sich vor normalen Sterblichen verbirgt.

Es war leicht, in das unbewachte Zelt hineinzukom-

men. Nichts von Tempel, nicht die Spur von Geheimnis. Der Elefantendreck der letzten Vorstellung noch nicht eingesammelt, Taue pendelten hin und her, und die ansteigenden Sitze für die Zuschauer sahen so leer wie eine gigantische Kartoffelreibe aus.
Juliane ging vorsichtig in die Manege — bis in die Mitte. Nach einer schwelgerischen Musik, die nur sie vernehmen konnte, begann sie zu tanzen. Und sie tanzte vermutlich heute noch, wenn sie mit dem rechten Bein nicht in einen Eimer getreten wäre, der mitsamt Juliane umfiel und alarmierend schepperte.
Juliane wollte aus dem Zelt rennen, aber in der Düsternis fand sie den Ausgang nicht. So kletterte sie unter die aufsteigenden Stuhlreihen und suchte sich ein Schlupfloch.
Mit Mühe stemmte sie die feuchte Plane hoch und stand aufatmend im Freien. Plötzlich hörte sie ein Knurren. Nun klingt ein Knurren immer gefährlich, aber im Dunstkreis der Manege denkt man eben nicht an einen knurrenden Hund, der in seinem Nachtfrieden aufgestört wurde, sondern an einen ausgebrochenen Löwen oder einen beutelüsternen Tiger, der das Gekröse aus dem örtlichen Schlachthof satt hat und sich nach einer frisch geschlagenen Beute sehnt. Juliane erinnerte sich trotz des Schreckens an einen Rat ihres Vaters: Wenn du Angst hast, dann schau erst mal genau hin, wovor du Angst hast! In Erwartung eines Löwen und in der Angst vor einem streunenden Tiger entdeckte Juliane einen Neufundländer, der sich unter einem der Zirkuswagen zur Ruhe gelegt hatte.
Alle Furcht fiel von Juliane ab, sie ging in die Knie und lockte das große Hundevieh zu sich heran. ›Komm!‹ sagte Juliane ganz leise. ›Komm, mein Großer, ich beiße nicht.‹
Der Hund bewegte sich träge auf Juliane zu. Juliane streckte die Hand aus, um den schlaftrunkenen Riesen bei Laune zu halten. Aber plötzlich geschah etwas Selt-

sames — ein Ruck lief durch den schweren Hundeleib, ein Laut, der wie das Stöhnen der Anstrengung klang, und schon stolzierte das Tier auf den Vorderbeinen und wedelte balancierend mit den Hinterläufen.

›Na, das ist aber toll!‹ lobte Juliane, und der große Hund legte sich auf den Boden und rollte sich um die eigene Achse.

Juliane genoß die Extravorstellung. ›Leider habe ich keinen Zucker dabei‹, sagte Juliane, die genau wußte, daß Tiere nach den Kunststücken eine süße Belohnung erwarten. Mitleid hatte Juliane nur mit dem Robbendompteur, denn der mußte immer Heringe in der Tasche haben, weil seine tierischen Artisten einen anderen Geschmack haben — und Juliane konnte Fisch nicht riechen.

Der Hund kam auf Juliane zu und gab ihr einen leichten Schubs mit dem schweren Kopf. Damit wollte er vermutlich auf ein weiteres Kunststück aufmerksam machen, das er in dieser nächtlichen Privatvorstellung zum besten geben wollte.

Soweit kam es indes nicht mehr. ›Leo!‹ Eine tiefe Frauenstimme rief immer wieder den Namen. Und Leo, der Hund, wandte sich freudig wedelnd einer Gestalt zu, die aus der Dunkelheit auftauchte. ›Ach, du meine Güte!‹ sagte die Stimme, die zu einer Frau gehörte, die sich in einen Umhang hüllte, wie die Berber sie tragen, wenn sie sich gegen die Wüstenkälte schützen wollen. ›Da ist ja noch jemand!‹

Juliane wollte weglaufen, aber sie stolperte über eines der festgezurrten Seile, die das große Zelt halten. So fiel Juliane der Frau beinahe in die Arme. ›Ach, du meine Güte!‹ sagte die Frau noch einmal. ›Schon wieder so ein albernes Gör, das zum Zirkus will!‹

Da Juliane zu diesem Zeitpunkt schon jegliche Angst verloren hatte, stimmte sie der vermutlichen Besitzerin des Hundes in ihrer Ansicht nicht zu.

›Erstens‹, sagte Juliane, ›bin ich nicht albern. Zweitens

bin ich kein Gör, drittens will ich nicht zum Zirkus!‹
›Was willst du dann?‹ erkundigte sich die Dame im Berberumhang.
›Ich wollte zum Zirkus, aber jetzt nicht mehr!‹
›Und wieso nicht?‹ wollte die Dame wissen.
›Ach nein‹, meinte Juliane, ›das sieht wohl nur schön aus, wenn man zuschaut.‹
Der große Hund Leo hatte sich zu Füßen seiner Herrin niedergelegt und schaute die beiden Menschen so interessiert an wie ein Tier, das den Kontakt zu seinesgleichen weitgehend verloren hat.
›Die Tänzerin war ja sehr schön‹, gab Juliane zu. ›Aber wenn das Licht aus ist, dann sieht alles so traurig aus — und unheimlich!‹ fügte sie noch hinzu.
Die Frau mit der tiefen Stimme sagte: ›Und du willst bestimmt nicht zum Zirkus?‹
›Nein!‹ sagte Juliane. ›Ich gehe jetzt nach Hause, es wird vermutlich eine Menge Ärger geben, denn ich hab keinen Hausschlüssel.‹
›Dann komm mal mit!‹ bat die Dame.
Leo der Hund erhob sich und sah Juliane aufmunternd an. Du brauchst keine Angst zu haben! schien der Hund sagen zu wollen. Die ist in Ordnung.
Juliane verließ sich auf den Hund.
Zu dritt gingen sie zu einem kleinen Wagen. Schon immer wollte Juliane solch einen Wagen von innen sehen. Die Dame öffnete die Türe, und der Hund Leo nahm sich den Vortritt.
›Du vergißt wohl wieder, daß wir Besuch haben‹, sagte die Dame und lachte. Dann kletterte sie hinter Juliane in den Wagen.
Drinnen zog sie den wärmenden Umhang aus. Die Frau zündete die Petroleumlampe an, und Juliane sah — die Tänzerin mit den sieben Schleiern. Diesmal trug sie ein dunkelblaues Wollkleid, und niemals hätte Juliane ihr zugetraut, daß sie sich in die verführerische Salome verwandeln könnte.

›Ich heiße Irmgard Baalke — und wer bist du?‹
›Juliane‹, sagte Juliane und schaute sich mit unverhohlener Neugier im Wagen um.
Aber das war keine kostbare Behausung mit geheimnisvollen Schätzen aus aller Welt — das war ein praktisch eingerichteter Raum auf Rädern mit einem Klappbett, einem Schrank, einem Tisch und einem Kocher, neben dem die Gasflasche stand. Juliane war enttäuscht.
Irmgard Baalke lachte. ›Ich muß im Zirkus leben, ich muß hier schlafen, mein Essen kochen, und ein gemütliches Eckchen braucht der Mensch auch, denn man kann nicht immer in der Zirkuskantine rumhocken — auch wenn es einige gibt, die das gerne tun!‹
Aber als Ersatz für die geplatzten Träume von der geheimnisvollen Behausung legte Irmgard Baalke ein großes Fotoalbum mit Plüschbezug auf den kleinen Tisch. Juliane durfte darin blättern.
›Sag mal‹, fiel es Irmgard Baalke ein, ›solltest du dich nicht auf die Socken machen?‹
›Ach nein‹, erklärte Juliane, ›jetzt ist alles schon so schlimm, daß es nicht schlimm ist, wenn es noch schlimmer wird!‹ Neugierig betrachtete sie die Bilder und las die Überschriften der eingeklebten Zeitungsnotizen und die Ankündigungen in den Programmen: ›Ariela — die Königin der Luft‹, und Juliane sah Bilder einer schönen jungen Frau, die in gewagten Posen am Trapez hing. Aber ein Sicherheitsnetz sah Juliane auf keinem der Bilder.
›Das ist in Brüssel‹, sagte Irmgard und zeigte auf ein Foto.
Mit Schaudern sah Juliane, daß sich Irmgard nur noch mit den Zehen am schmalen Reck festhielt! Sie breitete nach unten die Arme aus und lächelte dem Publikum entgegen, daß zu ihr hochschaute.
›Drei Tage später‹, sagte Irmgard, ›am Premierenabend unseres Gastspiels in Maastricht bin ich abgestürzt!‹
Juliane schaute erschrocken hoch.

›Es ist verhältnismäßig glimpflich abgelaufen. Aber ans Trapez konnte ich nicht mehr — wegen des Rückgrats! Doch der Zirkus hat mich nicht einfach vergessen. Als ich wieder gesund war, habe ich mit der Hundedressur angefangen, wenn sie erst einmal steht, dann brauche ich auch den albernen Tanz nicht mehr zu zeigen. Aber wer beim Zirkus sein Brot verdienen will, der muß auch etwas für den Zirkus tun!‹ Dabei streichelte Irmgard den großen Hund, auf den sie ihre ganze Hoffnung setzte, und flüsterte ihm zu: ›Nicht wahr, Leo, wir beide werden großartig sein, später nehmen wir dann vielleicht noch Tauben und Siamkatzen in die Nummer!‹

Leo leckte Irmgard die Hände, als wollte er sagen: Ganz wie du willst!

Irmgard wandte sich wieder an Juliane: ›Ich möchte es auch mal mit einem Schwein versuchen, ob du es glaubst oder nicht — ich habe in einem Buch gelesen, daß Schweine besonders intelligente Tiere sind.‹

Das konnte Juliane sich zwar überhaupt nicht vorstellen, aber schon in jungen Jahren gehörte es zu ihren Vorzügen, daß sie eine Behauptung erst als widerlegt betrachtete, wenn sie den Gegenbeweis in Händen hielt.

Viele Jahre später hat sie dann mal zwei dressierte Schweine gesehen. Aber es war nicht Irmgard Baalke gewesen, die sie vorgeführt hatte.

›So‹, sagte Irmgard, ›jetzt aber ab nach Hause — hoffentlich fallen die Prügel nicht zu schlimm aus!‹

Juliane war ihrer Sache ganz sicher. ›Meine Eltern schlagen ihre Kinder nicht!‹

Juliane verabschiedete sich von Leo, machte einen Knicks, als sie der Tänzerin Irmgard die Hand gab — und dann ging sie nach Hause.

Juliane wußte, daß es nun sehr lange dauern würde, bis sie noch einmal so spät in der Nacht alleine durch die Straßen gehen durfte. Sie genoß es, mitten auf der

Fahrbahn zu gehen, mit erheblichem Schwung lief sie die Kurve der Straßenbahngeleise aus, und an der gefährlichen Kreuzung vor dem Bahnhof setzte sie sich für eine kurze Pause mitten auf die Straße.

Von unten konnte Juliane sehen, daß in der Wohnung der Eltern noch Licht brannte. Entweder hatten sie vergessen, es zu löschen, als sie zu Bett gingen, oder — und dieser Gedanke war Juliane überaus sympathisch — sie saßen sich am Wohnzimmertisch gegenüber, weinten bitterlich über die verlorene Tochter und machten sich gegenseitig Vorwürfe, dem Kind nicht genügend Liebe gegeben zu haben. Nun fühlte Juliane sich keineswegs ungeliebt, aber da man in jedem Alter nicht genug Liebe bekommen kann, fühlte sie sich im Rahmen des Üblichen etwas übergangen.

Wenn sie so einen weiten wollenen Umhang gehabt hätte wie Irmgard aus dem Zirkus, dann hätte sie sich gewiß noch eine kleine Weile auf die Treppe vor dem Haus gesetzt, um die stille Welt zu genießen, in der keine Erwachsenen hin und her eilten, die nichts anderes im Sinn hatten als Kindern Vorschriften zu machen.

Die Haustür war nicht verschlossen. Vorsichtig schlich sich Juliane durchs Treppenhaus. Die Marmorstufen bis zum Hochparterre waren ungefährlich, denn sie knarrten nicht. Riskant waren die vier Stiegen bis zur zweiten Etage. Man konnte sie nur am Geräuschemachen hindern, indem man mit der Sohlenmitte auf die Stufenkante trat und sich am Geländer hochzog.

Juliane und ihre Geschwister hatten an dieser stillen Art der Fortbewegung lange gearbeitet, denn mit einer schlechten Klassenarbeit in der Schultasche war es erst einmal gut, unerwischt an der elterlichen Wohnungstür vorbeizuschleichen, um in die rettende Mansarde zu kommen.

Juliane kam oben an und setzte sich auf die unterste Stufe gegenüber der Etagentür. Sie konnte den Lichtschein sehen und die Stimmen von Vater und Mutter hören. Das war schön. Aber warum kommt von den Erwachsenen niemand auf die Idee, den Kindern zu sagen, daß man sie sehr lieb hat — bevor sie weglaufen und nicht immer wieder zurückkehren!

18

Juliane wacht auf und ist zufrieden. Sie fühlt sich eigentlich rundherum wohl. Erst als sie aus dem Bett steigt, überfällt sie ein Schwindelanfall, der sie gegen den Schrank taumeln läßt. Juliane kann sich gerade noch auf den Stuhl stützen. Vorsichtig tastet sie sich zurück ins Bett. Was war das? Juliane ist mit einemmal nicht mehr zufrieden. Sie erinnert sich an die farbigen Ringe, die ihr ungebeten vor den Augen tanzten, und jetzt das!

Sie starrt an die Decke. Eben noch im Land des Traumes, der Erinnerung — und jetzt liegt sie da und wartet darauf, daß etwas passiert.

Eines Tages wird sie vielleicht nur noch im Bett liegen und an die Decke starren können, man wird sie füttern, und das Waschen wird zur peinigenden Prozedur, ganz zu schweigen von den anderen alltäglichen Verrichtungen, die so entwürdigend sind, wenn sie aus dem Schutzbereich der Intimsphäre gezerrt werden.

Juliane, sagt Juliane plötzlich zu sich, noch ist es nicht soweit, und mit fast siebzig Jahren darf der Kreislauf mal Startschwierigkeiten haben! Juliane stützt sich mit den Händen auf und erhebt sich vorsichtig. Sie wartet auf den Schwindel, auf den bösen Ton des Brummkreisels, der im Kopf zu rotieren beginnt — aber der Schwindel kommt nicht, und der Brummkreisel will nicht anlaufen.

Einigermaßen erfreut richtet sich Juliane ganz auf und steigt wieder aus dem Bett. Sie greift nach dem Morgenmantel auf dem Stuhl und fährt sich mit dem Holzkamm durch die Haare mit der Naturkrause. In einer Pension muß man damit rechnen, auf allen Wegen jemandem zu begegnen, denn Coppelias Leihbehausungen geben sich mehr familiär als komfortabel. Darauf angesprochen hat Coppelia ihr mal lachend gesagt: ›Wenn dir auf dem Weg zum Lokus jemand begegnet, weißt du wenigstens, daß du nicht der einzige Scheißer bist!‹

Coppelia werkelt schon in der kleinen Küche. Die Frührunde mit denen, die nach Marienfelde müssen, hat er schon abgedreht. Jetzt kommen noch die gemütlicheren Gäste. Fröhlich hält Coppelia eine Tasse Kaffee hoch. »Na, Madame, was halten wir von einem kleinen Muntermacher?«

Juliane langt dankend zu und setzt sich in die Ecke. Coppelia, der einen feinen Sinn für Dinge hat, die nicht ganz in Ordnung sind, fragt mit jener Beiläufigkeit, die das Antworten leichter macht: »Fehlt was?«

Juliane druckst erst ein wenig herum, dann nimmt sie den Anlauf eines tiefen Atemzuges und erzählt von den morgendlichen Schwierigkeiten. Coppelia fragt nicht lange nach, erkundigt sich nicht nach Einzelheiten, die bekanntlich die Krankheit immens vergrößern, sondern sagt ganz sachlich: »Dann geh mal zum Doktor!«

Juliane schaut ihn betroffen an, und Coppelia begründet seinen Vorschlag: »Wenn die Leute mit sich so sorgsam umgehen würden wie mit ihren Autos, dann gäb es auch bei den Menschen eine Menge Bagatellschäden weniger!«

Juliane will nicht zum Arzt. Sie hat sich zeitlebens um den Arzt gedrückt. Schmerzen hat sie bis zu einem gewissen Grad ausgehalten, weil sie die Gegenseite des Wohlbehagens sind, das wir ja auch ohne Medikamente und ärztlichen Rat ertragen können.

Die Sache mit dem Arzt hat auch noch einen anderen Haken. Man geht mit einer vermeintlichen Krankheit hin und kommt mit mindestens drei neu diagnostizierten Leiden zusätzlich zurück.

Früher gab es noch Hausärzte, die eine Familie von der ersten Geburt bis zum Tod begleiteten. Wenn man sie sah, wenn sie ins Zimmer traten oder hinter ihrem schweren Schreibtisch saßen — es gab Krankheiten, besonders bei Kindern, die nahmen vor einem so zupakkenden wie herzlichen Arzt frühzeitig Reißaus.

»Erzähl nicht so einen Quatsch«, faucht Coppelia sie an, »klammer dich nicht an das, was früher war! Ein junger Arzt, der weiß, was er will, ist mir lieber als so ein Medizinmann, der sich für den lieben Gott hält! Ich weiß da einen jungen Arzt am Händelplatz, da melde ich dich einfach an.«

Juliane will nicht — aber sie muß!

»Hier habe ich zu sagen!« belehrt Coppelia seine alte Freundin. »Das heißt — du tust meistens, was du willst, aber hin und wieder auch das, was ich sage. Einverstanden?«

Juliane nickt ergeben. Sie kann jetzt doch nicht unumwunden zugeben, daß es sie innerlich so unsagbar glücklich macht, einen Menschen zu haben, der sich verantwortlich fühlt! Dieser Otto Dübbers, genannt Coppelia, fühlt sich für Juliane Winkler verantwortlich! Das braucht er nicht, denn diese Juliane verpflichtet zu nichts! Sie ist mit Coppelia weder versippt noch verschwippt noch verschwägert! So müssen gute Beziehungen unter Menschen eben sein — freiwillig. Dann funktionieren sie ausgezeichnet. Aus der Masse Mensch fischen sich ein paar gegenseitig heraus, sie mögen sich, ihre Sprache hat die gleiche Melodie, ihre Gedanken bevorzugen die gleichen Wege, das verbindet mehr als Verwandtschaft. Juliane geht also zum Doktor.

Aber vor den Doktor haben sich heute die dienstbaren Geister geschoben. Juliane erinnert sich an Dr. Lambertz mit der Sprechstundenhilfe, die jedem Patienten das Gefühl gab, daß nur er es war, den der Doktor erwartete.

In der zeitgemäßen Praxis des Dr. Knut Ensinger wartet Juliane unwillkürlich darauf, daß ein starker Mann

sie auf ein Fließband setzt, und man transportiert sie an medizinischen Arbeitsplätzen vorbei. Da wird Blut abgezapft, dann kommt ein schneller Abstrich, anschließend das EKG mit der längeren Verweildauer, und zum Schluß landet man auf oder vor dem Schreibtisch des Doktors, der schon alles weiß und dem menschlichen Wrack nur noch den Zeitpunkt des endgültigen Untergangs vorenthalten muß.
Bei Dr. Ensinger sieht das nur so aus. In Wirklichkeit nimmt er sich viel Zeit für seine Patienten, denn mit dem Ballast der technischen Seite der Medizin muß er sich nicht belasten.
Der junge Arzt untersucht Juliane gründlich, dann ordnet er ein paar Laboruntersuchungen an.
Und er erklärt der neuen Patientin, warum er dies macht, jenes tut und anderes veranlaßt. Juliane hat das sichere Gefühl, daß es bei diesem Gespräch nur um sie geht. Und Dr. Ensinger beendet das ärztliche Gespräch nicht mit den Gemeinplätzen, die jeden Funken Hoffnung austrampeln, sondern mit klaren Hinweisen, die Perspektiven eröffnen.

Für ihre Knochen, die leider schneller Kalk ansetzen, als der Besitzerin dieses Beinzeugs lieb sein kann, muß sich Juliane einer längeren Bewegungstherapie unterziehen. Im Rosenbad, das genau an der Stelle steht, wo früher angeblich schon durchreisende Kaufleute den Staub der Straße abgewaschen haben.
»Ich hab aber keinen Badeanzug«, sagt Juliane zu Coppelia.
»Den besorgen wir«, verspricht Coppelia.
Aber da hat er ein wenig zuviel versprochen. Die selbstbewußte Verkäuferin im Kaufpalast für Sportgerät und Wäsche bescheidet Coppelia: »Während ich Ihrer Frau Mutter ein paar Badeanzüge vorlege, schauen Sie sich gewiß in anderen Abteilungen um!« Das heißt in Wirklichkeit: Hau ab, Mann!

Aber Coppelia haut nicht ab. Er bleibt bei Juliane. Schließlich sind sie an diesem Nachmittag schon im dritten Geschäft. Coppelia und Juliane haben die erstaunliche Entdeckung gemacht: Je älter man wird, desto mehr muß man für das bezahlen, was man haben will! Nicht nur im übertragenen Sinn, sondern auch ganz realistisch. Für junge Dinger gibt es Badeanzüge haufenweise und zu Schleuderpreisen, weil sich gerade die Badesaison ihrem Ende zuneigt.

Für Juliane gibt es nur die massiven Badepanzer der edlen Marken, die man stückweise mit einem eingefärbten Korsett verwechseln könnte. Nun hat eine Frau wie Juliane Figurprobleme, die nicht mehr mit Diät oder Leibesübungen zu vergraulen sind.

Ein Busen, der auch beim besten Willen nicht mehr als knackig bezeichnet werden kann, muß eben Körbchen haben, ein paar Stützfalten im leichten Stoff helfen da nicht mehr.

Und die Beinlöcher dürfen nicht bis über die Hüfte ausgeschnitten sein, schließlich haben Pölsterchen die verfluchte Eigenschaft, immer da zu siedeln, wo man sie nicht übersehen kann. Und ein Rückenausschnitt bis zum Po-Ansatz ist auch nicht eben empfehlenswert, wenn er eine große Fläche alter Haut schutzlos freilegt, auf der sich Pigmentflecke angesammelt haben. Selbst die Sommersprossen verlieren an Charme, wenn ihre Besitzerin alt und älter wird.

Juliane will die Suche schon aufgeben, aber da hat sie nicht mit Coppelia gerechnet. »Wir finden einen«, verspricht er, »und wenn ich eine Verkäuferin so lange würge, bis sie mir verrät, wo sie einen haben!«

Die feine Verkaufsdame hätte so eine kleine Würge durchaus verdient. Sie sagt nicht: Warum machen Sie es denn nicht wie die mittelalterlichen Nonnen und gehen mit dem Hemd ins Wasser! Aber sie denkt es unübersehbar.

Ein dunkelblauer Badeanzug — einteilig, versteht sich

— mit grünem Dekor und rundum der richtigen Bauart gefällt Juliane sehr.
Ganz spitz sagt die Verkäuferin: »Ein jugendliches Modell!« Das heißt in der Übersetzung: Motz dich nicht so auf, Oma, nimm Schwarz und verschwinde!
Den würde man nehmen — aber zuerst besteht Coppelia auf einer Anprobe. Die Verkäuferin reißt den Vorhang der Umkleidekabine auseinander, als wolle sie eine Guillotine präsentieren.
»Sie könnten«, sagt Coppelia so bösartig und spitz wie nur eben möglich, »meiner lieben Freundin auch ein wenig zur Hand gehen.«
Die Verkäuferin zögert einen Augenblick.
Da faucht Coppelia sie an: »Los, alte Zimtzicke, hilf der Lady mal aus der Kledasche! Die kannst du Mooskuh ruhig anfassen — wir baden uns nämlich jeden Tag! Gemeinsam, damit auch der Rücken sauber bleibt!«
Juliane ist das alles sehr peinlich, aber sie hat sich nun einmal entschlossen, in bestimmten Dingen auf Coppelia zu hören. Das Verhalten dieser Schrillente ist zwar ärgerlich, aber Juliane ist auf dem besten Weg, sich endlich daran zu gewöhnen, daß alte Menschen sich am besten wie die Kinder verhalten — den Mund erst öffnen, wenn man gefragt wird, und immer schön höflich sein, das gute Händchen geben und im Hintergrund bleiben, keine Forderungen stellen und fortwährend wie eine Gebetsmühle murmeln: Entschuldigt, daß ich noch lebe!
Coppelia ist da ganz anderer Meinung — man muß dem Leben und den Menschen immer und ununterbrochen etwas abverlangen, bis zum letzten Atemzug.
Die steifleinerne Verkaufstante hilft Juliane, und Coppelia sagt freundlich: »Na, bitte — so geht's ja auch! Ich geh solange mal ein Haus weiter. Wo bitte ist die Abteilung Sexy-Höschen für Männer?«
Der Dunkelblaue mit der grünen Paspelierung und

dem diskreten Mäandermuster auf dem Oberteil und in der Taille paßt Juliane ausgezeichnet. Damit kann sie sich in der Bewegungstherapie sehen lassen. Juliane ist eitel — und das ist gut so. Vorbei sind die Zeiten, da eine Frau sich in der Mitte ihrer vierziger Jahre unabänderlich in eine graue Maus verwandelte. Für Juliane sind zudem Altersgenossen ein Greuel, die sich selbst aufgegeben haben. Die sich nur noch bekleiden, um nicht nackt zu sein, essen, um sich zu ernähren, und trinken, damit sie nicht verdursten.

Juliane wollte zu allen Zeiten ihres Lebens vorzeigbar sein. Als sie vor schätzungsweise zwanzig Jahren einmal festzustellen glaubte, daß ihr Busen an Attraktion verloren hatte, da erinnerte sie sich an den Leukoplasttrick der Stripperinnen: Man macht eine Querfalte oben an jeder Brust und überbrückt das ganze mit breitem Leukoplast. Je nach Stimmungslage und zeitweiliger Erwartungshaltung kann man das Ganze dann auch noch mit einem Kompaktpuder geschickt kaschieren. In weiser Einsicht, daß in gewissen Situationen körperliche Künstlichkeit durch besonders intensive Beschäftigung mit eben diesem Körper rückhaltlos aufgedeckt wird, hat Juliane zeitlebens auf das Tragen von Schönheitsprothesen verzichtet. Bis auf den falschen Dutt — wenn der mal ins Handgemenge geriet, war das nicht weiter gefährlich.

»Den nehm ich!« bestimmt Juliane. Sie schaut die Verkäuferin an, die ihr etwas stockfischig in den Pulli zurückhilft, und denkt: Weiß Gott, was das arme Luder für Ärger hat, und tagaus, tagein fremden Leuten in Badeanzüge zu helfen, das ist ja auch nicht gerade ein Beruf, zu dem man sich berufen fühlen muß! Also entläßt Juliane ein freundliches Lächeln auf ihre Lippen und sagt: »Danke! Sie sind sehr freundlich!« Natürlich weiß die Hippe mit den Kobra-Augen, daß Juliane das nicht wirklich meinen kann. Aber es ist schon erfreulich, wenn es überhaupt jemand sagt.

»Ich würde Ihnen raten, den kostbaren Stretch-Stoff nach jedem Bad mit einem leichten Waschmittel zu behandeln. Chlor und andere Wasserzusätze sind ein Feind der guten Stücke.« Das ist jedenfalls so eine Art von Belohnung für Juliane. Wenn jetzt die nächste Kundin auch so freundlich wäre, wenn die bohnenstangige Verkäuferin nicht wieder auf so eine fette Protze stößt, die sich wie die Gräfin von Hadersleben vorkommt und entsprechend diesem Irrtum auch die Leute behandelt — dann könnte sich das Weltbild dieser Mitmenschin um ein paar Nuancen erhellen.
Juliane wünscht es ihr, während sie am Arm von Coppelia das Geschäft grüßend verläßt.

Das Bad ist wirklich eine Wucht. Toskanische Fliesen geben der Großzügigkeit der Anlage den letzten Schliff. In den Umkleidekabinen kann man die Sachen so ablegen, daß man sich nicht fortwährend die Handknöchel an Plastikwänden blau ballert. Da fehlt der Schuhlöffel mit dem langen Stil genausowenig wie das Schuhbord mit der geriffelten Gummiunterlage.
Zusammen mit mindestens fünfzehn anderen Damen und Herren des Alters, das man als gesetzt bezeichnet, wartet Juliane auf die Dinge, die da kommen sollen. Zunächst einmal bricht sie das unsichere Schweigen, indem sie sich jedem vorstellt. Schließlich muß man drei Monate gemeinsam planschen, da ist es doch ganz gut, wenn man weiß, mit wem man die feuchte Ehre hat. Die restlichen Gesetzten sind glücklich über Julianes Initiative und stellen sich auch vor. Zwar wird mit Sicherheit jeder von denen nach kürzester Zeit fragen: Wie war doch der werte Name? Aber es ist wenigstens mal ein Anfang gemacht.
Dann bricht es über die kleine Badegemeinde herein — das Naturereignis Hans. So wie er auftritt, heißt er mit Nachnamen Dampfinallengassen, vermutlich aber Schulze, Lehmann oder Mayer.

Er begrüßt seine »lieben Patienten« mit der Grandezza eines Kapitäns, der zum siebenundachtzigsten Mal eine Altenriege durch die Ägäis schippert und so tut, als erlebten Schiff und Mannschaft gerade die erste Reise nach der Jungfernreise.
Hans trägt einen weißen Anzug. Die Hose ist überall so eng, daß er mit dem Schuhlöffel rein und mit dem Korkenzieher raus muß. Darüber prallt ein Jeans-Blouson und gibt die Männerbrust genau ab dem Punkt frei, den weiland James Bond als männlichen Point of no return eingeführt hat.
Sein Gesicht ist etwas gerötet, seine Haare sind blond, und seine Ohren stehen ab. Aber das sehen die Bade-Damen erst, als die Haare naß werden.
Hans schlüpft aus der Badehaus-Uniform und springt elegant in das Becken mit dem heilkräftigen Wasser. Juliane kichert in sich hinein: Wie eine Languste, die wird auch im warmen Wasser rot!
Hans läßt seine lieben Patientinnen und Patienten allerdings über die Treppe in die Heilfluten steigen. Hans gibt seine Anweisungen. Die Höhe der Badehalle und die weihevolle Akustik geben den Anweisungen etwas vom geheimnisvollen Hauch klösterlicher Liturgien.
Zusammen mit den anderen hängt Juliane am Beckenrand. Rechter und linker Arm ausgestreckt — Kipp nach hinten. »Und jetzt die Beine heben — ganz langsam anziehen! — sehr gut, meine Herrschaften! — ganz langsam strecken — so ist es richtig! — und nun wieder zurück und vor — zurück und vor! Nicht planschen, wir haben Zeit! Jetzt drehen Sie sich bitte mit dem Gesicht zur Wand. Sie strecken die Arme aus, so weit Sie können — und dann zurückziehen, abstoßen, zurückziehen und abstoßen!« Hans kommt jetzt im mannshohen Wasser zur Besichtigung, denn auch in diesem Verein gibt es Drückeberger und passive Renitenzler. Hans läßt keinen schludern.

Die Sache ist ungeheuer anstrengend. Juliane spürt mit einemmal wieder, daß sie Knochen und Knorpel an Stellen hat, die sie über Jahre schlichtweg als Arme oder Beine bezeichnet hat. Was für ein Glück, daß man nicht sieht, wie man auch im Wasser schwitzt.
O Gott, jammert Juliane sich an, das noch drei Monate und an drei Tagen in der Woche! Juliane weiß plötzlich auch, warum Seejungfrauen und Meermaiden so schön bleiben — weil sie so viel im Wasser sind, bekommen sie keine Arthritis.
Nach den Übungen führt Hans seine Damen und Herren auf eine kleine Empore mit Ruhebetten. Pause! Bisher hat vermutlich niemand der Verkalkungsaspiranten gewußt, daß man im Wasser so gerädert werden kann.
Zum zweiten Teil des Programms hat Hans sich umgezogen. Diesmal erscheint er in Dunkelbraun. Wenn es den Trachtenanzug für den Abend gibt, dann sollte man auch schleunigst den Trainingsdreß für kleine Empfänge freigeben. Unter den Armen hat Hans zwei Medizinbälle.
Ob sie hier noch einmal hergehen wird, das will sich Juliane schwer überlegen. Das ist Menschenschinderei in Hochform. Schon im normalen Leben haßt Juliane es, wenn man ihr klarmacht, daß sie nicht alles weiß. Und jetzt erklärt auch noch dieser Hans, daß sie nichts kann!
Juliane denkt nicht allein so. In mindestens fünfzehn anderen Köpfen werden ähnliche Gedanken gewälzt. Wenn man hinterher nun wenigstens noch darüber sprechen würde! Gefehlt — jeder schreibt seine Atemlosigkeit der Eile zu, mit der er sich anziehen muß, um den restlichen Verpflichtungen des Tages erfolgreich nachzukommen.
Juliane möchte etwas sagen, aber sie tut es nicht. Sie ist müde und wütend.
Und dann ist da auch noch der grauhaarige Angeber,

der ganz gelassen mitteilt: »Das ist doch nur ein Klacks!«
Dann soll er gefälligst in Zukunft mit sich selber klacksen! Juliane mag keine Grenzen, ganz sicher nicht die, an die sie von anderen Menschen geführt wird. Wenn schon am Abgrund, sagt sie immer, dann auch das aus eigener Kraft.
So muffelt nun jeder in sich hinein, bevor er in der Umkleidekabine verschwindet.
Es ist der Fehler aller Menschen aller Altersschichten, daß sie sich abkapseln und die so gewonnene Einsamkeit mit Individualität verwechseln. Die sechzehn Probleme von sechzehn Menschen hätten sich auf ein Problem reduzieren lassen, wenn man sich etwas mehr Vertrauen entgegengebracht hätte. Aber diese üble Mischung aus Angst und Stolz ist ein zäher Kleister, der den einzelnen Menschen festhält.

Unfroh und von den ersten Wehen eines Muskelkaters unangenehm gestört, geht Juliane nach Hause. Für die Frühstücksküche holt sie noch abgepackte Butter, kleine Marmeladenportionen und vier Büchsen der Kondensmilch, die noch so preiswert ist.
Im Supermarkt stößt Juliane versehentlich mit einer jungen Frau zusammen, die es offensichtlich eilig hat. Die junge Frau wirkt spürbar nervös, und ein maunzendes Kind auf dem Sitz des Einkaufskorbes drückt die Stimmung noch mehr. Das kleine Wesen in der Latzhose ist schon der perfekte Regalplünderer: Greift die Mutter nach Zucker und Mehl, erntet der Nachwuchs eine vielgepriesene Kinderschokolade und Bonbons, die angeblich nicht einmal dann den Zähnen schaden, wenn man davon gleich zwei nimmt.
»Können Sie nicht zu einer anderen Zeit einkaufen?« wendet sich die junge Frau an Juliane. »Müßt ihr Alten denn immer zwischen den Regalen hin und her tapern, wenn wir einkaufen müssen?«

Rücksichtslos schiebt die junge Frau Julianes Einkaufswagen zur Seite. Wenn Juliane sich nicht am Gewürzregal hätte festhalten können, wäre sie in den Sonderangebotsstapel mit den Preiselbeeren aus Bulgarien gefallen.
»Morgens habt ihr genug Zeit!« steigert sich die junge Frau in eine sinnlose Wut hinein. Sie nimmt dem Kind fortwährend etwas ab. Würde sie das nicht tun, hätte der oder die Kleine im Handumdrehen die Grundausstattung für einen kleinen Süßwarenladen beieinander. Andere alte Damen und Herren schauen sich betreten an.
Die Leiterin kriecht mit der Hürde Suppengrün beinahe ins Gemüseregal, um nicht eingreifen zu müssen. Die Kassendamen lassen Summen rattern, und zu allem Überfluß schaltet sich nun auch noch das Band ein, daß die verehrten Kunden auf Sonderangebote hinweist und einen fröhlichen Einkauf wünscht. Die eilige Mutter mit dem kleinen Süßwarensüchtigen bunkert gerade Frischmilch.
Juliane will die Frau zur Rede stellen. Wo kämen wir hin, wenn man sich untereinander auch noch die Zeiten nach Alter und womöglich noch nach Verdienst zuteilen würde! »Hören Sie mal!« sagt Juliane.
»Ach, lassen Sie mich in Frieden!« keift die übernervöse junge Frau zurück.
»Ich denke nicht daran!« posaunt Juliane. Vergessen die Anstrengung, kein Hauch mehr von einem Muskelkater! Auf den kleinen Schlachtfeldern des Lebens beherrscht Juliane noch ein paar siegversprechende Strategien.
»Wenn Sie Ihre Zeit nicht einteilen können, dann ist das nicht mein Problem! Aber eines schreiben Sie sich gefälligst mal hinter die Ohren: Ich bin nicht Ihre Alte, und zwischen Regalen tapere ich nicht hin und her! Und ich gehe einkaufen, wann ich will — verstanden?«

Das beutegierige Menschenwesen im Einkaufskorb wirft Juliane mit fröhlichem Juchzen ein Plastikei mit Schokoladenfüllung entgegen, und die Filialleiterin geht hinter den Kästen mit den Pfandflaschen in Dekkung.
Plötzlich nimmt die junge Frau ein großes Glas Rote Bete, hebt es hoch wie eine Monstranz zu Fronleichnam und läßt es aufatmend zwischen sich und Juliane auf den Steinboden fallen.
»Ha!« sagt die junge Frau nur und wischt sich den Schweiß aus der Stirne. Die weiße Hose der jungen Frau sieht aus, als wäre sie durch ein Watt aus Blut gewandert, und Juliane findet in ihrem Einkaufskorb geraspelte Rote Beete und Zwiebelringe.
Zuerst ist Juliane starr vor Schrecken. Dann lacht sie so dröhnend los, daß die Limoflaschen scheppern. Die junge Frau lacht gleichfalls. Mit der spontanen Herzlichkeit, die junge Leute heute draufhaben — obgleich man sie kontaktarm und verbiestert schilt —, gibt die junge Frau Juliane einen kleinen Kuß auf die Wange.
»Entschuldigung — was können Sie dafür, wenn ich meinen Halbtagsjob nicht schaffe, wenn der Kindergarten sich nicht an feste Schlußzeiten hält und mein Mann der Meinung ist, er hätte das Recht auf ein Mittagessen!«
Juliane gibt wortlos das Zeichen ›Ist-schon-vergessen-Mädchen‹, da erscheint die Leiterin und keift los: »Wer bezahlt das?« Und drohend weist sie auf den Rote-Bete-See, der die Topographie der Einkaufswandelhalle in Unordnung bringt, weil gewohnte Wege des Konsums vorübergehend wegen roter Überschwemmung geschlossen sind.
»Das zahle ich selbstverständlich!« sagt die junge Frau.
»Und ich«, läßt Juliane sich nicht lumpen, »übernehme die Reinigungsgebühren — oder sollte in diesem Laden wirklich etwas umsonst sein?«

Das verwirrte kleine Süßmaul hat inzwischen aus Versehen einen Apfel gegriffen, hineingebissen und erheblich gespuckt. Wenn wir schon Knabberkanten nach Planeten benennen, wie soll die schlichte Natur da noch Chancen bei einem kleinen Frühkonsumenten haben?

19

Da gibt es Tage, die zerfließen in Langeweile. Und plötzlich springt ein Tag aus der Reihe, da staut sich eine Menge Leben, und ohne Vorwarnung bricht der Damm. Juliane liebt solche Tage. Da kann man sich eine Strecke mitreißen lassen, da kann man eine Weile ungestört rudern und paddeln, ist nur für sich verantwortlich und hat aufzupassen, daß man nicht vorzeitig untergeht. Erst die Kräftevernichtung im Bad und der anschließende Ärger über körperliche Unzulänglichkeiten und mangelnden Kontakt zwischen Menschen. Dann die herrliche Szene im Supermarkt. Juliane ist zudem überzeugt davon, daß die jungen Frauen von heute es keinen Murks leichter haben als die von gestern und vorgestern. Solange sich statt der Ansprüche nur die Methoden zur Erfüllung der Ansprüche ändern, bleibt alles beim alten.

Bei Coppelia sitzt Milan Dragovic und ist besoffen. Milan hat den kleinen sauberen Imbiß im Nebenhaus gepachtet. Jetzt hat man ihm gekündigt — und es gibt für gewerblich vermietete Räume keinen Mieterschutz. Milan hat sich durch Freundlichkeit und abwechslungsreiches Essen eine Menge guter Kunden herangezogen, die aus dem vermatschten Tal der übersäuerten Currywürste auswandern wollten — aber darum nicht gleich in die Gefilde Lukulls und Witzigmanns eindringen mochten.

Diesem Milan ist gekündigt worden! Außer ihm hat man auch dem alten Schreiber den Laden aufgekündigt. Milan ist nicht nur untröstlich, er ist auch stinksauer, denn für gewerbliche Räume gibt es keinen Mieterschutz. Weil nun aber die Spekulanten spekulieren wollen, weil sie an normale Wohnungen so schnell nicht herankommen, darum reißen sie sich die Läden unter den Nagel! Da kann dann ein Kettenunternehmen die saumäßig überhöhten Mieten zahlen, ein wakkerer Einzelhändler muß passen, wenn er seine Waren nicht so verteuern will, daß die Kunden ausbleiben. Geliefert ist Milan in jedem Fall.

Da hat er sich abgerackert — und so ein mieser Bauhai bringt ihn nun um die Früchte seiner Arbeit. Eine Ferienpension an der Adria hätte es werden sollen, kein Touristenbunker, sondern ein Unterschlupf für Landsleute, die ja auch mal Ferien von den Ferienmachern haben sollen. Jetzt ist der ganze Plan zerstört.

Der alte Herr Schreiber hat seinen kleinen Fischladen einfach geschlossen. Als seine Frau noch lebte, war das blitzsaubere Geschäft ein Geheimtip für die, die hausgemachte Salate mochten, die einen eingelegten Hering mit viel Zwiebeln und Äpfeln dem St.-Peter-Fisch vorzogen. Schreiber hatte sich rührend bemüht, die Qualität zu halten, aber mit der Zeit mußte auch er auf Konfektionsware ausweichen — und die gibt's nun mal im Supermarkt billiger und frischer wegen des schnelleren Umsatzes.

Juliane ist sehr betroffen von den schlechten Nachrichten. Sie wollte ins Zimmer stürzen und erzählen — aber jetzt sitzt sie betreten da und hört zu.

Milan ergeht sich in finsteren Drohungen, sein beleidigtes slawisches Gemüt schlägt Falten. Er wird die Bundesrepublik in die Luft jagen oder wenigstens einen erheblichen Teil davon. Für verschiedene Typen, vom Minister bis hin zum rücksichtslosen Profitmacher, denkt er sich fürchterliche Mordarten aus.

Juliane tröstet ihn: »Vielleicht finden Sie einen anderen Laden!«

Natürlich findet man andere Läden, aber das sind dann wieder die, aus denen vorher andere Mieter entfernt worden sind. Irgendwo im hintersten Kreuzberg gibt es eine Menge Läden zu mieten. Aber da stellt sich ein anderes Problem: Wie soll man Türken erklären, daß sie

sich jugoslawisch ernähren sollen? Außerdem — die Flut der griechischen Lokale ist schon enorm umsatzhemmend, und auch die Türken sind gastronomisch mittlerweile Selbstversorger und in Spitzenqualitäten schon bis an den Rand des Kurfürstendamms vorgedrungen. Außerdem hat ein anständiger Jugoslawe seinen Stolz und seine albernen nationalen Vorurteile wie jedes andere Volk auch — Griechen und Türken bekocht man einfach nicht.
Juliane möchte wissen, wo Herr Schreiber ist.
Milan weiß nichts.
Coppelia hat mittlerweile auch schon einen ordentlichen Zacken weg, und Juliane läßt das Schnapsduett alleine. Zumal die Flasche bald leer ist.

Im Haus nebenan sucht Juliane nach der Hauswartsfrau. Irgendwer muß doch wissen, wo Herr Schreiber wohnt. Die Hauswartsfrau weiß es nicht. Der alte Herr ist immer morgens pünktlich um acht Uhr erschienen, hat um sechs Uhr abends seinen Laden geschlossen. Herr Schreiber ist unauffällig, man hat keinen Ärger mit ihm, also weiß man auch weiter nichts. Von den Rabauken im Haus weiß man alles, und die versoffene Wagemann aus dem Gartenhaus, die pro Wochenende mindestens zwei Kerle abschleppt, ist für die Mieter, die so gerne Ärgernis nehmen, ein offenes Buch.
Juliane bringt die Hauswartsfrau dazu, mit der neuen Hausverwaltung zu telefonieren. Da ist eine junge Dame am Telefon, die »Moment mal« sagt und dann verkündet: »Lipschitzallee siebenundzwanzig!«
Juliane hat in der ganzen Sache ein ungutes Gefühl. Es gelingt ihr, die Hauswartsfrau zu überreden — Frau Hirt will mitkommen. Das ist nun nicht nur Menschenfreundlichkeit und Hilfsbereitschaft. Frau Hirt wittert eine Sensation, einen angenehmen Grusel. Endlich einmal kann sie Schicksal aus erster Hand erleben. Was für eine Möglichkeit — endlich einmal schneller als die

Zeitung, und dann wird man vermutlich auch noch interviewt!
Frau Hirt wirft sich in Schale und stiefelt mit Juliane zur U-Bahn. Man hört so viele schlimme Dinge! Erst kürzlich hat man eine alte Frau in ihrer Hochhauswohnung gefunden, die schon mindestens drei Jahre tot war! Igittigitt — riecht das denn keiner? Das liegt aber auch an den Hausmeistern, die kümmern sich nicht mehr um die Leute, jeder kann tun und lassen, was er will — keine Ordnung und Übersicht im Haus. Frau Hirt wäre das bestimmt nicht passiert. Manchmal, aber wirklich nur manchmal klingelt sie am Montag bei der Wagemann, um festzustellen, ob sie noch lebt: »So, wie die es treibt, gerät die leicht mal an einen, der zudrückt oder sticht!«
Je näher sie der Haltestelle Lipschitzallee kommen, deso aufgeregter wird Frau Hirt. »Ich kann keine Toten sehen!« Aber sie wird Juliane schon über die Schulter schauen, wenn sie die Wohnung betreten. Vielleicht sitzt der reizende Herr Schreiber in einem Sessel, das Glas mit den Giftresten noch auf dem Tisch und in einer Hand den Abschiedsbrief an diese Welt voller Ekelpakete und Miesmotzen.
»Was aber«, gibt Frau Hirt zu bedenken, »wenn er den Gashahn aufgedreht hat?« Sie starrt eine Weile dramatisch vor sich hin und sagt dann: »Klingeln dürfen wir nicht — nur klopfen, wegen der Funken! Das hab ich mal in der Zeitung gelesen. Das Haus war schon mit Gas gefüllt und ist in die Luft geflogen, als der Briefträger klingelte.«
Juliane hat von den totenstarren und leichigen Visionen der Frau Hirt allmählich die Nase voll. Es kann ja auch gutgehen — man muß doch nicht immer das Schlimmste annehmen. Juliane weiß, das Schlimme ist sensationell, wenn etwas gut ausgeht, interessiert das kaum einen.
Das Haus in der Lipschitzallee ist einer jener

menschenunwürdigen Wohntürme, die man vor Jahren noch in den Himmel des Wohlstands ragen ließ. Häuser zum senkrechten Vereinsamen von Menschen, die sich wortlos in Aufzugkäfigen treffen. Das sind die Wolkenkuckucksheime von heute. Zu gewissen Zeiten wohnt man im zwölften Stock schon über dem Smog, und wenn die Wolken tief hängen, hat der Regen nicht einmal mehr die Chance, in niedlichen Tropfen zu fallen, er muß sich als Kondenswasser niederschlagen. Balkone sind lediglich Austritte für Schwindelfreie, und Blumenkästen sind baupolizeilich verboten, weil sie ab einer gewissen Höhe zu gefährlichen Geschossen werden können, die unberechenbaren Fallwinden an Hochhausfronten ausgesetzt sind.
Die Schreckensvision für alle, die höher als im vierten Stock wohnen: wenn einmal der Aufzug ausfällt!
Juliane betrachtet die große Platte mit den Namen. Endlich findet sie ›Schreiber Edmund‹. Heißt er Edmund? Denn Juliane stellt fest, daß außer dem Edmund noch ›Schreiber M.‹ und ›Schreiber P. u. U.‹ in diesem Wohnungsstapel beheimatet sind. Peter und Ursula — jawohl, das müssen sie sein! Frau Hirt hüllt sich von Kopf bis Fuß in eine Gänsehaut und zittert sensationslüstern auf den Fahrstuhl zu. Juliane bleibt ein paar Schritte zurück. Ihr ist nicht sonderlich wohl bei der Geschichte. Aber man muß sich doch um die Mitmenschen kümmern!
Herr Peter Schreiber wohnt in der siebzehnten Etage. Für eine so lange Anreise sollte man sich ein paar Stullen mitnehmen!
Frau Hirt ist kreidebleich — noch ein paar Minuten, noch ein paar Sekunden, dann wird sie es wissen. Armer Herr Schreiber, denkt sie, so mußte er nun wirklich nicht enden! Außerdem überlegt sie, was sie von Schreiber weiß. ›Wie uns Frau Lydia Hirt, die Hauswartsfrau, erzählte, war Herr Schreiber ein überaus angenehmer Herr, der nach dem Tod seiner Frau das Geschäft mit

Umsicht und Sorgfalt weiterführte.‹ So etwa wird sie das morgen in der Zeitung lesen. Juliane will gerade klingeln, da reißt Frau Hirt ihr die Hand zurück. Sie sind doch kein Himmelfahrtskommando!
Juliane klopft. Frau Hirt, die nur mal in die Trickkiste der negativen Kommunikation greifen muß, legt die hohle Hand ans Ohr und lauscht an der Tür. Sie setzt die Handtasche ab und versucht ganz vorsichtig mit der freien Hand, den Briefkastenschlitz zu öffnen, aber der ist leider blockiert. Dennoch nimmt sie etwas wahr, was ihr aufgestautes Entsetzen nur noch steigert: »Da höre ich Musik!« Sie lauscht noch einmal. »Tatsächlich, da spielt Musik!« Und etwas abwertend fügt sie hinzu: »So was Klassisches!«
Armer Herr Schreiber. Hat vor seinem Freitod vergessen, das Radio auszuschalten. Frau Hirt sieht genau die Schlagzeile ›Und das Radio spielte noch!‹.
Juliane klopft. Sie ist jetzt auch von den makabren Gedanken der Frau Hirt angesteckt. Sie klopft noch einmal.
Plötzlich fliegt die Tür auf — und es steht ein Mann vor den beiden verdutzten Frauen, der unmöglich Herr Peter Schreiber sein kann.
Aber es ist Peter Schreiber. Er trägt einen rotseidenen Morgenmantel mit einem Gürtel, der eigentlich schon eine Schärpe ist. »Hallo die Damen — herzlich willkommen, Frau Hirt — treten Sie ein! Ich muß noch den zweiten Satz der Siebten von Mahler dirigieren, dann habe ich Zeit für Sie!« Peter Schreiber wallt ins große Wohnzimmer zurück. Eine kurze Sekunde der Meditation und der Versenkung — dann hebt er die Hand mit dem Taktstock aus Elfenbein, und der Stereoturm führt den Peter Schreiber auf den perfekten Wegen moderner Akustik in den Konzertsaal seiner Träume.
Frau Hirt fühlt sich vom Schicksal geprellt. Aus ist es mit dem Zeugenruhm in Berlins beliebtester Morgenzeitung. Und überhaupt — da schlägt das Schicksal so

erbarmungswürdig zu, bringt den Mann um seine Existenz, und nun steht er da und spielt Musik von einem Herrn Mahler.
Juliane sieht eine kleine Welt der liebenswürdigen Schrullen. In mindestens zwölf Wechselrahmen erkennt sie Bilder von Chagall. Die großen Fenster haben weder Vorhänge noch Gardinen und entlassen den Blick in eine sonderbare Weite, die man indes nicht rückhaltlos genießen kann, weil die Augen über die Mauer stolpern, die sich um den anderen Teil der Stadt krümmt. Und irgendwie ist es tröstlich, daß die Iljuschins der Interflug und der Aeroflot im benachbarten Schönefeld wenigstens dann mal nach Westen starten dürfen, wenn der Feind es so will.
Der Wohnraum ist aufgeräumt, nirgendwo Anzeichen von junggeselligem Altherrenschmuddel.
Peter Schreiber läßt die letzten Töne verklingen. Mit gespieltem Dank verneigt er sich vor seinem hereingeschneiten Publikum und macht große fragende Augen.
Frau Hirt möchte etwas sagen, aber mit einem sanften Blick fordert Peter Schreiber Juliane zu einer Auskunft auf.
»Wir dachten . . .«, sagt Juliane und verheddert sich im Gestrüpp des Satzes, den sie sich so genau überlegt hatte.
Hocherfreut stellt Peter Schreiber indes fest: »Sie dachten! Das ist eine überaus erfreuliche Mitteilung, denn Menschen, die denken, sind selten!« Juliane möchte klarstellen, daß das mit der edlen Vermutung nicht so weit her ist, wie Herr Schreiber das wohl annimmt, aber der fröhliche Taktstockschwinger korrigiert sich schon selber: »Die Tatsache, meine Dame, daß Sie zusammen mit der überaus rührigen Frau Hirt bei mir erscheinen, läßt darauf schließen, daß Sie tatsächlich gedacht haben — dem alten Schreiber ist was zugestoßen! Dieser Heringsbändiger und Mayonnaisenpanscher hat sich

etwas angetan, weil man ihm den Laden gekündigt hat! Wie Sie sehen, ist das nicht so!«
Herr Schreiber deutet mit einer einladenden Geste auf das gemütliche Omasofa mit dem geschnitzten Rahmen aus Mahagoni.
Frau Hirt möchte nun endlich einmal ihr Licht unter dem Scheffel hervorholen, aber diesem Herrn Schreiber ist sie nicht gewachsen, das ist ein ganz anderer Mann. Der Schreiber, den sie kannte, das war der gleichbleibend liebenswürdige und immer etwas zurückhaltende Geschäftsmann, der sich im Wohlwollen einer Stammkundschaft geborgen fühlen konnte. Ja, der Schreiber, den Frau Hirt meint, das war ein sonderbar devoter Mann, der den Kopf immer ein wenig gesenkt hielt und den Gesprächspartner nur dann anschaute, wenn er unbedingt mußte.
Aus einem kleinen Kühlschrank, dessen Holzverkleidung ihn zum unscheinbaren Möbelstück macht, holt Herr Schreiber eine Flasche Champagner: »Das muß gefeiert werden, zwei liebenswerte Damen machen sich auf den langen Weg von der Güntzelstraße nach Bukkow — nur um festzustellen, wie es mir geht — und ob ich nicht vielleicht . . .« Herr Peter Schreiber macht eine Pause, die er geschickt dazu nutzt, den Champagner diskret zu entkorken.
Aus einer zierlichen Etagere nimmt er drei Sektschalen und stellt sie auf den Tisch mit der Platte aus Carraramarmor, dann schenkt er ein.
Frau Hirt ist so verwirrt, daß ihr die Worte fehlen — und das ist eine Situation, in der sie noch nicht oft in ihrem Leben war. Frau Hirt, die selbst dann noch sprechen kann, wenn sie schon längst nichts mehr zu sagen hat, stolpert verwirrt durch das Dunkel ihrer Sprachlosigkeit.
Juliane indes schaut sich diesen Peter Schreiber mal gründlich an und stellt fest, daß sie es hier vermutlich mit einem späten Fall glücklicher Selbstverwirklichung

zu tun hat. Ein Mann ist aus der Armee der grauen Mäuse ausgebrochen. Sämtliche Fische und alle Feinkost hat er mit großzügigem Schwung hinter sich gelassen, um dem Rest des Lebens noch ein Zipfelchen Eigennutz zu entreißen.

»Prost, die Damen — auf das Leben so ganz allgemein und darauf, daß Ihre Reise sich auf so eine erfreuliche Art nicht gelohnt hat!«

Frau Hirt setzt das Glas resolut an die Lippen — Juliane hält es eine Weile hoch und genießt die Kaskaden der Champagnerfröhlichkeit.

Peter Schreiber muß den beiden unerwarteten Besucherinnen wohl noch einiges erklären. »Seit meine Frau tot ist . . .« Weiter kommt Peter Schreiber nicht, denn Frau Hirt fällt ihm ins Wort, weil sie genau zu wissen glaubt, was Männer sagen, wenn sie anfangen, ›seit meine Frau tot ist‹. »Ihre Frau war eine sehr nette Frau, wenn Sie die nicht gehabt hätten — vor Einsegnungen und Hochzeiten hat die noch bis spät in die Nacht hinein die Bestellungen fertiggemacht — nee, Herr Schreiber. Ihre Frau war eine patente Frau, auch wenn Sie das heute vielleicht nicht mehr wahrhaben wollen, aber die gute Seele kann sich ja nicht mehr wehren!« Frau Hirt nimmt einen tiefen Schluck aus dem Glas und schaut Herrn Peter Schreiber herausfordernd an: Und nun sag noch mal was, du undankbares Mannsbild!

Peter Schreiber verbeugt sich vor Frau Hirt: »Vielen Dank für die Ehrenrettung meiner Frau, aber ich gehöre nicht zu den Männern, die sich nach einer langen Ehe nach Freiheit sehnen. Aber ich hab sie nun mal! Und ich hab sie besonders schön und hoffentlich lange, weil diese gewinnsüchtige Verwaltung mir meinen kleinen Laden aufgekündigt hat. Was man nicht braucht, spürt man erst, wenn man es nicht mehr hat! So aus purer dummer Gewohnheit habe ich das Geschäft nach dem Tod meiner Frau weitergeführt. Aber es war ein Krampf, von dem ich mich nicht lösen konnte. Als ich

aber mit meinen Salatschüsseln von heute auf morgen auf die Straße gesetzt wurde — da hab ich mir vorgenommen, jetzt wird gelebt! Die Rente ist schon lange durch und reicht. Hier bin ich der Herr Schreiber, den kaum einer kennt. In der Güntzelstraße war ich der freundliche Heringsbändiger und Makrelenknecht. Ich hätte die Leute bloß verwirrt, wenn ich ihnen auch nur einmal erzählt hätte, wofür ich mich interessiere. Wer bei mir Krabben in Aspik kaufen wollte, der mochte nicht über Mahler oder Bruckner sprechen — ganz zu schweigen von moderner Malerei! Meine Frau hat sich auch nicht dafür interessiert — aber sie hat mir meine Hobbies gegönnt und sogar noch unterstützt. Claire und ich waren eine herrliche Doppelexistenz! Tagsüber Fisch — am Abend die Symphonie der Tausend! Für uns war es ein Glück, daß wir so weit von den geräucherten Bücklingen entfernt lebten!« Peter Schreiber nimmt nun auch einen kräftigen Schluck und betrachtet die beiden Damen. »Wenn Sie mich im nächsten Monat besuchen kommen, dann habe ich Bilder von Braque in den Wechselrahmen. Dazu kauf ich mir ein Buch über den Mann — und dann denke ich mir halt so zusammen, was mir Spaß macht, wenn ich die Bilder sehe!«
Frau Hirt hält das für unnützen Tand und alberne Spielerei. »Wir hören ab und zu mal Mantovani, aber so nebenbei — nicht extra!«
Peter Schreiber läßt sich nicht provozieren. »Das ist ja das Schöne an der Sache — Sie haben Zeit, und ich habe Zeit! Und jeder macht mit seiner Zeit, was er will!«
»Auf das Leben!« sagt Juliane plötzlich.
Peter Schreiber weiß, was sie meint. Lydia Hirt ahnt wohl, was das zu bedeuten hat, und sagt fröhlich: »Ist ja auch 'ne ziemlich tolle Sache!«
Die drei Menschen brechen in schallendes Gelächter aus.

Den Heimweg treten Juliane und Lydia Hirt sehr vergnügt und bester Laune an. Peter Schreiber bringt sie zur U-Bahn und lädt die Ladies zu einem schönen albernen Nachmittag ein, wenn sie alle drei wieder mal die Lust verspüren, so jung zu sein, wie sie es gerade sind.
Lydia Hirt tänzelt über den Bahnsteig und verspricht: »Die werden sich alle wundern, wenn ich mal in Pension gehe!«
Und Juliane hofft sehr, daß die Frau das Versprechen auch einhält — im eigenen Interesse und zur dauernden Belehrung derer, die mißmutig ›auf Rente‹ gehen! Juliane freut sich sehr, daß endlich einmal nicht das Schlimmste eingetroffen ist.
Gelöst und locker erscheint sie bei Coppelia. Dieser liegt auf dem Sofa und miaut die zweite Stimme zu seinem furchtbaren Katzenjammer. Herr Coppelia möchte dringend bemitleidet werden, er möchte sich mit tröstendem Bedauern vollsaugen dürfen, er möchte starken Zuspruch, der ihm dabei hilft, den inneren Schweinehund zu vertreiben, mit dem er sich gerade wieder einmal kräftig angelegt hat.
Milan ist verschwunden, und die Flasche ist schon lange leer.
Juliane hat Verständnis für den Mann, der auf die schönste Art der sonderbarste Freund ist, den sie in ihrem Leben jemals gehabt hat. Sie braut ihm ein Gesöff zusammen, mit dem sich Haarspitzenkatarrh und Brummschädel massiv bekämpfen lassen: eine Tasse schwarzen Kaffees und dazu den Saft von zwei Zitronen! Diese Aromakombination allein stinkt den angegriffenen Magennerven schon erheblich — in sämtlichen Oberstübchen aber fliegen die Fenster auf, und der Kater springt hinaus.
Herr Coppelia gurgelt die Brühe in sich hinein und sagt sich einen jähen Tod voraus.
Juliane hat sehr viel Geduld mit ihm. Soll er sich getrost

mal vollaufen lassen, nach Herzenslust Badewanne spielen — jeder Mensch braucht von Zeit zu Zeit einmal einen jener unlimitierten Ausbrüche, die man dann auch nicht mit Normen und dem Verhalten nach der Norm kontern soll. Alkohol ist kein Ausweg — aber von Zeit zu Zeit eben mal eine breite Straße, auf der man sich selber die Sporen geben kann. Auch ein Bad im trüben Tümpel des Selbstmitleids hat von Zeit zu Zeit erstaunliche kosmetische Wirkungen bei Herz und Charakter. Schließlich ist es auch verdammt traurig, wenn man sich selbst bemitleiden muß, weil die anderen einem ein wenig Mitleiden vorenthalten. Juliane weiß genau, wie tröstend es sein kann, wenn man einem Menschen mal über den Kopf streichelt oder ihm einen plötzlichen kleinen Kuß gibt. Juliane kennt diese Sehnsucht nach Verstehen und Verständnis, die alle so selten äußern, weil sie sich meistens vor dem fürchten, worin sie verstanden sein möchten.
In Coppelia rumort der Kaffee mit der Zitrone. Juliane bringt ein paar Tomatenhäppchen mit Zwiebeln. Die kleine Platte stellt sie auf den Tisch und wartet ab. In Julianes Gesicht ist nicht der geringste Vorwurf gemeißelt, da haben die Augen nicht den strafenden Blick der — wenigstens zeitweiligen — Abstinenzler.
Juliane ist das, was wenige Menschen zueinander sind: sie ist Coppelia gut. So rundherum und richtig von Herzen gut. Nun sind bei Coppelia zwar ein paar der ausgeprägtesten Problemzonen zwischen Mann und Frau aufgrund besonderer Umstände in ein normales Leben eingemeindet worden — aber vermutlich ist die Welt voll von Menschen, die füreinander bestimmt sind. Man muß sie nur suchen. Und gemeint ist nicht jene große unabwendbare Bestimmung der menschlichen Verbindung, die man gemeinhin schicksalhaft und unabänderlich nennt — gemeint ist vielmehr dieser glückliche Grad von Zustimmung, der aus einem Menschen einen Mitmenschen macht.

In solchen Stunden hängt Coppelia gerne den Träumen nach, die für ihn schon lange ausgeträumt sind. Juliane ermahnt ihn dann nicht zu gedanklicher Zucht und moralischer Zwangsbremsung — Herr Coppelia darf sich in jeglicher Hinsicht auskotzen. Und für diese bullerige Revolution von Magen und Geist kann man sich leider nicht auf sanftere Begriffe zurückziehen. So ist das auch mit den angepaßten Flüchen von Himmel, Hektor und Ariadnefaden, ein Fluch will donnern und nicht plätschern — klotzen eben und nicht kleckern.
Diese Stunden der sanften Sympathie genießt Juliane außerordentlich, da hat sie nun eine Verpflichtung, ohne verpflichtet zu sein, Freundschaft, ohne zur Freundlichkeit verdammt zu sein, und Zuneigung, die jegliches Besitzrecht an der anderen Person ausschließt. So läßt es sich wahrhaft leben, wenn die großen und angeblich endlosen Bindungen allerseits lokker geworden sind.
Als die ersten Gäste zurückkehren, ist Coppelia wieder auf dem Damm und für die ankommenden Damen und Herren der freundliche Otto Dübbers, der er immer war. Die Sache mit dem Herrn Coppelia ist eine verspielte Vertraulichkeit, wie man sie sich unter guten Freunden leisten kann.

20

Am übernächsten Morgen geht Juliane wieder zur Bewegungstherapie. Von den fünfzehn Mitstreitern sind nur sieben übriggeblieben — Juliane eingeschlossen. Das ist ein sehr entmutigendes Ergebnis: Da haben neun Menschen aufgegeben, nur weil sie sich zeitweilig überfordert fühlten. Statt gleich zu sagen, laß das mal etwas langsamer angehen, bleiben sie lieber fort und schaden sich selber. Vielleicht aber ist es auch eine Frage der überforderten Energie. Juliane kennt das von sich — wie oft möchte sie nachgeben, sich einfach fallenlassen und abwarten, was geschieht. Der alte Körper ist kein Instrument mehr, auf dem und mit dem man nach Belieben spielen kann. Die Jahre nisten nun einmal im Gewebe, und kleine private Bestzeiten müssen energisch erkämpft werden. Wenn man nun aber voraussetzt, daß auch die Energie mit zunehmendem Alter nachläßt — woher dann noch die Kraft für einen energischen Antritt gegen Lethargie und flaue Ergebenheit nehmen?

Juliane geht auf den strammen Hans zu, den es überhaupt nicht erstaunt, daß so viele seiner Patienten nicht mehr erscheinen.

»Das ist typisch«, erklärt er den Verbliebenen, »das sind die Drückeberger, die es lieber noch einmal mit einem Pülverchen versuchen!«

»So würde ich das nicht sehen!« sagt Juliane und erklärt unter der stummen Zustimmung der Resttruppe: »Wir haben uns alle überfordert gefühlt — aber der Fehler liegt bei uns! Wir hätten Ihnen sagen müssen, daß Sie es langsam angehen lassen sollen, daß man uns nicht müde trainieren kann, weil wir schon lange nicht mehr ganz frisch sind!«

Zögernd sieht Hans das ein, aber er will sich entschul-

digen. »Aber meine Damen und Herren — die Ärzte sagen mir immer . . .«
Juliane wagt einfach die Unmanierlichkeit und fällt Hans ins Wort: »Was die zu ihren eigenen Methoden sagen, werden wir erst wissen, wenn sie sich den eigenen Methoden aussetzen müssen!«
Die Damen und Herren lachen zustimmend und sind insgeheim glücklich, daß sich wieder mal jemand gefunden hat, der sein Wort tut.
Viele, die im Alter schweigen, gehören zu denen, die auch dann nicht aufgemuckt haben, als sie noch jung waren und sie eine Lippe riskieren durften! Wenn es stimmt, daß Alter die Summe von Leben und Erfahrung ist, dann darf man sich bei etlichen alten Zeitgenossen getrost fragen, was haben die denn im Leben erfahren. Diese Meckertöpfe und Kneisterbären, die unüberlegt verlangen, daß man Alter und Erfahrung ehren muß. Jene Ärgernisgreise, die sich der unverrückbare Maßstab aller Dinge sind — nicht zu reden von den kiebigen Scharteken, die sich über Kinderlärm und Kinderlachen beschweren, die mißmutig durch das restliche Leben schluren, nur weil sie vorher auch nicht sonderlich trittfest waren.
Alter ist nämlich etwas, das man sich verdienen muß wie Wissen und die spätere Reife des Wissens. Juliane fürchtet sich vor denen, die da rumsitzen und tatenlos ein Gnadenbrot mümmeln — ohne sich auch nur ein wenig um die frischen Brötchen zu kümmern.
Wie oft wollte Juliane schon Kinder in Schutz nehmen, an denen sich alte Menschen auf sonderliche Art vergingen.
›Kannst du nicht aufpassen — kannst du nicht hinschauen — kannst du nicht gehorchen — kannst du nicht das tun, was ich will?‹ Juliane haßt diese lieblosen Forderungen. Alter ist für Kinder ein sonderbar ferner und unerfüllbarer Begriff. Wenn die Studienreferendarin mit dreiundzwanzig schon eine ›Alte‹ ist, was sind

denn dann die Alten in jungen Augen? Bis zu einem gewissen Alter vermuten Kinder, daß Großväter und Großmütter zeitlebens nichts anderes als Großväter und Großmütter gewesen sind. Die Chance einer Großmutter oder eines Großvaters liegt dann darin, daß sie die eigene Vergangenheit so allmählich aufblättern, daß Kinder und Kindeskinder darin auch ein Stück der eigenen unabänderlichen Zukunft erkennen. Die Gesten des Alterns sind nicht mehr ganz so fordernd, aber sie können so unendlich sanft und tröstend sein. Wenn alle Großmütter wüßten, wie sehr ihnen das Vertrauen ihrer Enkel gehört, wenn alle Großväter auch nur eine schwache Ahnung davon hätten, wieviel Zutrauen man zu einem Opa haben kann, weil man weiß, daß er den eigenen Vater aufgezogen hat und dessen ärgerliche Macken und Marotten genau kennt.
Das Fähnlein der aufrechten Bewegungstherapisten stakst ins Wasser, willentlich und wissend einem neuen Muskelkater entgegen. Hans seinerseits ist zufrieden, daß er jetzt den richtigen Ton gefunden hat. Dem freundlichen silberhaarigen Herrn mit der Hühnerbrust, der neben Juliane im Wasser ackert und wie ein Professor wirkt, der seine Universität verloren hat, gurgelt sie zu: »Man muß nur mal darüber reden!«
Juliane streckt sich im lauwarmen Wasser, bis die Arme schmerzen. Dann zieht sie ganz langsam und muskelbewußt, wie Hans das fordert, die Beine an den Körper, und sie denkt: Wenn du das erst ohne Stöhnen auf dem Trocknen fertigbringst!

Coppelia ist in den letzten Tagen sonderlich verstört. Er läßt Tassen fallen und zählt die Laken für die Wäscherei falsch ab, er disponiert ungenau für Julianes Einkäufe und ist alles in allem absolut nicht sein Typ. Für die Gäste einer familiären Pension ist es besonders schlimm, wenn der Patron andauernd mißgestimmt ist. Die Damen und Herren ziehen schließlich nicht in ein

Hotel — weil sie es hassen, über den Computer befüttert und versorgt zu werden.
Wenn man von Coppelia die Rechnung bekommt, dann gibt es dazu einen Cognac — falls nicht an besonders idiotischen Tagen gleich eine ganze Belegschaft ausgerechnet am frühen Morgen aufbrechen will. Bei Coppelia erfährt der Gast, wo er ausgefallene Kupferstiche alter Stadtansichten bekommt, Coppelia weiß auch, welche der Boutiquen in der Knesebeck- oder Leibnizstraße welche Fummelagen führen. Damen, denen man es auch ansieht, daß sie eine sind, verweist er dann mehr in Richtung auf Kurfürstendamm oder Tauentzin. Ab einem gewissen Alter, das ist Coppelias einsehbare Erkenntnis in Sachen Mode, muß eine Frau eben auf Qualität achten.
Das Baumwollfähnchen zum Drin-Wohnen hat dann endgültig ausgedient. Und dieser freundliche Herr Otto Dübbers, den Juliane Herr Coppelia nennt, hat spürbar schlechte Laune. Zunächst geht ihm Juliane aus dem Weg, indem sie bewußt eigene Wege geht.

Als ihre Ehe mit Thomas mal wieder hilflos an einem der vielen Krisenpunkte baumelte, da entschloß sich Juliane zu einem eigenen Weg. Noch dachte sie nicht an den Weg zum Scheidungsanwalt, aber gerade der hätte eine saubere Lösung gebracht.
Thomas zog auch zu Hause aus, und so traf man sich dann hin und wieder beruflich, wo der Kontakt noch unumgänglich war, weil das Scooter-Imperium und das Budengeschäft auf Trab gehalten werden mußten.
Juliane wohnte bei einer Freundin und verschwand jeden Abend wie die große Geheimnisvolle auf dem Weg zum großen Unbekannten.
Thomas seinerseits zog sich in ein Hotel zurück, von dem der üble Leumund wunderbar sündige Einzelheiten zu berichten wußte.
Die Trennung tat gut — es war so wohlig, sich vorzu-

stellen, wie das ist, wenn man nicht mehr gebunden wäre. Freiheit und der Ruch der Abenteuer, die man mit der Freiheit so fälschlich in Verbindung bringt.
Am Schreibtisch im gemeinsamen Büro saßen sich Juliane und Thomas lauernd gegenüber. Wer würde als erster kapitulieren. Oder hatten sie unheilbar voreinander schon lange kapituliert und es nur noch nicht begriffen?
Juliane war das Zusammenglucken mit der Freundin satt. Immer dieselben Gespräche, immer die gleichen angeblich guten Ratschläge, die im Grund aber nur die Messer waren, die die beste Freundin in den seelischen Wunden der besten Freundin herumdrehte.
Juliane faltete aus einem Bogen Papier ein Schiffchen, rammte mit Hilfe einer aufgebogenen Büroklammer ein zierliches weißes Spitzentaschentuch in den Bug und ließ es über den Schreibtisch zu Thomas schwimmen. Wenn er die Botschaft nicht verstand, konnte er sich ja doof stellen oder das Schiffchen zwischen seinen Händen untergehen lassen.
Thomas stand auf, er ging auf die Tür zu. Juliane war entsetzt. Wenn er jetzt die Tür hinter sich schließen würde, dann war dies das endgültige ›Aus‹ für ihre Ehe. Aber Thomas ging nicht zur Tür hinaus — er ging an die Dispositionswand und schrieb mit Rotstift ›Ich liebe dich‹ darauf.
Erst dann ging er zur Tür hinaus, denn Autoscooter, Losbuden und Kettenkarussells funktionieren am besten, wenn der Boß da ist.
Thomas und Juliane hatten gelernt, daß man sich gegenseitig ein paar Freiräume gestatten muß, in die der eine nur auf ausdrücklichen Wunsch des anderen hineinschauen darf. Nachdem Juliane und Thomas das dauernde Miteinander ein wenig gelockert hatten — funktionierte das Leben zu zweit fast reibungslos!

Mit eben dieser Zurückhaltung, die sie bei Thomas ge-

lernt hatte, kann sie jetzt seelische Reibungsverluste bei Coppelia vermeiden.
Der wiederum wirft ihr einen Brief auf den Tisch und sagt: »Da!«
Juliane hat plötzlich eine böse Ahnung, die man auch ohne die ausdrückliche Gabe der weitreichenden Prophetie haben kann: »Wir sind auch gekündigt!«
»Jawohl«, brüllt Coppelia, »hier soll jemand einziehen, der mehr Miete bringt!«
Juliane sieht das alles sehr gelassen und ruhig. Als es nebenan bei Milan, bei Peter Schreiber und den anderen einschlug, da hat sie schon daran gedacht, daß die Bombe auch eines Tages für die ›Pension Coppelia‹ hochgehen würde. Herr Coppelia summiert seine Vorzüge als zuverlässiger Mieter! Aber von Juliane muß er sich sagen lassen, daß menschliche Qualitäten und kaufmännische Redlichkeit in den Bilanzen der Spekulanten noch nie Aktivposten gewesen sind.
»Das können die doch nicht machen!«
Aber die können machen, fast können sie machen, was sie wollen. Diese Schlaumeier wandern durch den Paragraphenwald und entdecken die angenehmen Lücken in den Ausführungsbestimmungen, in die sie ihr Profitchen schieben können. Die Busineßfüchse schnüren entlang der Verordnungen, und mit Hilfe eines Zusatzgesetzes zum Zusatzgesetz des eigentlichen Gesetzes übertölpeln sie sogar den Gesetzgeber, der es vielleicht früher mal besonders gut mit den Habenichtsen meinte.
Coppelia verfolgt gewisse düstere Pläne: Er ist sich nicht sicher, ob er das ganze Gelump anstecken soll, oder ob er es in genußvoller Wut zerschlägt! Es hätte auch einen gewissen öffentlichen Protestwert, wenn er das Meublement aus dem Fenster werfen würde — auch denkt er an eine Instandbesetzung! Juliane läßt die verständliche Wut sich ausschäumen.
Mit dramatischen Posen aus tragischen Balletten um-

wirbelt Coppelia die ruhige Juliane. »Hundertsiebentausend — und du?« fragt Juliane, und Coppelia antwortet verständnislos: »Und was?«
»Du mußt doch was auf der hohen Kante haben, oder wolltest du auf deine alten Tage die Teeküche im Käte-Dorsch-Heim für verkalkte Künstler übernehmen?«
Coppelia ringt nach Luft. »Mein Ruhegeld, mein Pölsterchen, mein Zehrpfennig für eine ungewisse Zukunft — knapp über achtzigtausend müde Märker — was willst du damit?« Coppelia hält die Luft an und stellt dann schlicht fest: »O Gott!«
Juliane erklärt ihm, daß zusammen rund zweihunderttausend ein anständiges Startkapital sind.
»Wofür denn?« kreischt Coppelia total entnervt.
»Für eine neue Pension«, sagt Juliane, »vielleicht im Frankenwald, im Hohenloher Land soll es auch sehr schön sein — oder in Bayern!« Wenn Coppelia überhaupt zunächst mal etwas will, dann will er in Berlin bleiben. Er liebt nun mal die vergammelte Frontstadt, auf die einmal die Welt schaute. Coppelia braucht diese Straßenschluchten, durch die man sich auf ein Theater zubewegt. Er und auf dem Dorf! Ein ehemaliger Corpstänzer mit Soloverpflichtung und eine ehemalige Rummelmieze gründen eine Pension in einem Dorf! Nein — Coppelia schwärmt von einer Villa in Zehlendorf oder sonstwo im Halbgrünen. Ein gepflegtes Haus mit perfektem Service!
»Das vergiß erst mal«, sagt Juliane, »wir müssen übersichtlich bleiben. Wir zwei müssen den Laden schmeißen können, vielleicht noch eine zusätzliche Halbtagshilfe — aber die Träume vom Luxusbunker am Stadtrand, die laß mal fahren! Die neue ›Pension Coppelia‹ muß wie neuzeitliche Hemden sein — kuschelig und pflegeleicht. Und wir werden auch nicht mehr mieten — sondern kaufen!«
Coppelia ist gerührt. »Und dein Geld?«
»Ach du alte Huppdohle!« lacht Juliane. »Das letzte

Hemd hat bekanntlich keine Taschen, meine Pension reicht, und mögliche Verwandtschaft, wie sie sich immer nach Todesfällen einstellt, kann mir schon zu Lebzeiten den Buckel runterrutschen!« Juliane ist Feuer und Flamme für den Plan, wenn es nach ihr ginge, würden sie stehenden Fußes aufbrechen, um mit den Geldmenschen in der Bank zu sprechen.
An diesem Abend sprechen Juliane und Coppelia noch lange. Als Juliane aufsteht, um restlos erschöpft ins Bett zu fallen, sagt sie leise zu Coppelia: »Irgendwie ist es schön, wenn man weiß, wer einen vermutlich begraben wird!«

Der Filialleiter der Bank, mit der Juliane schon früher zusammengearbeitet hat, wundert sich zwar ein wenig — aber die Banker sind bekanntlich hart im Nehmen: Mit sonderbaren Ansinnen und Vorschlägen könnten sie die jeweilige Zweigstelle tapezieren.
Was aber Juliane Winkler und Otto Dübbers — genannt Coppelia — vorschlagen, das hat Hand und Fuß und vor allen Dingen eine ausreichende Decke an Eigenkapital. Der clevere Herr Schaufs rechnet mal eben die Elektronik rauf und runter, dann stellt er fest, daß man zusammenkommt — wie immer, wenn sich die Interessen der Bank und des Kunden so decken, daß die Bank ein klein wenig interessierter sein kann.
»So!« sagt Juliane, als sie wieder draußen sind. »Das wäre geschafft — und den Rest schaffen wir auch noch!«
»Oder der Rest schafft uns«, orakelt Coppelia, der vorübergehend ein bißchen von Julianes Schwungbrett abrutscht.

Zweite Attraktion: Wo findet man eine passende Wohnung zu passendem Preis in einer passenden Gegend? Juliane und Coppelia klappern die Makler ab. Trotz aller Beteuerungen, in keinerlei Verwandtschaftsgrad zu

den Rothschilds, den Onassis oder den Ghettis zu stehen, werden ihnen ohne jeden Anflug von Schamröte Preise genannt, die allenfalls dann zu rechtfertigen wären, wenn das angebotene Objekt massivvergoldet, wohlversehen mit Edelsteinkaminen und ruhend auf einer Ölquelle im schönsten Teil der niederländischen Antillen zu besichtigen wäre.
Juliane will aufgeben. Jetzt wiederum hat Coppelia Blut geleckt, und er spricht seiner Freundin Mut zu: »Wir haben noch drei Monate Zeit — und in dieser Zeit muß sich doch ein halbwegs vernünftiger Mensch finden lassen, der uns für unser redlich erworbenes Geld eine Wohnung verkauft, die unsere Mäuse wert ist!«
Coppelia schaut Juliane verunsichert an. »Oder willst du etwa nicht mehr?« Natürlich hätte er Verständnis dafür, wenn Juliane jetzt aufgeben würde! Andererseits hat Juliane in Situationen nicht aufgegeben, die anderen schon längst über den Kopf gewachsen waren.
Nein — Juliane ist mauig, Juliane ist grantig. Wie andere eine Zigarette oder einen Sherry, so leistet sie sich eine Pfütze schlechter Laune, in der sie wie ein Spatz herumflattert.
Es gibt Tage, an denen scheint die Sonne, aber von innen heraus wird alles plötzlich so grau und wolkig. Mißstimmung schleicht sich ins Gemüt. Man weiß nicht, wohin und woher — und das wiederum macht einen besonders ekellaunig.
An diesen Tagen sucht Juliane allenthalben Streit. Sie wartet sehnsüchtig auf jemanden, den sie am Telefon abkanzeln kann — und hinterher dann so wunderbar melodramatisch einhängen! Das erlöst ungemein.
Es braucht auch nur ein falsches Wort zu sein — schon kann man Ärgernis nehmen und sich empören. Es macht sogar Spaß, einmal richtig böse, widerwärtig und kotzbalkig zu sein — zum Teufel mit der Contenance, ein Brüllerchen sollte sein, ein Krach in mehreren Kapiteln, und hinterher sollte einem natürlich die Gelegen-

heit gegeben werden, in Trauerpose zu verharren und vorwurfsvoll zu flüstern: »Mit mir kann man's ja machen!«
Juliane hat derlei Tage selten — aber dafür gründlich. Dann verwandelt sich die alte Dame in ein altes Biest. Und es ist unerhört erlösend, mal richtig biestig zu sein, wenn einem die Kraft fehlt, mal ordentlich auf den Putz zu hauen.
Natürlich will Juliane nach dieser sonderbaren Periode des Zerwürfnisses mit sich selber wieder. Und wie!

Ein Kleinmakler hat ein großmackiges Objekt halbwegs an der Hand. Mit notwendiger Renovierung und einer gewissen Aufbereitung der Fassade ließe sich das Geschäft anleiern.
Was der Wohnungsmauschler allerdings nicht sagt: Die ehedem stolze Stadtwohnung in der Wielandstraße war teilweise immer etwas öffentlich genutzt, aus dem fröhlichen illegalen Puff der ersten Nachkriegsjahre wurde mit aufsteigendem Wohlstand ein Luxusbordell mit der Sonderabteilung für Bettspionage, wandelnder Zeitgeschmack machte einen Massagesalon daraus — aus Huren und Nutten wurden dann schließlich Hostessen und Modelle, die unter ständig wechselnden Bezeichnungen dem krisenfestesten Geschäft der Welt nachgingen. Erst der Einbruch der Peep Show in das uralte Gewerbe hatte aus dem gemächlichen Laster den schnellen Sex-Snack à la MacDonald gemacht.
Juliane geht durch die Räume und ist zufrieden. Zusammen mit Coppelia macht sie die ersten Um- und Ausbaupläne. Es werden insgesamt zwölf Zimmer sein. Neun Doppel und drei Einzel. Aus dem Berliner Zimmer wird der Frühstücksraum, der auch am Abend noch gemütlich sein soll.
Während Juliane die Handwerker beaufsichtigt, kümmert sich Coppelia um die Einrichtung. Für die Installateure, Maurer, Elektriker, Fliesen- und Teppichleger

ist Juliane eine freundliche alte Dame. Wenn sie sich allerdings zum Klempner hinabbeugt und bewundernd fragt: »Ja, wie machen Sie denn das schon wieder?«, der Klempner sich zu einer Erklärung herbeiläßt und dann hören muß: »Aber Sie könnten es ruhig etwas schneller machen!« Auf diese Art werden zumeist aus netten alten Damen vorübergehend Spinatwachteln.

Als die Herberge nahezu fertig ist, als Coppelia auch den dritten angedrohten Nervenzusammenbruch nicht bekommen hat, als die Männer der Leuchtreklamefirma das Transparent ›Pension Coppelia‹, in weitschweifigen Jugendstil-Lettern geschrieben, anbringen, da sagt Juliane: »Jetzt feiern wir ein Fest!«
Aber bitte kein kleines Fest, kein Nobelfresserchen im Duett oder ein Zug um die Häuser — nein, ein Fest für Nachbarn, die sich bei solchen Anlässen meistens ganz schnell als nette Leute entpuppen.
Juliane bestellt Tische und Bänke, die im Hof aufgestellt werden. Zwei Fässer Bier müssen reichen, und seit drei Tagen riecht es im Haus abwechselnd nach frisch gebratenen Buletten oder Gulaschsuppe.
Aus der Disco nebenan zieht der entsprechende Jockey mit Plattenspieler und Verstärker an. Die graublättrige Hoflinde mit den rachitischen Zweigen ist mit Lampions aufgeputzt worden, und die Besatzung der ›Lützower Lampe‹ wird eine Mitternachts-Show beisteuern.
Kurz vor dem Beginn des Festes sagt Juliane nur: »Au« und hat sich den Ischiasnerv eingeklemmt. Keine Gedanken mehr an Hofschwoof und Festorganisation. Juliane muß ins Bett und weint bitterlich. Teils weil sie das Fest versäumt, teils weil das alles entsetzlich weh tut.
Der Discjockey schwengelt die Stimmung mit Berliner Liedern an, mit denen man sich für ein Fest musikalisch so wunderbar aufpäppeln kann.

Coppelia übernimmt das Regiment.
Und dann kommen die Nachbarn, zuerst zögernd und zurückhaltend. Dann spricht man ein paar Worte miteinander, teilt sich ein großes Bier oder steht gemeinsam für einen Sauren mit Persico an — das stimmt ungemein freundlich füreinander.
Die Buletten gehen weg wie warme Semmeln, und die Nachbarin Kartoffelsalatverteilerin schrappt schon bald mit dem Holzlöffel auf dem Boden der Emaillewanne. Selig, satt und saufend freut sich die Nachbarschaft an der Nachbarschaft.
Juliane hat sich von Coppelia das Bett ans Fenster rükken lassen. Über der Stadt liegt einer jener Sommerabende, in der sogar die Autos leiser fahren, um auch die Amseln mal zu Ton kommen zu lassen. Ringsum ist alles so redlich wie Brot und Salz.
Als das Fest sich selbständig macht und sich dem Höhepunkt entgegendreht, kommt Coppelia mit einer Bulette zu Juliane ans Bett. Sehr behutsam richtet er sie auf, damit sie besser sehen kann. Coppelia will es Juliane sehr gemütlich machen. Vorsichtig zieht er sie in den Kissen noch ein wenig höher und schiebt zugleich eine Sofarolle zwischen das Kopfteil des Bettes und Juliane.
Eine Weile läßt sie sich das gefallen, dann sagt sie energisch: »Hände weg von Oma!«
Und Juliane und Coppelia brechen in ein Lachen aus, das sich vermutlich über die ganze Stadt verbreitet hätte — wenn Julianes Ischias sie nicht plötzlich daran erinnert hätte, daß er mit Gelächter leider nicht zu besiegen ist.